KB063342

사랑하는 안드레아

옮긴이 강영희

동아대 중어중문학과와 타이완 국립 정치대 사회학 대학원에서 공부했다. 번역가로 활동하면서 숨어 있는 좋은 중국 책을 찾아 소개하고, 한국에서 나온 좋은 책을 중국에 소개하는 일을 하고 있다. 옮긴 책으로 《조막손 투수》 《아빠가 사라졌다》 등이 있다.

사랑하는 안드레아

1판 1쇄 발행 2015년 11월 23일 | 1판 5쇄 발행 2018년 10월 5일

지은이 룽잉타이 · 안드레아 발터 | 옮긴이 강영희
펴낸이 조재은 | 펴낸곳 (주)양철북출판사
등록 제25100-2002-380호(2001년 11월 21일)
책임편집 조연주 | 편집 박선주 김명옥 | 표지와 본문 디자인 김모
디자인 육수정 | 마케팅 조희정 | 관리 정영주
주소 서울시 마포구 양화로8길 17-9
전화 02-335-6407 | 팩스 0505-335-6408
ISBN 978-89-6372-188-0 03820 | 값 13,000원

親愛的安德烈(Dear Andreas)

written by 龍應台(Lung Ying Tai) & Andreas Walther
Copyright © 2007 Lung Ying Tai & Andreas Walther
Korean translation copyright © 2015 Tindrum Publishing Ltd.
All rights reserved.

Korean translation rights is arranged through Pauline Kim Agency with Lung Ying Tai.
이 책은 피케이에이전시를 통해 저작권자와 독점계약을 하여 (주)양철북출판사에서 출간되었습니다.
저작권법에 따라 한국 내에서 보호 받는 저작물이므로 무단 전재와 복제를 금합니다.
이 책의 표지와 본문에 사용한 사진의 저작권은 〈CommonWealth Magazine〉에 있습니다.

잘못된 책은 바꾸어 드립니다.

사랑하는 안드레아

열여덟 살 사람-아들과 편지를 주고받다

엄마 룽잉타이 │ 아들 안드레아

강영희 옮김

양철북

두 세대의 이 대화를
어제의, 오늘의, 내일의 아이들에게 바칩니다.

열여덟 살 사람을 알다

　내가 유럽을 떠나올 때 안드레아는 열네 살이었다. 내가 타이베이 시市 정부의 일을 끝내고 다시 일상으로 복귀했을 때 안드레아는 열여덟 살 청년이 되어 있었다. 키 184cm의 고등학생 안드레아는 운전면허증이 있는 것은 물론이고 술집에도 드나들 수 있었다. 일찌감치 귀엽고 통통한 '젖살'이 빠진 얼굴은 선이 살아 있었고 고요하고 깊은 눈빛에는 거리를 두려는 의지가 묻어났다. 그런 안드레아가 와인 잔을 들고 탁자 맞은편에 앉아 '차갑게' 나를 쳐다보고 있었다.

　나는 좀체 적응이 되지 않았다. 나의 사랑스러운 안안安安*은 어디로 가버렸을까? 나에게 안기고, 입 맞추고, 내 손을 잡아끌고, 눈을 떼지 못하게 하고, 머리에서 땀냄새를 풍기던 그 남자아이는 어디로 가버렸을까? 내가 다가가면 안드레아는 물러났다. 안드레아와 무슨 얘기라도 해볼라치면 그애는 얘기는 무슨 얘기냐, 했다. 간절히 캐물으면 아이는 말했다. 전 엄마의 사랑스러운 안안이 아니에요. 저는 저라고요.

　나는 안드레아와 대화하고 싶었다. 하지만 안드레아가 응한다 해도 막상 무슨 말을 해야 할지 입이 떨어지지 않을 것 같았다. 열여덟 살 아들은 내가 알던 그 아이가 아니었다. 안드레아가 무슨 생각을 하는지, 세상을 어떻게 보는지, 무엇에 신경쓰고 무엇에 신경쓰지 않는지, 무엇을 좋아하고 무엇을 싫어하는지, 왜 이렇게 하고 왜 저렇게 하지 않는지, 무엇에 열광하고 무엇에 당혹스러워하는지, 나의 가치관은 그의 가치관과 얼마만큼의 거리가 있는지…… 내가 아는 것은 하나도 없었다.

　• 집에서 부르던 아명.

독일에 있는 아이와 홍콩에 있는 나의 전화통화는 늘 이런 식이었다.

잘 지내?
좋아요.
학교는 어때?
괜찮아요.
……

방학 때 만나서도, 안드레아는 거의 모든 시간을 친구와 보내고 싶어
했다. 나와 저녁 식탁에 마주 앉아서도 아이는 침묵만 지켰다. 눈은 휴
대폰에 가 있었고 손가락은 문자를 보내느라 바빴다.

나는 그애가 나를 사랑한다는 것을 안다. 하지만 사랑하는 것은 좋아
하는 것과도, 그냥 아는 것과도 다르다. 사랑은 때로 좋아하지 못하고,
알지 못하고, 소통하지 못할 때 핑곗거리가 되곤 한다. 사랑이 있으면
제대로 된 소통은 없어도 되는 것처럼 여겨지기 때문이다.

아니, 나는 이 함정에 빠져들지 않으려 한다. 남자아이 안안을 잃어버
린 것은 어쩔 수 없지만, 성장한 안드레아를 알아갈 수는 있다. 나는 이
사람을 알아야 한다.

나는 열여덟 살의 이 사람을 알아야 한다.

그래서 안드레아에게 편지 형식의 칼럼을 함께 써보지 않겠느냐고
제안했다. 일단 수락하면 절대로 중간에 그만둘 수 없다는 게 조건이
었다.

안드레아가 동의했다. 도저히 믿기지 않았던 나는 여러 차례 묻고 또
물었다.

"진짜? 너도 알겠지만 장난으로 하는 게 아니야. 원고 마감일까지는 하늘이 무너지는 한이 있어도 써내야만 해."

그때만 해도 책으로 낼 생각도, 독자가 있을지 없을지도 생각할 겨를이 없었다. 그저 이 방법을 통해 어쩌면 열여덟 살의 세계에 들어가볼 수 있겠다는 한 가지 생각뿐이었다.

그래서 독자들의 편지가 전 세계에서 물밀듯이 날아왔을 때, 나는 정말이지 화들짝 놀랐다. 하루는 타이베이의 한 서점 계산대 앞에 줄을 서 있는데 한 중년 남자가 다가와 악수를 청하며 낮고 묵직한 소리로 말했다.

"당신의 글이 아니었다면 저와 제 아들은 서로 완전히 타인처럼 살았을 겁니다. 우리는 어떻게 대화해야 할지 몰랐거든요."

그의 표정은 진지했고 그의 눈은 억지로 참고 있는 듯 눈물이 그렁그렁했다.

많은 부모들이 그 남자처럼 글을 복사해 아들딸에게 읽힌 다음 저녁 식탁에서 대화를 시도했다. 미국과 캐나다의 부모들도 편지를 보내왔다. 영어권에서 자란 자신의 아들딸과 나눌 수 있게 우리의 편지를 영문으로 받아볼 수 있게 해달라는 것이었다. 자식들의 입장에서 편지를 보내온 사람들은 이미 서른 혹은 마흔이 넘은 이들이었다. 그들에겐 부모와 소통할 길이 없었다. 설령 마음에 사랑이 남아 있다 해도 그 사랑은 오랜 세월 동안 두껍게 쌓인 침묵 속에서 얼어붙어버린 뒤였다. 마치 깊숙이 숨어 있는 고통스러운 상처는 어떤 붕대로도 싸맬 수가 없는 것처럼.

편지를 보낸 사람의 연령대가 다양한 것을 보고 나는 비로소 알게 되었다. 부모와 자식이 한집에 살면서도 나눌 대화가 없고, 서로 절절히 사랑하지만 오히려 서로를 잘 모르고, 다가가기를 열망하지만 그 접점을 찾지 못하고, 표현하기를 원하지만 언어가 없다는 것을. 우리의 편지는 그들에게 캄캄한 바다에서 길을 잃었거나 항구를 찾아 헤매는 배에 가닿는 수기신호 같은 것이었다.

편지를 쓰는 과정은 매우 힘겨웠다. 안드레아는 나와 중국어로 말하지만 중국어로 글을 쓰지는 못한다. 그래서 우리의 모든 글은 다음과 같은 과정을 거쳐야 했다.

첫째, 안드레아는 영어로 편지를 썼다. 물론 안드레아는 독일어로, 나는 중국어로 쓸 때가 가장 자유롭게 잘 쓸 수 있지만, 우리는 각자 한 걸음씩 양보해서 영어를 쓰기로 했다.

둘째, 나는 안드레아가 쓴 편지를 중국어로 번역했다. 번역하는 과정에서 국제전화로 여러 차례 토론을 나누었다. 물론 통화할 때는 중국어로 말했다. 이 단어는 무슨 뜻이니? 왜 그 단어가 아니라 이 단어니? 이 단어에 해당하는 독일어는 뭐니? 두 번째 단락을 마지막에 넣으면 주제가 더 뚜렷해지지 않을까? 네 뜻을 오해하지는 않았니? 중국어권 독자는 너의 그 논리를 이해하지 못할 것 같은데, 좀더 상세히 설명해줄 수 있겠니?

셋째, 나는 답신을 영어로 써서 안드레아가 보고 답할 수 있게 했다.

넷째, 내가 쓴 영어 편지 역시 중국어로 한번 더 썼다. 다시 쓰는 도리밖에 없었다. 번역하면 오히려 의미가 모호해져버렸으니까.

이 네 단계를 거치면서 우리는 무던히도 토론하고 논쟁했다. 나는 늘 안드레아에게 글이 엉성하고 '구체적이지 않다'고 비판했고, 안드레아는 내가 생트집을 잡고 사소한 것에 신경을 쓴다며 참을 수 없어했다. 글을 쓰는 과정에서도 우리의 인생철학은 확연히 차이가 났다. 안드레아는 글쓰기를 '놀이'로 여겼지만 나에게 그것은 '일'이었다. 가치관과 생활태도도 대조적이었다. 안드레아의 태도가 3할이 세상에 대한 시니컬함, 2할이 농담, 5할이 진지함이었다면, 나는 8할이 진지함, 나머지 2할은 지성에 대한 회의였다. 안드레아는 나에 대한 비아냥거림이 늘었고 나는 그애를 진지하게 연구했다.

열여덟 살 사람을 알려면, 처음부터 배워야 하고 자신을 온전히 비워야 한다.

무려 3년 동안 칼럼을 썼다. 중간에 원고가 늦어진 적도 여러 번 있었지만 유종의 미를 거둔 셈이다. 안드레아에게 편지를 보내는 젊은 독자들이 이따금 물었다.

"어떻게 엄마와 소통할 수 있죠? 그게 가능한 일인가요?"

그러면 안드레아는 사량발천근四兩撥千斤*의 내공으로 답하곤 했다.

"원고료를 벌거든요."

지금까지도 안드레아가 애초에 왜 이 일을 수락했는지 모르겠다. 속으로는 여전히 불가사의하게 여겨지지만, 어쨌든 안드레아는 놀랍게도 3년 내내 잘 써왔다. 우리 두 사람 사이에는 30년이라는 나이 차이가 있고, 또 각자 살고 있는 나라가 다를 뿐 아니라 그 사이에는 동·서양의 문화 차이가 가로놓여 있다. 어쩌면 우리 두 사람도 안드레아가 열여덟 살이었던 그해에 물 위의 개구리밥처럼 각자 떠내려가서, 그후 서로 아득히 멀어져갔을지도 모른다. 하지만 우리는 다른 시도를 했다. 나는 노

• 사량으로 천 개의 도끼를 이긴다는 뜻의 권법으로 고수 대 고수의 대결에서 볼 수 있다. 엄청난 내공을 말한다.

력했고, 안드레아 역시 같은 노력으로 보답해주었다. 나는 열여덟 살 사람의 삶을 그때 처음으로 알게 되었다. 안드레아 역시 처음으로 자신의 엄마를 알게 되었다.

앞으로의 삶의 여정에서도 당연히 각자 흩어져 정처 없이 떠돌 것이다. 인생에서 영원히 함께할 수 있는 것은 없으니까. 3년 동안 바다 위 수기신호로 별을 응시했고, 달을 만끽했다. 뭘 더 욕심을 부리겠는가?

엄마 감사해요

　사랑하는 엄마, 우리의 편지가 책이 되어 나오려 하네요. 상상할 수
없는 일 아닌가요? 걸핏하면 엄마의 침대로 기어오르던 꼬맹이가, 귀신
과 번개를 무서워하면서도 귀신 이야기를 해달라고 졸라대며 좀체 잠
들려 하지 않았던 꼬맹이가, 눈 깜짝할 새에 어른이 되어 혼자 이성적으
로 생각하고 엄마와 대화로 소통할 수 있게 되었잖아요. 물론 우리가 쓴
글이 재미있을 수도 재미없을 수도 있지만요.

　엄마, 편지가 어떻게 시작됐는지 기억해요?

　3년 전, 저는 제 감정에 유난히 충실했던 열여덟 살 청년이었죠. 제
딴에는 저 자신이 남다른 견해를 가졌다고, 그 생각으로 이 세계를 변
화시킬 수도 있다고 착각하고 있었어요. 3년 전, 엄마는 아들과 몇 년
을 떨어져 지낸 탓에 나날이 안절부절못하는 엄마가 되어가고 있었죠.
아이는 점점 자라고, 나이 차이와 서로 다른 문화, 따로 떨어져서 사는
데서 오는 거리감 때문에 엄마는 성인으로 접어든 자신의 아이를 전혀
'모른다'고 강렬하게 느꼈지요. 그래서 우리가 함께 찾아낸 해결 방법이
바로 편지를 나누자는 거였고요. 이 편지가 엄마의 불안을 해결하기 위
한 것이었다고는 해도, 일단 시작되고 나니 '맹수가 우리에서 뛰쳐나온
것'처럼 엄마와 저 사이의 이견과 감정들이 쏟아져나와 수면 위로 떠올
랐지요.

　3년 동안의 그 과정은 진짜 무척 힘들었어요. 한 통 또 한 통 이어지
던 국제전화와 메일들, 깊은 밤과 새벽에 메신저로 나눴던 수많은 대화
들, 수도 없이 벌였던 토론과 논쟁. 이 모든 것의 결과가 지금 독자들 앞

에 모습을 드러냈네요. 엄마는 언제나 제 글쓰기가 정교하지 못하다고 잔소리를 늘어놓았고, '원고 마감일이 됐다'는 말을 입에 달고 살았고, '좀더 자세히 설명해주지 않겠니?'라고 요구하고 또 요구했죠. 사실 이따금 저는 제 글이 엄마 글보다 더 좋은 것 같았다고요!

이제 지난 3년을 돌아보면서 한 가지를 깨달았어요.

3년 동안 편지를 나누고 난 뒤 엄마의 목적은 여전히 처음 시작했을 때와 다르지 않잖아요. 성인 아들을 이해하려는 거요. 하지만 제 경우는 시간이 지나면서 조금씩 달라졌어요. 저는 엄마가 왜 저랑 이 편지들을 쓰려 하는지 천천히 조금씩 알게 됐고, 얼마쯤 지나고 나니 저 자신이 실은 아주 즐기고 있더라고요. 물론 절대 티는 안 냈지만요.

처음에는 그저 안 그래도 생각이 많은데 엄마가 '마이크'까지 쥐여줬으니 내친김에 제 생각을 크게 외쳐보자는 마음이었어요. 시간이 얼마쯤 흐르고 나서야 문득 이 일이 더욱 더 중요한 의미가 있음을 알아차렸어요. 바로 제가 엄마와 연결돼 있다는 거요. 그뿐만 아니라 자신이 엄마와 연결돼 있다는 것을 알아갈 '소임'은 대부분의 사람들이 평생 갖지 못하는 것이라는 것, 한데 그것을 제가 갖게 되었다는 것도 알게 됐어요. 3년 전, 이 일을 시작하지 않았다면 우리도 아마 다른 많은 사람들처럼 그냥저냥 살아가면서 날마다 어정쩡한 안부만 반복해서 물었겠죠. 밥 먹었니? 예. 숙제했니? 예. 동생이랑 안 싸웠지? 예. 용돈은 부족하지 않지? 음……

3년은 정말 짧지 않아요. 되돌아보니 저 역시 엄마의 말에 전적으로 동의해요. 이 편지들이 독자를 위한 글이지만, 실은 엄마와 저의 가장 사적이고, 가장 친밀하고, 가장 진실한 손의 흔적이었어요. 그것으로 3년 동안 우리의 삶을 기록하고 새겼죠. 그래서 우리 인생에서 영원히 잊힐 수 없는 한 시절이 되었고요.

그래서 지금 가장 하고 싶은 말은요, 엄마 감사해요. 저에게 이 '소임'을 주서서 고마워요. 책을 낸 것 말고요. 엄마와 연결돼 있다는 것을 알아 갈 '소임'요.

차례

열여덟 살 그해

사랑하는 안드레아,

너는 전화상으로 숨을 헐떡거리며 말했어. 막 축구 시합을 끝내고 돌아왔고, 저녁에는 친구들과 마을의 술집에 가서 수다를 떨 예정이고, 내일은 운전면허 시험이 있고, 가을에는 이탈리아에 가고, 여름 방학에는 아시아로 와서 중국어를 배울 거라고, 그리고 벌써 대학 입학 관련 자료들을 훑어보고 있다고……

"하지만 앞으로 뭘 해야 할지 정말로 모르겠어요."

그러면서 너는 물었어.

"엄마, 엄마는 열여덟 살 때 뭘 알았어요?"

안드레아, 작년 여름, 우리가 시안西安에 갔을 때 후이족回族이 운영하는 식당에서 만났던 여자아이 생각나니? 간쑤甘肅의 산골짜기 마을에서 돈을 벌기 위해 시안에 왔다던 여자아이 말이야. 하루에 열몇 시간을 일해 한 달에 200위안* 조금 넘게 벌어서 부모님에게 보낸다고 했었지. 옷차림은 남루하고 피곤에 찌든 얼굴에, 지저분하게 땋아내린 머리를 가슴께까지 늘어뜨리고 있었는데, 눈만은 여전히 어리광을 피울 열여섯 소녀라는 사실을 말해주고 있었어. 그 아이가 아는 것은

• 한국 돈으로 약 삼만오천원.

무엇이고 또 모르는 것은 무엇일지 너는 상상이나 할 수 있을까?

열여덟 살의 나는 무엇을 알았을까? 또 무엇을 몰랐을까?

엄마는 해변의 어촌에서 살았어. 어촌에는 찻길이 하나밖에 없었어. 그마저도 좁아터졌지. 출근길과 등굣길에는 버스, 오토바이, 자전거, 채소를 팔러 가는 손수레 들이 한꺼번에 쏟아져나오는 바람에 꼼짝달싹할 수 없을 정도로 꽉 막혔어. 그것들이 다 빠져나가고 한산해지면, 늙은 누렁이가 길 한복판에 나와 널브러져 자고, 어디선가 암퇘지가 새끼돼지들을 올망졸망 데리고 나와 어슬렁거렸어. 바닷바람이 불어오면 야자수의 넓은 잎이 바스락대는 소리를 냈지. 흙에 바닷물의 염분이 섞여 있어서 야자수의 줄기 밑동은 하얀 소금에 묻혀 있었어.

엄마는 고속도로가 뭔지 몰랐어. 스물셋에 로스앤젤레스에 도착해 공항을 빠져나가는 도로에서, 맞은편에서 오는 차들은 죄다 화이트라이트를 번쩍이고, 또 내가 달리는 차선의 차들은 죄다 빨간 테일라이트를 깜빡이고 있다는 걸 발견했어. 엄마는 깜짝 놀랐지. 어쩌면 이렇게 하나같이 질서정연할까. 스물셋의 엄마는 여전히 사람과 차가 한데 섞이고 닭과 오리가 쟁탈전을 벌이는 그런 도로에 익숙해 있었으니까.

엄마는 하수도가 뭔지도 몰랐어. 태풍은 때때로 밤에 습격해왔어. 거기에 해일이라도 동반하면 바닷물은 갑자기 부글부글 끓어오르는 국처럼 인정사정없이 마을을 덮쳤지. 날이 밝았을 땐 물바다가 된 마을에 솥 그릇 국자 사발 같은 부엌살림은 말할 것도 없고, 대나무로 만든 의자며 침대 등이 마을 사당 앞을 떠다녔지. 양식하던 물고기와 새우들도 거리를 헤엄쳐 다니고. 며칠 뒤 물이 빠지고 나면 사람들은 바짓단을 걷어올리고 집 앞의 도랑들을 청소했어. 도랑에서 시커멓고 끈적끈적한 진흙들을 털어내고 나면 그 안에는 죽은 닭과 개, 죽은 물고기 들이 한데 섞여 있었지. 사체가 썩어 거리 곳곳에 비린내가 진동했어. 그 위로 다시 태양이 떠올라 배를 가르고 창자를 드러낸 도랑 위로 뙤약볕이 내리쬐었지.

엄마는 콘서트홀이나 미술관에 가보지 못했어. '예술'과 관련된 경험이라고는 사당에서 신에게 제사 지내는 가자희歌仔戲*를 구경한 게 다였어. 어르신들은 앉은뱅이의자에 앉아 부채를 부치고 아이들은 사당 앞에서 극을 따라 하고, 질 낮은 확성기를 통해 들려오는 음악에 동네가 떠나갈 듯했지.

어촌 동네의 유일한 영화관에서는 간혹 가수들이 공연을 했어. 언제나 지린내가 떠다니는 영화관에 가면 사람들의 몸에서 나는 시큼한 땀내가 진동하고, 선풍기는 빼까닥빼까닥 소리를 내며 돌고, 아이들은 쉴새없이 의자등받이를 차댔어. 그 와중에 가수는 음담패설을 섞어가며 노래에 열중했지. 무대 아래 관중들은 시시때때로 고함을 질러대며 몸을 들썩이고.

수영장? 없었어. 너는 넓고 넓은 바다가 있는데 수영장이 무슨 필요냐고 말하겠지. 하지만 안드레아, 바다는 수영하는 곳이 아니었어. 타이완 해안선은 곧 군사방위선이었어. 노는 곳이 아니라. 모래사장 역시 한 무더기 또 한 무더기 쌓여가는 쓰레기산일 뿐이었지. 쓰레기

---

* 타이완 전통극의 하나로 타이완과 푸젠 남쪽의 샹장 일대에서 유행했다.

처리장이 따로 없어서 어촌 사람들은 쓰레기를 훤히 트인 모래사장에 내다버렸어. 바람이라도 불면 더러운 쓰레기봉지가 날아와 얼굴에 들러붙곤 했지.

그때 엄마는 쓰레기도 과학적으로 처리해야 한다는 걸 몰랐단다.

멀지 않은 곳에 강이 있었어. 날마다 등굣길에 그곳을 지나면서 현기증이 날 정도로 이상한 냄새를 맡아야만 했어. 뭔지는 몰랐어. 세월이 한참 지나고 나서야 폐기된 케이블을 강둑에서 태운다는 사실을 알게 됐지. 엄마가 맡았던 것은 바로 '다이옥신' 냄새였어. 그 마을에는 무뇌아로 태어난 아기가 한둘이 아니었어.

엄마는 환경오염이 뭔지도, 생태계 파괴가 뭔지도 잘 몰랐어.

학교에 있는 시간이 길었어. 새벽 여섯시에 집을 나가면 어두컴컴한 저녁 일곱시, 여덟시가 되어서야 돌아왔으니까. 토요일에도 등교를 했어. 그래서 언제나 흰 윗도리에 검은 치마 차림이었지. 머리는 귀밑 아래를 유지하는 짧은 단발의 생머리였고. 엄마는 유행이 뭔지도, 화장이나 머리 스타일이 뭔지도 몰랐어. 당연히 소비가 뭔지도 몰랐지. 맞아. 엄마는 백화점엘 가본 적도 없었어. 한 어민이 운영하는 구멍가게가 마을의 유일한 상점이었어. 유리진열장 안에 물건이 잔뜩 쌓여 있었지. 아이들 양말, 학생 가방, 할머니 내의, 여자들 브래지어, 남자들 와이셔츠에 삿갓, 비닐장화, 손톱깎이도 팔았어.

안드레아, 엄마가 열여덟 살이었을 때는 1969년과 1970년의 타이완이었어. 너는 어쩌면 소스라치게 놀라면서 이렇게 말할지도 모르겠네.

"엄마, 그해는 이미 아폴로가 달에 착륙했을 때라고요. 어쩜 그렇게 아무것도 '모를 수' 있죠?"

안드레아, '도농격차都農隔差'라는 말을 떠올려보렴. 가난하고 낙후된 나라일수록 도시와 농촌 간의 차가 크단다. 엄마가 겪은 남부의 시골 어촌은 타이베이와는 완전히 달랐어. 그때는 타이베이 역시 폐쇄적인 작은 도시에 불과했지. 당시 타이완은 전체 인구 1천400만에, 국민평균소득도 258달러밖에 안 되는 나라였으니까. 그때만 해도 타이완은 소위 '제3세계'에 속했어.

엄마가 만 열여덟 살이었을 때 아폴로가 달에 착륙했고, 미국과 베트남 군대가 캄보디아를 침입했어. 미국 전역에서 베트남 전쟁에 반대하는 시위가 격렬하게 일어났고, 엄마가 나중에 유학을 갔던 오하이오 주의 한 대학생이 총에 맞아 죽는 일이 있었지. 독일에서 총리에 오른 빌리 브란트가 바르샤바에 가서 무릎을 꿇고 유대인 학살에 대해 사죄했고, 일본의 좌파 테러단체인 적군赤軍파는 여객기를 납치해 북한으로 망명하고, 미시마 유키오三島由紀夫라는 소설가는 할복자살했지. 또 중국에서는 문화대혁명의 공포와 광기가 최고조에 달한 시기였어. 이런 모든 일들에 대해 엄마는 아는 게 별로 없었어. 왜냐하면, 안드레아, 우리 집에는 텔레비전조차 없었거든. 있었다 해도 보지 않았을 거야. 그해 엄마는 대학입시를 치러야 했으니까. 그때 엄마에겐 공부가 세상의 전부였고, 다른 세계는 존재하지 않았어.

엄마가 열여덟 살 때 타이완에서는 지룽基隆과 양메이楊梅를 잇는 고속도로 공사가 막 시작됐고, 대만독립연맹이 미국에서 수립됐고, 또 장징궈蔣經國*가 칼에 찔렸지. 10년이나 옥살이를 했던 레이

---

* 장제스의 아들로 6대(1978~1984), 7대(1984~1988) 타이완 총통을 지냈다.

전雷震*이 출소했고 타이난台南의 미국 해외공보처가 폭격을 당했어. 엄마가 들어갈 대학인 타이난 청궁成功대학에서는 '공산당'과 관련된 사건이 터져 수많은 학생이 붙잡히고 수감됐지. 또 댜오위다오釣魚島, 일본명 센카쿠 열도를 수호하려는 애국운동이 여기저기서 거세게 일어났어.

그해에 타이완 내무부에서는 출판물 423만 건을 압류한다고 밝혔어.

하지만 이 모든 일들에 대해 엄마는 몰라도 너무 몰랐지.

너는 어쩌면 엄마가 암담하고 억압적인 사회, 우매하고 무지한 시골, 허송세월을 보낼 수밖에 없었던 청춘을 이야기한다고 생각할지 모르겠지만, 안드레아, 그렇게 간단하지만은 않단다.

그때 그 시절의 수많은 사람들, 특히 레이전이나 인하이광殷海光**—나중에 이들이 누구인지 알게 될 거야— 처럼 개성 있고 사상이 투철했던 개인들은 우울한 나날을 보내면서 '허송세월'했다고도 할 수 있을 거야. 하지만 역사를 길게 보면 전체 사회는 오히려 우울한 가운

• 중국의 자유주의를 대표하는 지식인으로, 국민당의 요직을 두루 거쳤다. 1949년 타이완으로 건너가 '자유중국사'라는 간판을 내걸고 정치잡지인《자유중국》을 펴냈다. '총통 연임 반대'와 '삼민주의 교과과정 철폐', 군대의 국가 귀속 등 국민당 개조운동에 힘썼다가 간첩을 신고하지 않은 죄로 10년형을 선고받았으며 출소 후에도 자택에서 연금생활을 했다.

•• 인하이광(1919~1969)은 반공자유주의자를 대표하는 인물로, 후스나 레이전 등의 계보에 속한다. 5·4운동의 계몽주의적 정신을 계승한 저명한 논리학자이자 철학자이다. 1949년 이전 진링金陵대학(난징대학 전신)의 교수로 있다가 1949년 타이완으로 건너와 타이완대학 철학과 교수로 재직하면서 국민당신문 중앙일보의 편집에 관여했다. 1960년대 타이완의 전면적인 서구화를 제창, 국민당 정권의 정통성을 공공연히 비판했다.

데 성숙해지고 허송세월 가운데 힘이 쌓이기도 한단다. 억압당해 본 사람은 자유가 얼마나 취약한지 잘 알기에 어렵게 얻은 자유를 더욱 소중하게 생각해. 나치의 역사를 겪은 독일 사람들이 언제나 평화만 누려왔던 스위스 사람보다 더 깊이가 있는 것을 혹시 못 느꼈니?

'우매하고 무지'한 그 시골이 엄마에게는 박탈이었을까 축복이었을까? 사랑하는 안드레아, 열여덟 살에 어촌을 떠나와 삼십 년이 지나고 나서야 문득 깨닫게 된 사실이 하나 있어. 어촌이 엄마에게 어떤 의미인지를 말이야.

엄마는 어촌을 떠나 오랜 시간 세계의 낯선 이국에서 생활했어. 그 시간이 흐르는 동안 엄마는 권력이 교체되고 흑백이 전도되는 것을 보았어. 제국주의 국가가 무너지고 장벽이 붕괴되는 것도 목격했지. 도시의 흥망성쇠를 결정하는 일에도 참여했어. 어떤 가치가 뒤집히고 침투되고 구축되고 해체될 때, 거짓이 버젓이 판을 쳐서 옳고 그름이 판별되지 않을 때, 엄마는 어촌의 사람들이 생각났어. 무대 뒤에서 아이를 품에 안고 젖을 물리던 가자희의 화단花旦*, 딸아이를 '부식물가게'에 팔아넘긴 할머니, 시체조차 찾을 길 없는 바다에서 죽은 어부, 언제나 사탕을 더 많이 집어주던 잡화점 주인, 아이의 학비를 빌리려고 자전거를 타고 나갔다가 기차에 깔려 죽은 시골 경찰, 해 질 무렵 하루도 빠짐없이 모래사장으로 나가 중국 쪽을 바라보던 노병老兵, 그 누구보다 환하게 웃고 그 누구보다 슬프게 울던 아

• 전통극에서 말괄량이 여자 배역을 일컫는 말.

메이阿美족* 여자 등등. 그들은 가장 원시적이고 가장 진실한 모습으로 내 마음속에 존재해. 이들은 닻과 같아서 내가 붙들고 가야 할 가치가 무엇인지 늘 나에게 일깨워줘.

그래, '우매하고 무지한' 어촌이 엄마에게 지식이라는 걸 가르쳐주지는 않았어. 하지만 그곳은 엄마에게 다른 능력을 주었어. 연민하고 공감하는 능력 말이야. 앞으로 살아가는 동안 권력의 오만, 욕망의 무한 질주, 시대의 온갖 허위를 다시 직면한다 해도, 엄마는 그 능력으로 그것들을 직시하고 문명이 가장 본질적으로 관심을 쏟아야 할 곳을 바라볼 거야. 안드레아, 이해하겠니?

하지만 엄만, 내게 무엇이 부족한지도 알아. 열여덟 살 때까지 알지 못했던 고속도로, 하수도, 환경보호, 정부책임, 정치적 자유 같은 것들은 어떻게든 배울 수 있겠는데, 취향이나 태도 같은 생활예술은 메울 수가 없더라고. 음악과 미술과 같은 예술은 엄마에겐 내재적으로 함양된 것들이 아니라 여전히 또다른 지식과 같아. 취향이나 태도를 포함해서 이런 것들은 엄마에겐 부단히 일깨워야 하는 부분이야. 잃어버려서는 안 되는 열쇠꾸러미나 날마다 물을 줘야 하는 식물처럼 말이지. 하지만 이런 것들은 더더욱 내재화된 기질이어야 하잖아. 호흡처럼, 의식하지 않아도 자연스럽게 움직이는 팔다리처럼 말이야. 엄마는 이런 부분에서 뻔뻔스러울 정도로 둔한 것 같아. 어촌의 빈곤이 엄마의 미적 감각을 영 꽝으로 만든 거야.

그렇다면 안드레아, 너희 세대가 아는 것은 무엇이고 모르는 것은

• 타이완 소수 민족의 하나.

26

무엇이니? 너희는 인터넷을 통해 광범위한 지식을 얻고, 물질적으로도 풍요롭지. 예술과 미에 대한 감각도 자연스럽게 체득했고. 열여덟 살의 너는 친구들과 미국의 이라크 침공이 정의로운 일인지를 토론하는 한편 패션 브랜드와 자동차 모델에 대해서도 훤히 꿰고 있어. 어렸을 때부터 모차르트의 〈마술피리〉를 듣고, 셰익스피어의 《아서왕》을 읽고, 뉴욕 브로드웨이에도 가고, 타이베이의 '수월水月'을 감상하고, 또 대영박물관과 바티칸 성당도 둘러봤지. 너희가 생활하는 도시에는 언제든지 이용할 수 있는 음악당, 도서관, 미술관, 화랑, 신문사, 수영장이 있고, 각종 예술제와 음악제, 영화제가 끊임없이 열리지.

너희 세대는 그야말로 바다에서 온갖 자태로 유영하는 알록달록한 열대어라 할 수 있을 거야. 하지만 엄마가 중요하게 생각하는 건 말이야, 이런 환경에서 자란 너희 세대가 추구하는 가치가 무엇인지, 궁극적인 관심이 무엇인지 하는 거야. 너는 간쑤에서 온, 피곤함에 찌든 그 소녀와 연결돼 있니? 사랑하는 나의 안드레아, 너는 화려한 열대어가 유영할 때 어떤 방향으로 나아갈지 신경써야 한다고 생각하니? 아니면 그저 자신을 위해 살아가는 열대어에게 그런 게 대체 무슨 의미냐고 버럭 화를 낼래?

엄마가

2004. 05. 12.

두번째 편지

누구를 위해 파이팅을 외치니?

사랑하는 안드레아,

얼마 전, 올림픽에서 금메달을 딴 중국 운동선수 50명이 홍콩에 도착했단다. 홍콩 사람들은 죄다 거리로 뛰쳐나와 그들에게 환호했지. 엄마는 친구와 함께 텔레비전 뉴스를 통해 이 장면을 지켜봤단다. 엄마 친구가 바나나를 먹으면서 물었어.

"룽잉타이, 독일 팀이 경기할 때 넌 독일 팀을 응원하니?"

엄마는 대답하지 못했단다. 독일, 13년이나 살았던 곳, 내가 가장 사랑하는 아이들이 자란 고향, 그 독일은 나에게 무엇일까?

친구는 답답해하더니 또 물었어.

"그렇다면…… 타이완 팀을 응원할 거야?"

엄마는 또 생각했어.

"음, 타이완 팀…… 꼭 그렇진 않을 거야. 상황을 봐야겠지. 예컨대, 타이완 팀이 네팔이나 이라크 혹은 아이티와 경기한다면, 단언하긴 어렵지만 상대편 국가를 응원할 거야. 그 나라들은 약하니까."

친구가 웃었어.

"그래. 넌 너의 세계시민 편을 들어. 난 그냥 중국 팀을 위해 응원할 테니까."

친구가 중국을 떠나온 건 겨우 두 달 전이었어.

안드레아, 엄마는 무엇 때문에 이렇게 주저하는 걸까? 대체 무엇 때문에 엄마는 그런 금메달을 봐도 흥분되지 않을까? 텔레비전 화면에 비친 사람들은 단순하고 열정적이었어. 숨도 제대로 못 쉴 만큼 붐비는 인파 속에서 어떻게든 운동선수의 손이라도 잡아보려고 필사적으로 손을 뻗고 또 뻗었어. 그런 와중에도 엄마는 그런 생각이 들었어. 저 50명의 금메달리스트는 홍콩에 총선*이 있기 나흘 전, 선전을 위해 베이징에 의해 '파견'됐군. '보황당保皇黨'** 표를 끌어들이려는 그야말로 정치적 도구인데, 저들은 알까? 신경이나 쓰고 있을까?

너는 말하겠지. 타이완 팀을 위해 응원하던 그 열정은 어디로 갔어요? 설마 세계시민주의가 정말로 소박한 민족주의나 집단 정서를 대신할 수 있다고 생각하고 있는 건 아니겠죠? 엄마는 왜 '민족'이라는 것에 그렇게 냉소적일까? 어려서부터 어른이 될 때까지 나는 내가 중국인인 걸 자랑스럽게 여길 것을 교육받아왔지만 '자랑스러운' 것과 '치욕스러운' 것은 하나로 연결돼 있어. 한때 〈중국인, 당신은 왜 화를 내지 않는가〉라는 글이 광범위하게 읽혔고, 또 한 유명한 어른이 〈추한 중국인〉이라는 글을 쓴 적이 있어. 두 글 모두 우리 자신을 비판하는 내용이었지. 그뒤부터 스스로에 대해 자각하게 되면서 '중국

---

* 홍콩의 입법부에 해당하는 기관인 홍콩 입법회香港立法會 선거를 말한다. 입법회 임기는 4년으로, 홍콩 반환 이후 1998년에 시작되어 2004년 선거는 3회째였다. 2004년 선거에서 친중화인민공화국 성향의 친건제파親建制派가 30석을 얻었고, 홍콩의 정치 자유화를 더 중시하는 범민주파泛民主派가 25석을, 5석은 나머지가 얻었다.

** 청말에 캉유웨이康有爲와 양치차오梁啟超를 필두로 한 개화 귀족과 보수파 자산 계급으로 이루어진 세력으로, 황제를 보위하고 입헌군주제를 실시할 것을 주장했다. 여기서는 친 중국파인 친건제파를 빗대어 한 말이다.

인'이라는 이 단어는 아주 '모호한' 것이 되어버렸고, 아무렇게나 사용할 수가 없게 되었어. 정치적으로 이런 일은 흔한 일이지. '독립과 건국'을 추구하는 곳 어디에나 이런 현상은 나타나기 마련이란다. 하지만 현재 타이완은 아주 난처한 처지에 처해 있어. 독립이냐 독립이 아니냐에 대한 공감대가 아직 제대로 형성되어 있지 않으니까. 문화적으로는 특히 일상적으로 겪는 일이야. 일례로, '근검절약은 중국인의 전통적 미덕이다' 혹은 '중추와 칠석은 중국인의 민족 미학을 내포하고 있다'라는 말을 할 때면 반쯤 말하다 '어' 하면서 입을 다물어버려. 이 말을 어떻게 마무리지을지 난감해지니까. '근검절약은 타이완인의 전통미덕이다'라고 말하면 이상해져버리거든. 근검절약이 타이완인만의 미덕은 아니니까. '중추와 칠석은 타이완인의 민족 미학을 내포하고 있다'고 말해도 이상해지지. 다른 사람의 것을 훔쳐온 느낌이랄까? 이렇게 습관적이고 일반적인 많은 말들을 내뱉기 어색한 상황이 되어버렸어.

며칠 전 텔레비전 뉴스에서 타이완의 어느 부장이 엔지니어들의 노고를 치하하는 장면을 보았어. 그는 "우리 중국인은……"이라고 무심코 던졌다가 벼락이라도 맞은 듯 괴로워하며 말을 끊고는 얼른 "우리 타이완인은……"이라고 고쳐 말하더라. 괴로워하는 그 모습을 보니 맘속으로 자신의 입을 때리고 있지나 않을까 싶었어.

엄마의 '냉소'는 어디에서 나오는 걸까? 솔직히 말하면, 안드레아, 역사적 좌표 위에서 살아가는 타이완인으로서 엄마는 '민족주의'가 혐오스러워. 중국 민족주의도 타이완 민족주의도 마찬가지야. 긴 세월 같은 것을 주입받으면서 자란 사람은 때로 그런 것을 보기만 해도 토하고 싶어지니까. 그렇게 세뇌당하면서 그것을 지키는 사이 우리는 너무나 자연스럽고 단순한 고향 사랑과 순전하고 소중한 소속감을 박탈당했어. 그것들은 일단 조작을 거치면 변형될 수밖에 없어.

하지만 이와는 정반대의 어떤 것이 오히려 내가 어디에 귀속되어 있는지를 너무나 명백하게 일깨워주기도 해. 그건 바로 수치심이야. 우리를 대표하는 대통령이 국제무대에서 돌연 국내의 정치투쟁을 조롱거리로 삼을 때, 엄마는 수치심을 느낀단다. 가난한 국가를 방문한 타이완의 기업가가 지폐뭉치를 공중에 흩날리고는 맨발의 아이들이 앞다투어 줍는 것을 보며 그 옆에서 큰 소리로 웃고 있는 모습을 볼 때, 엄마는 수치스럽단다. 국제 뉴스를 통해 중국이나 동남아의 제조공장에서 노동자들을 비인도적으로 학대하는 타이완 기업들을 볼 때, 엄마는 수치스러워. 타이완의 외교부 장관이 국제무대에서 듣기조차 민망한 상스러운 말을 내뱉을 때—그가 싱가포르는 licking the balls of China라고 말했단다. 이게 가장 정확한 번역일 거야—엄마는 수치스럽단다. 엄마를 가장 수치스럽게 하는 것은, 타이완 사람들이 베트남과 중국의 신부들에게 혹은 태국과 인도네시아의 노동자들에게 함부로 대하는 것이란다. 이런 수치심이 엄마가 타이완 사람임을 일깨워줘.

미국이 이라크에 파병하고 며칠 뒤 엄마는 한 연회에 참석했어. 손님들은 세계 여러 나라에서 온 사람들이었어. 한 사람을 소개하며 주최자가 아무 생각 없이 한마디 덧붙이더구나.

"스티븐은 미국인입니다."

그 말에 스티븐은 곧장 허리를 깊이 숙여 인사한 뒤 말했어.

"죄송합니다."

죄송하다고 말할 때 그는 정말로 진지했어. 왜 그렇게 말했는지, 다른 설명이 없었지만 다들 이해한 듯했지. 그건 일종의 수치심이었어. 순간 술잔이 왔다갔다하던 떠들썩한 연회장이 쥐 죽은 듯 조용해졌어.

엄마 생각엔 그 사람도 단지 미국인이라는 이유로 미국 팀에 열광해서 파이팅을 외치지는 않을 것 같아.

엄마 세대는 국가로부터 너무 많은 기만을 당해왔어. 그래서일까. 마음속에 너무 큰 불신과 너무 많은 경시와 너무 많은 반대가 늘 도사리고 있는 것 같아. 소위 국가라는 것에 대해서, 소위 국가를 대표한다는 사람들에 대해서 말이야.

그러니 열여덟 살의 안드레아, 엄마에게 알려주지 않겠니? 넌 독일 팀을 위해 파이팅을 외치니? 독일은 네게 어떤 의미니? 독일의 역사, 토지, 풍경, 교회당, 학교는 네게 어떤 의미로 다가오니? 넌 마르틴 루터, 괴테, 니체, 베토벤이 자랑스럽니? 히틀러의 수치가 너의 수치니? 너와 너의 열여덟 살 친구들은 이미 '독일'이라는 개념을 자유롭게 껴안았니? 아니면 역사가 너희에게 심어준 '지나치게 부풀린' 죄책감과 수치심 때문에 '독일'이라는 개념에서 멀어져 또다른 불안과 당혹스러움에 봉착했니?

유럽은 벌써 깊은 가을이겠구나. 숲이 온통 황금빛으로 물들었겠네? 우리가 있는 이곳은 이미 중추가 가까워져 바다 위 달빛이 하루가 다르게 환해지고 있어.

아, 아들아, 축구를 마치고 땀범벅인 채로 선풍기 바람을 쐬지 않
겠다고 엄마에게 약속해주렴.

엄마가

2004.10.04.

세번째 편지
국가를 피하다

엄마에게,

2년 전, 친구와 저는 프랑크푸르트 시내의 '로마 광장'에 있었어요. 그 작은 광장에 최소한 5천 명의 사람들이 바글거렸죠. 우리는 커다란 국기를 힘껏 휘둘렀어요. 그 5천 명은 한·일 월드컵에 참가했다가 귀국하는 독일 국가대표팀을 기다리고 있었어요. 5천 명이 일제히 노래를 부르고 박수를 치며 펄쩍펄쩍 뛰었죠. 눈물을 흘리는 사람까지 있었어요.

그 일이 있기 일주일 전에도 우리는 광장에 있었어요. 대략 1천여 명의 사람들이 광장에 나와 대형 화면을 통해 결승전을 지켜봤어요. 사람들이 일제히 고함을 질렀고 노래를 불렀고 눈물을 흘렸고 웃음을 터트렸어요.

너무나 생소한 감정이었어요. 마치 순식간에 '독일인' 되기가 허용되는 듯했어요. 더 신기했던 것은, 뜻밖에도 너나없이 자신의 신분과 감정을 무심코 드러내고 있었다는 거예요.

엄마, 어디서부터 얘기해야 할까요? 아빠가 대단한 애국자라는 건 엄마도 아시잖아요. 물론 엄마는 한때 그렇게 생각하지 않았지만요. 제 생각에 아빠의 애국은 할아버지와 관련이 있는 것 같아요. 할아버지, 그러니까 아빠의 아버지는 독일 군대에 소속돼 소련까지 가서 전쟁을 치렀잖아요. 아빠의 작은아버지는 레닌그라드에서 철퇴할 때 눈으로 뒤덮인 혹한의 추위 속에 실종되고 말았고요. 그런 아빠의 영향을 받아서인지 저는 독일을 자랑스러워한다고 말할 수 있어요. 하지만 아무것도 몰랐던 어린 시절에는 '자랑스럽게 여기는' 그런 감정은 '잘못된 것'이라고, 밖으로 드러내서는 안 되는 것이라고 생각했어요. 네, 나치라는 역사 때문에요. 제가 어렸을 때부터 각종 통계 지표 보는 걸 좋아했던 거, 기억해요? 무슨 통계에서든 독일이 세계 10위권에 들기만 하면 뛸 듯이 기뻐했죠. 심지어 '빚이 가장 많은 국가'로 10위에 들었을 때도 자랑스러웠어요. 그땐 뭘 몰랐으니까요.

그렇게 어렸을 때부터 속으로는 독일을 자랑스러워했지만, 겉으로는 관심 없는 척, 무시하는 척했어요. 마치 줄다리기를 하듯 팽팽히 긴장해야 했죠. 조심해야만 제 본심을 드러내는 말실수를 안 할 수 있었거든요. 독일이 괜찮은 나라라는 생각을 감히 드러내려는 사람은 없었어요. 다들 숨기려고만 하는 것 같았죠. 일상생활에서 흔하게 국기를 볼 수 있는 다른 나라들과 달리 독일에서는 국기를 보는 일이 드물었어요. 국가國歌를 불러본 적도 없어요. 옛날에 초등학교 개학식을 교회에서 한다는 얘기를 듣고 엄마가 소스라치게 놀라면서 말했잖아요.

"정교분리 아니었어? 어떻게 입학식을 교회에서 할 수 있지?"

그 문제를 생각해본 적이 있어요. 엄마, 그건 '국가'라는 것을 되도록 피하려다보니 독일인들에겐 종교가 비교적 '안전'해 보이게 된 게 아닐까요. '정政'을 피하는 바람에 '교敎'가 두드러지게 된 거죠.

이렇게 '국가'와 거리를 유지하는 문화와 교육 속에서 자라면서 제가 경험한 장점은 바로 우리 세대에게는 애국이라는 선전이 먹히지 않는다는 거예요. 정치인들은 우리를 쉽게 선동할 수가 없어요. '국가'를 신뢰하지 않고 거리를 둘 때는 국가의 문제가 어디에 있는지 비교적 냉정하게 분석할 수 있으니까요.

하지만 최근 몇 년 사이, 우리 세대 청년들은 말과 행동에서 혹여 실수는 하지 않을까 전전긍긍하며 저자세를 취했던 모습에 대해, 행동과 사고에서 '정치적 올바름'을 견지하려던 자세에 대해 싫증을 내기 시작했어요. 더이상 참을 수가 없어진 거죠. 수많은 젊은이들이 자신의 목소리를 내기 시작했어요.

"왜 저는 다른 사람과 달라야 하죠? 저는 제가 하고 싶은 일을 하고 제가 하고 싶은 말을 할 거예요. 절 자유롭게 내버려두세요. 이제 그만 됐다고요."

여기에는 '독일인으로서 부끄러워하는 척'을 대체 언제까지 해야 하나요? 라는 질문도 포함되어 있어요.

제가 비록 사회학자는 아니지만, 월드컵이 독일인의 집단의식에 얼마나 큰 영향을 미쳤는지 알 수 있을 것 같아요. 1954년 월드컵에서 독일은 전 세계의 예상을 깨고 당시 축구의 일인자로 군림해오던 스위스 팀을 이겼어요. 생각해보세요. 1954년 독일인의 자신감이 얼마나 떨어져 있었을지, 자존감이 얼마나 무너져 있었을지를요. 제2차 세계대전의 실패와 치욕에서 채 회복되지 못하고 있던 바로 그때, 그 경기를 통해 독일인들은 내가 아직 완전히 무너지지는 않았구나, 놀랍게도 아직 가능하구나, 새롭게 자각했죠.

최근 1, 2년 사이 독일 문화가 하나의 새로운 흐름을 일으키고 있다는 느낌이 들어요. 제가 말하는 건 물론 가요나 패션, 영화 등과 같은 대중문화들이에요. 할리우드 문화가 시장을 잠식한 지 오래인데 최근 돌연 〈안녕 레닌〉 〈마니뚜의 신발〉 같은 독일 영화들이 엄청난 인기를 끌고 있어요. 젊고 뛰어난 독일 연기자들도 속속 나타나기 시작했고요. 대중음악도 마찬가지예요. 미국 음악만 듣던 우리가 독일 음악도 주목하기 시작했어요.

나가봐야 해요. 축구 연습하러 갈 시간이거든요. 제 연습이 아니라 매주 토요일은 코치로 활동하고 있거든요. 웃지 마세요, 엄마. 그래도 축구 꿈나무인 이 아이들을 네 살 때부터 가르쳤어요. 지금은 여섯 살이 됐죠. 귀여워 죽겠어요. 아이들에게 축구를 가르치다보면 공부 스트레스에서 벗어나 가벼워져 있는 저 자신을 발견하곤 해요. 아이들과 함께 있는 게 즐거워요. 아이들에 대한 책임감도 느껴지고요.

어제저녁 미국 친구와 인터넷으로 채팅한 내용을 엄마에게 보여드릴게요. 엄마가 재밌어할 것 같아요. 저와 동갑인 루이스는 보스턴에서 공부하는 대학 1학년생이에요.

안드레아가

2004. 10. 05.

루   어제저녁, 한 친구가 우리 세대가 스스로를 어떻게 정의해야 할지도 모를 정도로 잃어버린 세대 같다고 하더라. 20, 30년대는 '잃어버린 세대', 40년대는 '전쟁 세대', 50년대는 '비트beatniks', 60년대는 히피, 70년대는 '펑키funkies', 80년대는 펑크punk(또다시 히피), 90년대는 '랩rap'. 그렇다면 우린 뭘까?

안   하지만 원래 자신은 스스로를 정의할 수 없는 거잖아. 우리 세대는 반항도 모험도 모른다는 말이 어쩌면 맞는 것 같아. 우리는 대부분 안락하고 교양 있는 가정에서 진짜 고통이나 고난이 뭔지, 도전이 뭔지도 모르고 자랐잖아. 너무나 편하게 살아서 저항할 필요도 모험할 필요도 없었지.

루   우리는 스스로에 대해 어떻게 보고 있을까? 역시 매체가 만들어놓은 대로 우리 자신을 보고 있지는 않을까? 저항과 모험을 모르는 이유가, 주류 매체가 '저항하지 않고 모험하지 않는' 일반적인 경향만 보도하기 때문은 아닐까? 미국 매체는 재벌 그룹이 몽땅 장악하고 있거든.

안   하지만, 우리가 대체 무엇에 저항하고 반항할 수 있을까? 너희 미국인은 대상이 있겠네. 너희에겐 부시 대통령이 있지만, 유럽에는 그럴 만한 대상이 없어.

루   하지만 우리도 스스로에 대해 알기 위해선 정체성을 찾아야 해. 그런데 충돌이 없으면 정체성도 찾을 수가 없어.

안   그게 그렇게 필요해?

루   당연하지.

안 왜?

루 왜냐하면…… 어느 심리학자가 그러더라.

안 '네가' 어떻게 생각하는지 알고 싶어.

루 중요하다고 생각해.

안 왜?

루 예를 들면, 내가 아는 어느 백인 흑인 혼혈아는 두 인종과 문화 사이에 끼여서 늘 방황해. 소속감을 갖기 위해 범죄조직에 가입하는 젊은이들도 적지 않지. 비록 범죄 조직일지라도 그들에겐 소속감이 필요한 거야.

안 진짜 나쁜 건, 이 사회가 늘 선택을 강요한다는 거야.

루 맞아, 안드레아. 한 가지 물어볼게. 독일인으로 사는 건 피곤해?

안 얼마 전, 국제 축구경기를 보러 갔었어. 독일 팀이 골을 넣자 관중들이 벌떡 일어나 목이 터져라 노래를 불렀지. "독일인이여 일어나라! 독일인이여 일어나라!" 그런 가사였어. 그 소리를 듣고 나는 깜짝 놀랐어. 그 노래는 평소 다른 경기에서도 부르던 응원가였을 뿐인데 말야. 그러니까, 베를린과 프랑크푸르트가 붙으면 "베를린 사람이여 일어나라!" 그런 식인 거지. 국제 경기니깐 "베를린 사람이여 일어나라"가 자연스럽게 "독일인이여 일어나라"가 된 거고. 그런데 나는 순간 적응이 안 되더라고. 안절부절못했지. 정말 이상했어.

루 너, 바로 나치가 떠올랐구나?

안 바로 그거야.

루 너희 학교에서는 나치 때의 역사를 많이 가르치니?

안   초등학교 때부터 가르쳐. 가르치고 또 가르치고 또 가르치고…… 지겨울 정도로
가르치지. 만약에 말이야, 그런 경기가 끝난 뒤, 길에서 흥분한 미국인 50여 명이
"미국 제일" "미국 만세"를 외치며 지나간다면 넌 어떻겠어?

루   음…… 전형적인 미국인이군, 뭐 그렇게 생각하겠지. 하지만 영국 축구 팬들도 그
러잖아.

안   그래, 맞아. 하지만 고래고래 소리를 지르는 이들이 독일인 50명이라면?

루   …… 네가 뭘 말하는지 알겠다.

안   만약 독일인 50명이 길에서 "독일 제일" "독일 만세"라고 고래고래 외쳐대면 사
람들은 놀라 자빠질 거야. 이튿날 뉴욕 타임스에도 날 테고. 그렇지 않아?

루   그래.

안   너는 왜 자신을 '미국인'이라 생각해?

루   대답하기 너무 어려워. 난 미국인이 싫어.

안   그렇다면 무엇에 너를 동일시하니?

루   나와 세대가 같은 사람들이지. 국적과는 무관해.

안   그렇다면 어떤 특징이 너희 세대를 미국인으로 규정짓니? 세계 제일 강국의 젊은
이는 자신을 어떻게 이해해? 그리고 이 세계와의 관계는 어떻게 규정짓지?

루   실은 난 미국 문화와는 거리를 둬. 친구들 중에도 정치에 관심 있는 애들은 거의
없어. 그애들은 대부분 부시를 반대한다고 하지만, 그건 단지 자신의 '쿨함'을 드
러내기 위해서야. 부시에 반대하는 건 일종의 유행 같은 거야. 기독교인이나 호전
주의자好戰主義者가 아니면 젊은이는 다들 반대하니까.

안 네 말은 그러니까 미국의 젊은이들도 어떤 가치를 받아들여야 하는지 잘 모른다는 거네?

루 미국은 강국이고, 그건 결국 정치와 경제, 국제정세를 하나도 몰라도 된다는 뜻이기도 해. 어차피 이 나라는 어떻게든 유지될 테고, 하늘이 무너져도 누군가는 떠받들고 있을 테니까. 미국 젊은이들의 비애는 바로 거기에 있는 것 같아. 세계에 대해서는 철저히 무관심하고 오직 자기 울타리 안의 삶에만 집착하는 것 말이야.

안 음, 그건 모든 부자나라의 공통된 특징인 것 같아.

룽 선생님께,

정체성에 대한 안드레아의 글을 읽고, 정체성이 그렇게나 복잡한 것임에 깜짝 놀랐습니다. 선생님은 양파를 벗기듯 보이지 않는 핵심에 이를 때까지 하나하나 벗겨가더군요. "엄마 세대는 국가로부터 너무 많은 기만을 당해왔어. 그래서일까. 마음속에 너무 큰 불신과 너무 많은 경시와 너무 많은 반대가 늘 도사리고 있는 것 같아. 소위 국가라는 것에 대해서, 소위 국가를 대표한다는 사람들에 대해서 말이야." 선생님의 이 말씀에도 저는 충격을 받았습니다. 홍콩 식민지에서 자란 저는 '국가'에 그 어떤 신뢰라도 가져본 적이 있을까 싶더군요.

미국에 온 지 2년이 돼갑니다. 이곳 사람들은 백이면 백 중국인과 홍콩인, 타이완인의 차이를 구별하지 못합니다. 그런데 저는 홍콩을 떠나왔기 때문에 오히려 홍콩인이라는 제 신분을 더욱 뼈저리게 느낍니다. 1997년 이전 저는 영국인이어야 했지만, 저 자신이 영국인이라 느껴진 적은 단 한 순간도 없었습니다. 1997년 이후 저는 중국인이어야 했지만, 역시 중국인이라 느껴지지 않았습니다. 가장 재밌고 가장 신기한 일은, 현재 홍콩에 대한 홍콩인의 정체성은 그 어느 때보다 강하지만, 지금 홍콩인은 오히려 '국가'라는 개념 없이 살아가는 사람들이라는 사실입니다.

국가가 있느냐, 와 네게 정책에 대한 결정권이 있느냐, 는 별개의 문제입니다. 홍콩인은 이 두 가지 문제를 함께 논의하지 않습니다. 감히 꺼내지 못하는 거지요. 말을 하다보면 결국 '독립'이라는 문제가 나올 수밖에 없으니까요.

저는 변했습니다. 홍콩에서라면 도저히 인정할 수 없는 일이 일어나도 목소리를 내지 않고, 혐오스러운 백인에게 '감히' 말하고 싶어도 그저 예의 바르게 참습니다. 문제가 어디에 있는지 명확히 알지만, 오히려 침묵하고 맙니다. 이것은 정말이지 원래의 제 모습이 아닙니다. 저는 이런 저 자신이 싫습니다.

A·M 드림

네번째 편지
젊지만 하고 싶은 대로만 하고 살지는 않아요

엄마,

편지가 늦었어요. 친구들과 삼 주 동안 여행을 다녀왔거든요. 뭐라 하지 마세요. 열여덟 살이나 먹은 아들이 엄마와 편지를 주고받는 것만으로도 엄마는 충분히 만족하셔야 해요. 게다가, 어렸을 때부터 제가 얼마나 게을렀는지 잘 아시잖아요. 알았어요. 우리 사이가 점점 소원해진다느니 어쩌느니, 엄마의 그 잔소리가 날아오기 전에 제가 어떻게 지냈는지 보고드릴게요.

우리는 지중해의 몰타와 바르셀로나에 갔었어요. 그런데 막상 말씀드리려니, 정말 솔직하게 엄마에게 다 말할 수 있을지, 또 엄마가 과연 열여덟 살 유럽 청년들의 생활방식을 있는 그대로 이해하고 받아들일 수 있을지, 딜레마에 빠지게 되네요. 가능하다고요? 그렇다면 이실직고할게요. 네, 맞아요. 청춘을 사는 우리들의 생활신조는 바로 속된 말로 '성, 쾌락, 로큰롤'이에요. 위선자만이 이 철학을 부정할 수 있을 거예요.

독일 말에 이런 말이 있어요.

"당신이 젊은데도 불구하고 급진적이지 않다면 당신은 마음이 없는 사람이고, 당신이 늙었는데도 보수적이지 않다면 당신은 머리가 없는 사람이다."

독자가 보낸 편지 한 통을 받았어요. 열여덟 살의 홍콩 여학생이었어요. 그 독자는 저에게 시간을 어떻게 쓰는지, 무슨 책을 읽는지, 어떤 고민을 하는지, 친구들과 모이면 무슨 주제로 토론하는지 등등에 관해 물었어요. 전 깜짝 놀랐어요. 그분은 저를 허위에 가득 찬 지식인쯤으로 생각하는 걸까요? 물론 저도 어쩌다 엄숙하고 거창한 문제들을 고민하긴 하죠. 한 달에 오 분 정도? 심심해 죽겠을 때요.

알았어요, 알았어. 장난이에요. 하지만 이렇게 과장이라도 해야 열여덟 살이 대체 어떤지 아시게 될 테니까요. 저는 방금 카페에서 돌아왔어요. 카페에서 침을 튀기며 떠들었던 내용들은 대부분 우리를 둘러싼 작은 세계와 친구들 사이에서 있었던 신변잡기죠. 물론 우리도 정치나 사회 문제에 대해서 토론하기도 해요. 오늘 저녁만 해도 〈화씨 911〉을 보러 갈 거예요. 각자 자기만의 생각들이 있겠지만, 우리들 견해라는 게 뻔하죠 뭐. 얕고 좁은 건 말할 것도 없고 다들 제 생각만 떠들고 다른 사람 의견은 듣는 둥 마는 둥 하겠죠.

월요일부터 금요일까지 누구는 축구, 누구는 농구, 또 누구는 무용으로 다들 바빠요. 독일에서는 오후 세시면 학교를 파하고, 그후엔 각자 알아서 하면 돼요. 축구광인 저는 일주일에 세 번 축구를 해요. 일주일에 한 번은 여섯 살 꼬마 녀석들에게 축구를 가르치고, 또 주말마다 원정경기도 있어요. 제 생활에서 축구가 차지하는 비중은 절대적이라 할 수 있죠. 공부하는 데 그렇게 많은 시간을 쏟을 필요는 없어요.

나머지 시간에는 친구들과 어울려요. 특히 주말에는 친구네 집이나 카페, 바에서 술을 마셔요. 인사불성이 되도록 취해서는 병을 집어딘져 바를 난장판으로 만들기도 하고 눈에 거슬리는 사람 아무나 붙잡고 묵사발이 되도록 치고받기도 하고요.

어때요? 엄마 또 깜짝 놀라셨죠? (엄마가 진짜로 믿었다는 거 알아요. 정말이지 엄마는 '빨간 두건' 소녀 같아요. 어쩔 수가 없네요!) 알았어요. 장난 안 할게요. 열넷에서 열여섯쯤 되면 무척이나 해보고 싶어지는 일들이 생기는데, 술 마시는 것도 그중 하나예요. (그러니 엄마의 둘째아들 필립을 눈여겨보세요.) 하지만 이제는 어느 정도 경험이 쌓인 우리로서는 흥청망청 취하도록 마셔대는 건 진짜 꼴불견이라 생각해요. 물론 간혹 취하기도 하죠. 이번 몰타에서처럼요. 9년을 함께해온 친구들이 조만간 각자 제 길을 찾아 흩어지려는데 취하지 않고 배길 수가 있었겠어요? 그런데…… 어느 저녁, 아프리카 나미비아에서 있었던 일을 얘기해볼까요? 제가 아는 한 중화권 작가가 나미비아의 호텔에서 술에 취해 컵을 두드리며 큰 소리로 노래를 부르는 것도 모자라 호텔 식당의 컵과 접시, 포크와 나이프를 몽땅 식탁보에 싸서 가져가버린 일이 있었어요. 그 사람, 기억나세요? 엄마가 그렇게 엉망진창으로 취한 그해에 저는 겨우 열 살이었지만 그 일은 지금까지도 잊히지가 않아요.

음주가 좋다는 게 아니라, 유럽과 아시아의 음주문화가 천양지차라는 걸 말하고 싶은 거예요. 엄마, 술 마실 때 잔을 부딪치는 관습이 어디서 왔는지 아세요? 중세기 노르웨이에서는, 미워하는 누군가를 죽이고 싶으면 그 사람의 맥주에 독을 탔대요. 많은 사람들이 그렇게 죽어나갔나봐요. 그래서 곧 잔을 부딪치는 행위가 유행하기 시작했대요. 맥주잔을 힘껏 부딪치다보면 맥주가 서로의 잔에 튀어들어가죠. 상대를 죽이려고 하면 자신도 같이 죽을 수밖에 없게 된 거예요. 그러다보니, 같이 맥주를 마시고 잔을 부딪치고 거나하게 취하는 게 오히려 옆에 앉은 사람을 신뢰한다는 의미로 바뀌었고, 그것이 점차 음주문화의 하나로 굳어진 거죠. 이렇게 장황하게 '서론'을 연 건, 엄마에게 알려드리고 싶어서예요. 자식들의 음주에 부모님들이 그렇게 지나치게 긴장하거나 걱정할 필요가 전혀 없다고요.

몰타 여행은 졸업여행이었어요. 남녀 10명씩에 선생님 한 분이 동행했어요. 몰타는 지루하기 짝이 없었어요. 어차피 우리에게 중요한 건 친구들과 함께 보낸다는 거였어요. 게다가 아침에서 저녁까지 같이 있다보니 서로에 대해 미처 몰랐던 점들을 알게 됐어요. 선생님은 낮에는 우리를 데리고 유적지를 답사하고 밤에는 '퇴근'하셨어요. 열여덟 살이면 다들 제 행동에 책임을 질 나이니까요. 며칠간, 오후에는 수영장 가에 둘러앉아 음악을 틀어놓고 맥주를 마시며 이야기를 나눴고, 저녁에는 술집들을 어슬렁거렸어요. 좁디좁은 거리에는 유럽 각국에서 온 사람들로 북적거렸지요.

바르셀로나에서는 그래도 재밌었어요. 우리 일행은 다섯이었는데, 아파트를 하나 세냈어요. 일주일을 통째로 빌리는 데 500유로밖에 안 되더라고요. 짐을 숙소에 부리자마자 나가서 돌아다녔어요. 그 많은 광장들이 모두 입이 떡 벌어질 정도로 아름다운 건물들에 둘러싸여 있더라고요. 고전 건축이든 현대 건축이든 아름답지 않은 것이 없었어요. 조각들도 마찬가지고요. 우리는 매일같이 도시 곳곳을 걸어서 돌아다녔어요. 바르셀로나는 지금까지 제가 가본 가장 아름다운 도시 중 한 곳인 것 같아요. 제가 가본 도시가 적지 않은데도 말이에요.

어느 저녁에는 우연히 미국에서 알던 친구를 만났어요. 그녀는 베네수엘라 출신인데, 바르셀로나에서 공부하고 있었어요. 그녀는 골목 구석구석까지 우리를 데리고 다녔죠. 유럽의 매력은 그런 데 있는 것 같아요. 어느 방향으로든 두 시간만 날아가면 완전히 다른 문화 속으로 들어갈 수 있다는 거요. 미국에서는 불가능한 일이죠. 어딜 가도 모두 똑같은 모습의 도시들뿐이니까.

엄마, 엄마는 어때요? 결핍의 시대에 성장한 엄마에게도 '청소년 시절'이라는 게 있었나요? 엄마의 부모님은 엄마에게 어떻게 대했어요? 엄마의 시대는 또 엄마에게 어떻게 대했어요? 열여덟 살의 엄마는 인간관계가 원만한 여학생이었나요? 아니면 언제나 일등만 하는 재수없는 모범생이었나요? 혹시 아무도 관심을 보이지 않는 외톨이였나요? 아니면 혼자 잘난 척 군기를 잡는 군기대장이었나요?

안드레아가
2004. 10. 25.

✉ 룽잉타이
✉ 안드레아

urgent

안드레아, 엄마에게 좀 가르쳐줄래? 편지에서 네가 말한 '성, 쾌락, 로큰롤'은 현실 묘사니 아님 추상적인 비유니?
되도록 빨리 답 주렴.

엄마가

✉ 안드레아
✉ 룽잉타이

Don't panic

엄마,
제발, 제발요. 지식인들의 '대大문제'라면 저한테 안 꺼내줄 수 없나요? 우리 생활에는 평범하고 속된 즐거움도 있다고요. '성, 쾌락, 로큰롤'은 당연히 비유죠. 저는 삶에는 여러 종류의 즐거움이 있다는 것을 말하고 싶었을 뿐이에요. '쾌락'이란 술이나 축구일 수도 있고, 온전히 몰입해서 완전히 불태우는 어떤 것일 수도 있고요. 프로이트 때부터 인간은 직관에 의해 좌우된다는 사실을 알았잖아요. '로큰롤'도, 단지 음악뿐만이 아니라 생활방식이나 취향 같은 것들을 아우르는 총체적인 개념이에요. 그건 그러니까, 타인의 시선을 의식하지 않고 자유롭게 살아가는 일종의 자기해방 같은 거예요. 또 한편으론 미지의 세계를 과감히 탐색하고, 인간적인 유대를 돈독히 하는 것이기도 하고요……

안드레아가

장미에 대한 저항

사랑하는 안드레아,

네 편지를 읽고 엄마는 마음이 아주 복잡해졌단다. 미국에서 막 네 아빠를 알았을 때, 네 아빠가 들려줬던 여행담이 떠오르더구나. 여행 당시 열여덟 살이었던 네 아빠는, 아빠처럼 장발에 찢어진 청바지를 입은 친구들과 함께 독일을 출발해 유럽을 가로질러 터키와 그리스 까지 갔어. 히치하이크로 말이야. 1968년, 유럽에서 학생운동이 일어나고 히피 문화가 기세를 떨치던 때였지.

말이 통하지 않는 어느 나라에서 교통사고가 나는 바람에 한바탕 소동을 치러야 했고, 스페인 성당에서는 미사를 드리는 여자아이를 어떻게든 꾀어보려고 했고, 돈이 한 푼도 없는 상황에서 그리스 농가를 속여 한 끼를 얻어먹었고, 볏짚더미 위에 누워 체코의 어두운 밤 하늘을 화려하게 수놓았던 별들을 보았다고 했어.

그때 엄마는 스물셋이었어. 막 미국에 온 참이었지. 엄마는 유럽의 젊은이와 타이완의 젊은이가 경험하는 세계가 어떻게 그렇게 다른지 의아하지 않을 수 없었어. 어떻게 저들은 아무 겁도 없이 배낭 하나만 메고 세상을 떠돌며 경험을 쌓을까. 저들의 머릿속에는 왜 온통 놀 생각밖에 없는 걸까. 저렇게 놀기 좋아하고, 또 그렇게 놀려고 기를 쓰는데, 설마, 부모님들은 저들이 열심히 공부해서 출세하길 바라지 않는 걸까. 학교는 저들이 받은 것을 사회와 조국에 되돌려주길 기대하지 않는 걸까. 당연히 우리도 놀았어. 하지만 우리에게 논다는 건, 잠시 공부의 중압감에서 벗어나 구국단救國團이 짜놓은 조직적인 '자강활동自强活動'에 참여하는 정도였어. '구국단'은 동독 공산당의 '청년단'과 비슷한 거야. 애국교육, 애당교육을 위한 조직이지. 안드레아, 이해하겠니? 엄마 세대에게 '놀이'는 '자강'이었어. '놀이'를 통해 강인한 심신과 불굴의 의지를 길러야 했지. 그 목적은 '구국'이었고. 우리에겐 노는 것조차 '나라를 구하기' 위한 것이 되어야 했어.

빙 둘러서서 노래 부르며 춤추기, 수건돌리기, 눈 가리고 사람 찾기, 손뼉 치며 발 구르기, 체조 같은, 유치원 아이들이나 하는 놀이를 대학생들도 똑같이 열을 올리며 했어. '놀이'라는 외피를 뒤집어쓰고 있었지만 결국 단체행동 속에서만 안전과 즐거움을 찾을 수 있다고 주입하는 집단교육이었던 거지.

물질적 빈곤 때문이 아니었어. 그 시절 유럽의 청년들과 타이완 청년들의 가장 큰 차이는, 전자는 개인을 사유했고 후자는 집단을 사유했다는 거였어. 집단사유란 그러니까, 집단을 벗어나면 안전하지 않다고 생각하게 만드는 거야. 우리는, 개인은 집단을 위해 존재한다고 교육받았어. 공부하고 학교에 다니는 것도 물론 국가의 강성을 위한 것이었지. 그러니 '놀이' 역시 한 집단의 뜻을 이루기 위한 수단이었던 거야.

나치 시절의 독일 아이들이나 공산당 시절의 동독 아이들도 그런 식으로 자랐어. 중국과 북한의 아이들도 마찬가지고. 타이완은 공산 국가는 아니지만, 공산국가만이 집단주의를 부추기는 것은 아니야.

파시즘 역시 마찬가지지.

그렇다면 네 아빠 세대의 청년들은 태생적으로 자유를 추구하는 사람들이었을까? 그들의 부모, 그러니까 네 할아버지 할머니야말로 파시즘의 집단의식 속에서 살아온 세대야. 사실 네 아빠와 엄마의 태생적 배경은 그리 다르지 않아. 다만 서독은 미국의 지원 아래 1950년대에 차츰 민주주의로 나아갔지만, 역시 미국의 지원을 받은 타이완은 1980년대 말이 되어서야 민주주의가 출현했다는 게 다르지. 1968년 유럽의 청년들은 기존의 권위에 도전해 윗세대에게 돌을 던졌지만, 타이완의 청년들은 여전히 애국교육, 애당교육을 받으며 "단결, 단결이 곧 힘이다"라고 노래하고 있었던 거야.

언젠가 한 서독 출신 교수가 해준 말이 생각나네. 68세대들은 베란다에 부모 세대가 좋아하던 장미나 모란, 진달래 대신 대나무를 키우려고 하기도 했대. 장미는 중산층의 보수적 가치관을 의미하겠지. 집단을 위해, 더 나은 삶을 위해, 더 잘 먹고 잘살기 위해 하루하루 고군분투하며 성실히 살아가자는 게 중산층의 가치야. 그러니까 저 멀리 이국땅에서 자라는 대나무를 심는다는 건 장미에 반대한다는 뜻인 거지. 부모들이 온갖 정성을 다해 마당의 장미를 키울 때, 중국에서 일어난 문화대혁명은 들판으로 번져나가는 불길처럼 저 멀리 아시아를 불태웠고, 자유분방한 급진주의가 젊은이들을 사로잡았어. '성, 쾌락, 로큰롤'은 그런 배경에서 부르짖었던 갈망이었지.

그런 68세대가 부모가 되고 교사가 된 거야. 그들은 여전히 권위에 반대하는 부모이고, 보다 가볍고 편안한 교육을 주장하는 선생들이지. 안드레아, 너는 바로 그런 분위기에서 자랐어. 너의 '빈둥거림',

'일등을 거부'하는 철학, 자유선언, '평범함의 즐거움'을 긍정하는 태도는 바로 그런 배경에서 탄생한 것이란다. 네 아빠 세대에게 '노는 것'이 조심스러운 어떤 시도였다면, 너희에게 '노는 것'은 자연스러움 그 자체겠지.

네 그런 태도를 엄마가 반대해야 할까? '진지하고 복잡하고 가식적인'데다 제대로 '놀아본 적'도 없는 '나'라는 지식인이, 널 도덕적으로 타이르면서 '개미와 베짱이' 운운하며 겁줘야 할까? 아니면 "아들, 너는 이 글로벌 경쟁에서 반드시 '일등'을 해야 해. 그러지 않으면 살아남을 수 없어"라고 일러줘야 할까?

안드레아, 엄마는 이 문제를 심각하게 고민해봤단다. 하지만 그러지 않기로 했어.

네가 다른 무엇보다 또래 친구들과 함께하는 시간을 소중히 여긴다면 엄마는 반대하지 않아. 인생은 말이야, 넓게 펼쳐진 평원에서 숲으로 들어가는 길과 같단다. 평원에서 만나는 친구들은 함께 갈 수 있어. 앞에서 끌어주고 뒤에서 밀어주면서 말이지. 하지만 일단 숲에 들어서면 풀숲과 가시덤불들이 길을 막고, 그러면 상황은 완전히 달라지지. 다들 자기 앞만 보면서 길을 찾아나갈 수밖에 없어. 끌어주고 밀어주며 함께 웃고 떠들던 '집단감정'이나 아무 걱정근심 없이, 아무 시샘 없이 함께 나누던 '깊은 우정'은 우리 인생에서 청소년기에만 있을 수 있는지도 몰라. 해맑고 찬란하던 그 시기를 지나고 나면 그뒤론 걸으면 걸을수록 고독해지지. 넌 앞으로 가정에 구속되고, 책임감에 묶이고, 너 자신의 야심에 갇히고, 인생의 복잡다단한 모순들에 짓눌리게 될 거야. 네가 숲속 깊이 걸어들어갈수록 찬란한 햇빛 같은 친구는 더이상 없을 거야. 인생을 알 만한 나이가 되면 사람들에 둘러싸여 있으면서도 말할 수 없는 고독에 몸서리치겠지. 안드레아, 지금은 '다른 무엇에 구애받지 않고 하고 싶은 대로' 해도 돼.

노는 거라면, 안드레아, 엄마는 놀 줄 모르는 것은 확실히 단점이라고 생각해. 혹시 시무룽席慕蓉 이모—기억하니? 시도 쓰고 그림도 그리는 몽골의 공주 말이야—가 그런 말을 한 적이 있어.

"나무껍질을 만져보거나 바싹 마른 나뭇잎을 밟아보거나 하는 것처럼 평소에 자연을 접해보지 못한 아이에게는 미술을 제대로 가르칠 수가 없어. 그애들은 생활 속의 미를 접해보지 못했으니까."

엄마가 굉장히 좋아하는 중국 작가 중에 선충원沈從文*이라는 사람이 있어. 엄마는 그 작가의 문학적 매력이 어렸을 때 학교를 땡땡이치고 거리를 어슬렁거리며 인생의 천태만상을 접했던 데서 나왔다고 생각해. 쇠를 두들기고 칼을 가는 상인들과 죽어나가는 개와 돼지, 사람을 죽이는 혁명군과 바닥에 굴러떨어진 농민의 머리…… 저잣거리의 이런 거친 현장들이 교실에 앉아 교과서를 외우는 것과는 비교할 수 없을 만큼 선충원을 성숙시키고 지혜롭게 했을 거야.

네가 어렸을 때 엄마는 늘 널 데리고 극장에도 가고 공원에도 갔어. 공원에서는 비둘기에게 모이를 주고, 부엌에서는 밀가루 반죽을 하고, 야외에서는 흙을 가지고 놀고 들꽃을 따고 조개를 줍고 연을 날렸지. 정원에서는 페퍼민트를 기르고 오이를 심고 자전거를 타고 라인강을 따라 멀리까지 나갔지. 이제 넌 많이 커서, 혼자서 바르

• 1920~1988, 중국의 저명 작가이자 역사문물연구가이다. 대표작으로《긴 강長河》《변성邊城》등의 작품이 있다.

셀로나를 걸으며 건물들을 보고 조각을 보러 다니지. 엄마는 시무룩 이모의 생각과 같아. 미술수업을 백번 받는 것보다 하루 종일 대자연 속을 걸어다니는 것이, 건축 설계를 백 시간 가르치는 것보다 오래된 도시 몇 군데를 돌아보는 것이, 또 문학 작법을 백번 듣는 것보다 바 짓단이 더러워지도록 시장을 돌아다니는 것이 훨씬 나아. 노는 것은 천지간 학문의 근본이라 할 수 있을 거야.

그렇다면 엄마는 내 아들이 앞으로 아무것도 이룬 게 없는 겨울의 베짱이가 된다 해도 걱정이 안 될까? 귀신을 속일 일이 따로 있지. 당 연히 엄마도 걱정돼. 하지만 엄마가 걱정하는 것은 네가 좋은 직업을 가질지 어떨지, 돈을 많이 벌지 어떨지, 네가 높은 지위에 오를지 어 떨지, 그런 게 아니야. 엄만 네 일이 네게 얼마만큼의 자유를 가져다 줄 수 있을지가 걱정돼. '성, 쾌락, 로큰롤'은 '젊은 시절 어떤 것에도 구애받지 않고 하고 싶은 대로' 하겠다는 자유의 개념일 거야. 반항의 제스처이기도 할 테고. 숲으로 들어간 뒤의 자유는 얼마나 많은 시간 을 들여 가시덤불을 제거해나가느냐에 따라 달라질 거야.

엄마가

2004. 11. 01.

모든 게 작고 사소해요

엄마,

엄마는 걱정이 지나치신 것 같아요. 여름에 싱가포르에서 만났을 때 말예요. 어느 날 아침, 동생은 아직 자고 있고 저는 막 잠에서 깬 참이었죠. 엄마는 그런 절 붙들고 엄마를 사랑하지 않는다느니, 너무 많이 논다느니, 공부는 뒷전이라느니 불평을 늘어놓으셨어요. 기억 해요? 엄마도 엄마한테 문제가 있다는 거 아시잖아요. 생활 속 예술 을 이해하지 못하는 거요. 편지만 해도 그래요. 엄마는 두 주 전부터 "썼어? 안 썼어?" 끊임없이 다그치죠. 맙소사, 오늘이 마감일인 걸 깨닫고 이제야 앉아서 써요. 이게 저예요. 그런데 저에게 글쓰기는 음악도 듣고 친구랑 문자도 주고받고 또 엄마에게 편지도 쓰면서 하 는 그런 일이에요. 전 '글쓰기'가 스트레스를 주는 일이 아니라 그 자 체로 재밌고 즐거운 어떤 과정이길 바라요. 그런데 엄마는, 이 주 전 부터 절 들들 볶아대죠.

이런 것들이 저는 생활태도의 문제라고 생각해요. 엄마도 '괴롭고 덧없는 인생'이라는 말은 들어봤겠죠.

엄마, 엄마가 생각하는 것보다 우린 훨씬 더 복잡해요. 제 생각에 는요.

음악을 예로 들어볼게요.

'자유분방'했던 1920년대에는 재즈와 스윙이 유행했고 너나없이 찰스턴Charleston을 췄어요. 1950년대는 반항심이 폭발했던 로큰롤이 대세였고, 이 시기에 새로운 세대가 떠올랐죠. 1960년대가 되자 비틀스에 대한 열광이 전 세계를 휩쓸면서 사랑과 평화, 반전을 부르짖는 Flower Power, Woodstock, Hippies and making babies 등의 운동으로 이어졌어요. 그뒤로는 점점 더 복잡해졌죠. 1980년대는 다시 대중음악과 로큰롤로 나뉘어졌어요. 마이클 잭슨과 마돈나가 가진 문화적 함의는 일개 가수의 수준을 훌쩍 뛰어넘는 것이었죠. 1990년대에는 다양한 장르들이 공존하면서 서로 혼합되기도 했고요. 랩, 테크노, 아이돌, 팝…… 그렇다면 지금은요? 이미 21세기인 지금, 독일 음악 순위만 살펴봐도 엄만 깜짝 놀랄걸요. 10위 안에만 해도 독일 팝, 미국 팝, 테크노, 독일 록, 미국 록, 뉴웨이브, 라틴음악과 살사…… 심지어 클래식까지 들어가 있죠.

제가 무슨 말을 하려는지 모르겠죠? 그렇죠? 엄마와 저의 세대차이가 바로 여기에 있어요. 제 친구들은 제 얘길 다 알아들어요. 제 의도를 덧붙일 필요도 없죠.

알았어요. 얘기할게요, 엄마. 저 순위만 봐도 얼마나 다양하고 세분화되어 있는지 알 수 있잖아요. 제 또래 아이들은요, 각자 자신만의 길이 있어요. 자신만의 취향을 선택하고 자신만의 게임을 즐기고 또 옳고 그름에 대한 자기 자신만의 기준을 정하죠. 모든 것들이 아주 개인적인 차원에서 이루어져요. 우리 시대엔 더이상 그 어떤 '위대'한 특징도 없으니까요.

텔레비전만 틀면 나오는 프로그램들 좀 보세요. 과거 1960~1980년대에 대해 토론하고 정리하는 것들 말이에요. 하늘 아래 있을 법한 일들은 벌써 모두 다 일어났고, 모든 '위대'한 일들은 다 이루어진 듯해요. 그런 프로그램들을 보고 있으면, 왜 그런지는 모르겠지만 이 사회가 과거에 대한 향수와 현재에 대한 환멸로 가득 차서 미래에 대해 그 어떤 참신한 상상도 할 수 없게끔 만들고 있다는 생각이 들어요. 우리 시대는 좌표가 없는 시대인 것 같아요. 함께 저항할 만한 어떠한 이슈도 없다보니 자기 자신만의 세계로 후퇴하는 거죠.

그래서 저는 우리가 68세대의 '후예'라서 유난히 반항적이라거나, '무엇에도 구애받지 않고 하고 싶은 대로' 제멋대로들 한다는 엄마의 말에 동의할 수가 없어요. 엄마는 우리를 잘 몰라요. 엄마, 우리가 얼마나 '보수적'이고 '고분고분한' 세대인지 아세요? 생각해보세요. 어떤 엄청난 일들이 우리를 들고일어나게 하고, 또 무슨 중요한 이슈가 우리를 저항하게 할 수 있겠어요. 우리가 내릴 수 있는 결정은 하나같이 작고 사소한 일들뿐이에요. '무엇에도 구애받지 않고 하고 싶은 대로' 하는 건, 네, 맞아요. 저는 게을러터졌죠. 하지만 제 친구들은 대부분 '더 나은 미래를 위해 노력'해요. 내년 여름 졸업한 후 어디에서 인턴을 할지 일찌감치 결정을 끝낸 친구들도 많고, 몇몇 친구들은 박사까지 공부할 거예요. 선생님들이 주는 스트레스도 적지 않아요. 지금부터 내년 졸업까지는 매주 시험이 있어요. 독일 실업률이 만만치 않다보니, 젊은이들은 전전긍긍 아주 사소한 일에서조차 움츠러들곤 해요. 좋은 교육을 받지 못하면 좋은 일자리는 꿈도 꾸지 못한다는 사실도 너무나 잘 알고 있죠. 인생은 끝나지 않는 파티가 아니니까요.

그런데 저는 언제까지 놀 거냐고요? 이제 놀 만큼 놀았어요. 신선한 곳들도 신기한 경험들도 싫증나기 마련이잖아요. 순간 엄마는 그럼 제가 이제 방에 틀어박혀 비디오를 보거나 친구들과 어울려 차를 마시면서 수다나 떨겠지 생각하겠죠. 엄마, 전 날뛰는 짐승과 같은 반항소년이 아니랍니다. 그러니 함부로 절 '재단'하지 말아주세요.

저에 관해 묻고 이해하려는 것은 괜찮지만 저를 판단하지는 말아주세요. 정말로요.

제가 좋아하는 곡이에요.

고등학교 복도를 미친 듯이 뛰어다니며
숨이 차오르도록 소리치고 싶어.
이제 막 이 세상에 진실한 세계란 없다는 것을 알게 됐어.
그저 어떻게든 넘어서야 할 거짓말뿐이지.

I wanna run through the halls of my high school
I wanna scream at the Top of my lungs
I just found out there's no such thing as the real world
Just a lie you've got to rise above
_John Mayer, 〈No Such Thing〉

안드레아가
2004. 11. 15.

EMAIL

✉ **LTD**
✉ **안드레아 엄마**

오자?

당신이 사용한 '청광淸狂'이라는 단어에는 출처가 있을 것 같은데요. '경광輕狂'은 우리가 아는 바로 그 단어고요. 아니면 우리가 이해하지 못한 다른 게 있나요? 감성과 이성, 중국과 서양이 만나 만들어지는 매 '작품'을 즐겨 읽고 있습니다. 감사드립니다.

보스턴에서 LTD가

✉ **안드레아 엄마**
✉ **LTD**

오자가 아니랍니다

편지 주셔서 감사합니다. '경광輕狂'은 행동거지가 경박함을 의미하고 '청광淸狂'은 무엇에도 구애받지 않고 하고 싶은 대로 하는 것을 가리킵니다. 두보의 장유시壯遊詩 "放蕩齊趙間, 裘馬頗淸狂", 좌사左思의 위도부魏都賦 "僕黨淸狂", 소동파의 시 "老夫聊發少年狂, 左牽黃, 右擎蒼" 등에 '청광淸狂'이라는 말이 나오지요.

안드레아 엄마가

✉ **YU**
✉ **안드레아 엄마**

알고 싶습니다

제 딸아이에게 당신과 안드레아가 주고받은 편지를 보여주었습니다. 식탁에서 토론과 격전이 많이 오갔습니다. 우리 모녀가 감정을 교류할 수 있는 기회를 주셔서 감사합니다. 그런데 저는 안드레아의 성장 배경이 몹시 알고 싶습니다. 어떤 문화에서 자랐는지 알면 글을 더 잘 이해하지 싶어요. 예를 들면, 당신과 말할 때 안드레아는 어떤 언어를 쓰나요? 당신에게 보내는 편지를 쓸 때는요? 안드레아는 어디서 자랐죠? 지금은 어디에 있고요? 고등학교 3학년인가요? 두 사람의 대화가 너무 좋고, 제게 많은 감동을 선사합니다.

YU가

✉ **안드레아 엄마**
✉ **YU**

중국어가 아주 형편없답니다

안드레아는 타이베이에서 태어났고 어금니가 나기도 전인 생후 팔 개월 때부터 유럽의 독일에서 자랐답니다. 아버지나 친구들과 얘기할 때는 독일어를 씁니다. 엄마와 엄마의 친구들과 말할 때는 중국어를 쓰죠. 하지만 우리의 편지는 영어로 진행됩니다. 지금 우리 두 사람은 떨어져서 살고 있어요. 안드레아는 독일에, 저는 홍콩에 있습니다. 안드레아는 지금 고등학교 4학년입니다. 독일의 고등학교는 4년제거든요.
독일에서는 고등학교를 미국이나 중국보다 1년 더 다닙니다. 안드레아는 지금 내년 여름에 있을 고등학교 졸업시험을 준비하고 있습니다. 그다음에는 군 복무를 해야 할 테고, 그걸 마치면 대학에 가야겠죠. 하지만 나이나 성장 면에서는 대학 1학년생 정도라고 보시면 됩니다.

안드레아 엄마가

✉ **VV**
✉ **안드레아**

쿨하네요

저희 할아버지가 당신과 당신의 엄마가 주고받는 편지를 보고 몹시 흥분해서는 저한테 억지로 읽게 하더군요. 저는 태어난 이래 '복종'이 가장 '최선'이라고 생각해왔습니다. 하지만 최근 1, 2년 사이에 제가 가장 좋아하는 게 무엇인지 찾으려고 발버둥쳤습니다. 당신의 편지를 읽고 저는 제 목표에 한 걸음 더 다가가게 됐습니다. 우리 청소년의 '공공연한 비밀'을 당신이 그토록 진실하고 명확하게 열어젖힐 줄은 몰랐습니다. 솔직하게 얘기하자면, 저는 집을 떠나 아무도 찾지 못하는 나만의 장소로 갈 계획을 세워놓았습니다. 그래요, '성, 쾌락, 로큰롤'은 쿨하죠!

VV가

✉ 안드레아
✉ VV

과장하지 마세요

우리도 지나치게 과장할 필요는 없겠죠? 젊음은 당연히 놀기 좋죠. 친구와 여행을 가고 밤새 파티를 하고 또 잔뜩 취하도록 술을 마실 수도 있고요. 하지만, 세상 모든 일에는 반드시 '결과'와 '책임'이 뒤따른다는 것, 그리고 그것들과 대면해야 한다는 걸 잊지 마세요. 너무 단순하게 생각하지 마세요.

하지만 당신의 느낌을 전적으로 이해합니다. 이따금 활짝 열고 잠시의 해방이라도 만끽할 필요가 있으니까요.

Carpe diem, 안드레아가

일곱번째 편지

혁명할 시간은 있니?

사랑하는 안드레아,

"이제 막 이 세상에 진실한 세계란 없다는 것을 알게 됐어.
그저 어떻게든 넘어서야 할 거짓말뿐이지."

이 가사가 엄마의 마음을 건드렸어. 열여덟 살짜리의 눈에 비친 세상이 이러니?

곤혹스러운 마음에 엄마는 상자를 뒤져 열여덟 살 때 엄마가 썼던 일기를 꺼내봤어. 34년 만에 들춰본 검푸른 장정의 일기장엔 비닐 커버 위에 '청춘일기'라는 네 글자가 적혀 있고, 누렇게 바랜 종이는 얇고 까칠까칠했어.

파란 잉크로 쓴 글자들은 여전히 선명했지만 좀 낯설게 느껴졌어. 1970년, 흰 윗옷에 검은 치마 차림의 고등학생이었던 엄마는 여름에 있을 대학 입시를 위해 밤낮으로 공부에만 매달리고 있었어.

오늘 수학 시험지를 받았다. 46점이었다.
내일 재시험을 봐야 한다. 내일은 몇 장의 백지를 제출하게 될까. 후회스럽지 않다면 그건 뭘까. 아무래도 상관없다는 걸까. 대학이 대체 뭐길래 이렇게 모든 것을 희생해서 맹목적으로 매달려야 할까.

답답함을 느낀다는 건 내가 살아 있다는 걸 의미할 텐데, 난 왜 줄곧 나 자신을 찾을 수 없는 기분일까. 이게 '길을 잃었다'는 의미일까.

엉엉 소리내어 울고 싶지만, 나에겐 눈물이 없다. 도망가고 싶지만, 나에겐 발이 없다. 고함을 지르고 싶지만, 나에겐 소리가 없다.

세월, 네 음습한 그림자 속에서 나는 죽은 것만 같다.

생존의 의미는 뭘까. 생존의 게임에서 규칙은 대체 누가 정하는 걸까?

나는 그것을 '배신'할 수 있을까.

이 페이지의 몇 줄이 얼룩에 번져 있더구나. 눈물을 글썽이며 쓴 게 분명해. 이 페이지와 나란히 펼쳐진 옆 장은 컬러로 인쇄되어 있었는데, 격려 문구인 '독수신의篤守信義'가 인쇄되어 있었어. 전반부에는 공자의 '민무심불입民無心不立'을 말하고 있었어. 국가를 다스림에 있어 어쩔 수 없을 때는 군사를 포기할 수 있고, 또다시 어쩔 수 없을 때는 경제를 포기할 수 있지만, 국민의 신임만은 없어서는 안 된다는 뜻이지. 후반부에는 이렇게 쓰여 있었어.

"가장 눈에 띄는 공산주의의 특징은 신의를 완전히 저버린다는 점

• 신의를 굳건히 지키다.

이다. ……저들이 평화를 얘기할 때는 전쟁을 의미하고 우호를 얘기할 때는 침략을 의미하고 민주를 얘기할 때는 노예를 의미한다. ……역사 이래 최대의 속임수에 지나지 않는 공산주의에 인류 역사상 그렇게 많은 사람들이, 그렇게 적은 수의 사람들에게 놀아난 적은 없었다. 하지만 빛은 필경 어둠을 몰아낸다. 신의는 필경 허위를 이긴다."

생각건대, 그 당시 기성세대 중, 엄마를 '판단'하지 않고 엄마에게 '묻고', 엄마를 '이해'하려 했던 사람이 몇이나 될까? 그 당시 세계에서 엄마가 본 '진실'은 어떤 것들이며 엄마가 모르고 넘어갔던 '거짓'은 어떤 것들일까?

어느 시대든 그 시대의 젊은이는 모두 그들의 부모가 생각하는 것보다 훨씬 복잡하고 진지하겠지. 엄마는 널 판단하지 않아. 안드레아, 엄마는 네게 묻고 널 이해하는 법을 배우는 중이야. 어른들은 관습적인 생각에 갇혀 있을 뿐 아니라 게임의 규칙을 정하는 권력을 움켜쥐고 있어. 그래서 너무나 쉽게 스스로 옳다고 생각해버리지. '묻고' '이해하는' 법을 처음부터 다시 배울 필요가 있으니 안드레아, 엄마를 좀 봐주렴. 엄마에게 용기를 좀 북돋워줘.

오늘 필립이 학교에서 돌아와서는 한참을 씩씩거리더구나. 학교에 아이팟을 들고 갔거든. 1교시 수업 종이 울리기 전까지 교실 밖에 앉아 이어폰으로 음악을 들었는데, 마침 지나가던 선생님이 그것을 빼앗아 학년 주임에게 넘기고는 이 주 동안 압수하겠다고 했대.

우리 둘은 주방에 있었어. 화가 난 필립은 펄펄 뛰며 제가 먹을 점심을 만드는 엄마에게 말했어.

"여덟시가 안 됐었단 말이에요. 수업이 시작되기 전이었고, 선생님도 아직 오기 전이었다고요. 그런데 왜 안 된다는 거예요?"

"그렇게 화부터 내지 말고," 엄마가 말했어. "우선 학교의 규정이 어떤지 확실하게 확인해. 만약 '수업'시간에 들어서는 안 된다고 하면 네가 맞는 거고, 반대로 학교에 가져와서는 안 된다고 하면 넌 할 말이 없을 테고. 그렇지?"

필립이 얼른 학칙을 뒤적였어. 아니나 다를까 거기에는 '학교 내에서 허용치 않는다'고 쓰여 있었어. 게임 끝이었지.

필립은 수긍하는 듯하더니 잠시 후에 다시 말했어.

"그렇지만, 이런 규정은 말도 안 돼요."

"그래, 그럴 수도 있겠지. 너는 불합리한 학칙에 반기를 들 수도 있어. 하지만 기존의 규칙에 반기를 들려면 그만한 시간을 들여야 해. 관건은 이 일을 위해 시간을 들여 권위에 도전할 것인가 하는 거야."

필립은 생각하더니 고개를 저었어. '혁명'을 하려면 시간을 내야 한다는 걸 깨달은 거지. 축구할 시간조차 빠듯한 녀석이니까.

"하지만……" 녀석은 한참 생각하더니 또 말했어. "대체 어떤 규정이 선생님께 내 물건을 이 주나 압수해도 된다는 권력을 준 거죠? 확실한 기준이 있나요? 게다가 다른 친구들도 늘 그렇게 음악을 들었는데 그동안 '단속'하는 선생님은 없었단 말이에요."

맞아. 일단 법이 생기면 '시행 세칙'이나 '상벌 방법'이 있어야만 집행할 수 있어. 학칙에 이런 세부 규정이 없으면 집행할 때 사람에 따라 달라지니까. 필립의 문제 제기엔 충분히 일리가 있어.

"게다가 학년 주임 선생님은 너무 권위적이란 말이에요." 필립이 말했어. "그 선생님은 무조건 내 말대로 하면 돼, 무슨 말대꾸가 그렇게 많아, 그런 말을 입에 달고 살아요. 엄청나게 독단적이에요. 엄마, 선생님이라는 사람이 학생들과 그런 식으로 소통해도 돼요?"

"그러면 안 되지. 그런 생각을 하는 선생님이라면 저항에 부딪혀봐야 해."

"엄마 아시죠? 아이팟 때문이 아니라 그 선생님의 행동이 이치에 맞지 않다고 생각하기 때문이에요."

"그렇다면……" 엄마가 물었어. "선생님을 찾아가 시비를 따질 거니?"

필립이 잠시 골똘해지더니 말했어.

"생각 좀 해볼게요. 그 사람 진짜 고집쟁이거든요."

"그 선생님은 충돌이 생긴 학생에게 점수를 나쁘게 주니?"

"그렇지는 않아요. 독일엔 그런 선생님은 거의 없어요. 성적을 매기는 데 편견이 영향을 미쳐서는 안 된다는 것쯤은 받아들여요."

"그렇다면…… 넌 그 선생이 '무서워서' 따지러 가지 않는 거니?"

"아니요."

"그렇다면…… 넌 엄마가 나서서 선생님과 얘기하길 원해?"

"그러면 선생님께 불공평하죠. 괜찮아요. 혼자 해결할 수 있어요."

그날 주방에서 필립과 이런 대화를 나누었단다. 안드레아, 넌 충돌이 생겼을 때 어떻게 해결하니? 맞설 수밖에 없는 사람이 하필이면 네 성적을 좌지우지하는 선생님이라면 넌 어떻게 할 거지? 네가 초등학교에 들어간 순간부터 엄마는 줄곧 이 어려운 문제를 고민했단다. 엄마는 내 아들이 자신의 가치관과 신념을 지키기 위해 감히 권위에 도전하기를 바라지만, 어떤 권위들은 네게 해를 가할 수도 있어. 그래서 엄마는 내 아이에게 '권력과 무력에 굴복해서는 안 된다'고 가르치는 한편 부당하게 해를 입지 않도록 자신을 지킬 줄도 알아야 한다고 가르쳐야 하는데 그게 가능한 것일까?

그날 자장면을 먹으면서 엄마는 열다섯 살의 필립에게 이렇게 일러주었단다.

"넌 앞으로 네가 싫어하고 반대하는 사람들을 많이 만나게 될 거야. 그 사람들과 반드시 같이 일을 해야 할 때도 있을 테고. 그 사람이 너의 상사, 동료, 부하가 될 수도 있고 시장이나 국가의 지도자가 될 수도 있어. 너는 그때마다 결정해야 해. 그와 결별해서 저항할 것인지 아니면 타협해서 받아들일 것인지 말이야. 저항한다고 하면, 그만한 가치가 있을까? 타협한다고 하면, 안심할 수 있을까? 신념과 현실 사이에서 길을 찾는 건 정말이지 어렵고 어려운 일이야. 하지만 너 스스로 찾아내야 해."

안드레아, 너는 어렸을 때 네가 찬 공이 어느 집 정원에 떨어졌을 때조차도 선뜻 들어가서 가져오지 못했어. 지금의 너는 필립에게 뭐라고 말해줄래?

엄마가

2004. 12. 08.

―이 이야기를 편지에 써도 되는지 필립에게 물어봤더니, 필립은 뜻밖에도 아주 정색을 하면서 원고료의 5%를 요구하더구나. 이 녀석 아주 '자본주의'화됐어.

전 100% 나쁜 놈이에요

엄마,

지난번 편지에서 우리 시대에는 저항할 만한 거리조차 없는 것 같다고 말씀드렸죠. 어제 영화를 보러 갔는데 생각이 조금 바뀌었어요.

〈좋은 시절은 지났다〉라는 독일 영화를 봤어요. 이 사회가 불공평하다고 생각하는 젊은이 셋이 1970년대 독일 좌파가 펼쳤던 '붉은 운동'의 혁명 정신을 계승하려고 하죠. 다만 '붉은 운동'이 폭력을 행사해서 그들의 이상을 실현하고자 했다면 이 젊은이들은 비폭력을 원해요. 이들은 부자의 호화로운 저택에 난입하는데, 물건을 가져가지도 부수지도 않아요. 대신 으리으리한 저택의 가구들 배치를 모조리 바꿔놓는 거예요. 그러고는 "좋은 시절은 지났다!"라는 메모를 남겨놓죠. 그들이 부자를 협박하는 의미는 이래요.

'제아무리 돈이 많으면 뭘 하나, 우린 들어왔고 돈조차 소용없는데.'

세 사람 중 한 명이 예전에 낡아빠진 자기 차를 몰다 부자의 벤츠를 들이받은 적이 있어요. 그 바람에 배상해야 할 자동차 수리비를 빚지게 되죠. 그런데 어느 날 자신들이 난입한 호화저택이 바로 그 벤츠 주인의 집이라는 사실을 알게 되는 거예요. 이들과 마주친 집주인도 그 사람을 알아보죠. 그래서 그들은 어쩔 수 없이 부자를 끌고 가요. 말하자면 납치범이 된 거죠.

그들은 알프스산 속 다 허물어진 통나무집으로 숨어들어요. 거기서 세 젊은이와 부자는 이런저런 이야기를 나누게 되는데, 알고 보니 그 부자는 뜻밖에도 1960~1970년대 사회를 바꾸고자 하는 이상과 투지로 가득했던 '의분 청년'이었어요. 점차 스스로를 돌아보게 된 세 사람은 '납치' 행위가 자신들이 세운 이념과 맞지 않는다는 걸 깨달아요. 그래서 인질을 풀어주죠. '의분'으로 가득 찼던 자신의 지난날을 떠올린 인질도 그들을 경찰에 신고하지 않겠다고 해요. 빚 독촉도 하지 않고요.

하지만 부자는 익숙한 환경으로 돌아가자마자 생각이 바뀌어서 바로 경찰에 신고해버려요. 경찰은 수사 끝에 세 사람이 거주했던 곳을 덮치지만, 그곳은 이미 텅 비어 있었고, 거기엔 메모지 한 장이 남아 있을 뿐이에요. 메모지엔 이렇게 쓰여 있죠.

"어떤 사람들은 영원히 바뀔 수 없다."

영화의 마지막에는 세 사람이 방송국에 난입해서 채널을 끊어버려요. 텔레비전이야말로 시민을 우매하게 만드는 가장 철저한 도구라고 생각한 거죠.

계급과 빈부격차, 사회 정의에 대한 영화였어요.

저는 이 영화를 아빠와 함께 보러 갔어요. 아빠는 BMW745를 몰았고, 저는 랄프 로렌의 흰 셔츠를 입고 있었죠. 우리가 사는 마을은 독일에서 평균수입이 가장 높은 곳이고요. 그렇다면 우리야말로 이 영화에서 말하는 '나쁜 사람'이 아닌가요? 세상에는 굶주림 때문에 죽어가는 사람이 아직 수없이 많은데, 이렇게 호화로운 차를 모는 건 부도덕한 일은 아닐까요? 온종일 일해도 끼니조차 제대로 해결하지 못하는 사람들이 있는데, 저는 그저 학교만 다니면 돼요. 일을 할 필요도 없고, 마치 어린 왕자라도 되는 양 안락한 생활을 하죠. 제가 이렇게 편하게 생활하는 게 맞을까요? 텔레비전이 사람들의 생각과 가치관을 조작하고 희롱한다는 생각에는 저 역시 동의해요. 하지만 여전히 그 앞에 앉아서 눈을 떼지 못하죠. 물질이 일정 이상이 되면 그 의의가 퇴색된다는 것도 알지만 여전히 그 물질이 주는 안락함을 누리고 있고요.

정말로 이 세상에 '저항'할 만한 가치가 있는 일은 더이상 존재하지 않는 걸까요? 정말로 이 사회에 제가 지난번 편지에 썼던 것처럼 우리가 '혁명'을 일으킬 만한 불의와 불공평은 이제 없는 걸까요? 우리가 행동할 만한 어떤 이상과 가치는 이제 없는 걸까요?

전 있다고 생각해요. 역시 있어요.

그렇다면, 전 무엇을 할 수 있을까요? 영화에서 세 혁명가 중 한 명은 그렇게 말해요. 그는 사회체제가 가상의 매트릭스와 다름없다는 걸 완전히 간파했기 때문에 더이상 이 가상의 매트릭스와 공존하지 않으려 행동한다고요. 그렇다면 저는요? 저는 그저 이 사회구조 속의 가상적인 일면만 볼 수 있을 뿐이에요. 심지어 그것을 참아낼 수도 있고요. 어쩌면 제가 눈을 감아버렸기 때문에, 문제를 직시하지 않으려 했기 때문에 문제가 추상적으로 변해버렸는지도 모르겠어요. 저는 그런 문제들 앞에서 못 본 척 수수방관하곤 했으니까요. 생각의 스위치를 아예 꺼버릴 수 있다면 더욱 좋았고요.

지금이라도 눈을 뜨고 이 세계의 불의와 불공평을 똑바로 보겠다고 마음먹는다면 저는 무엇을 할 수 있을까요? 민주사회에서 살아간다는 건 곧, 다원화된 가치와 열려 있는 정보들 속에서 날마다 텔레비전과 인터넷, 신문의 영향을 받으며 살아간다는 걸 의미하죠. 하지만 정작 제가 어떤 일을 할 수 있을지 알아보려 하면 저 매체들은 그렇게 말해요. 이봐, 혼자 결정해야지, 여긴 민주사회잖아.

그전 편지에서 젊은이들의 자유에 대해 얘기했더니 수많은 독자들이 편지를 보내왔어요. (저한테는 '아주 많은' 것이죠.) 다들 이 세상에 저항할 만한 것이 없다는 점에 공감하는 듯했어요. 하지만 이 영화가 저를 일깨워줬어요. 세상에 이렇게 많은 불의가 존재하는데 어떻게 '저항'할 필요가 없다는 거지? 이 둘의 차이는, 문제를 똑바로 바라볼 것인지 아닌지, 일어나서 행동할 것인지 아닌지에 달려 있는 거였어요. 저는 저 자신에게 묻지 않을 수가 없었어요. 그렇다면 너는 '일어나서' '행동하기'로 결심했니?

저는 정말로 진지하게 이 문제를 고민했어요. 제가 깨달은 제 모습을 숨김없이 말씀드릴 테니, 엄마, '참회록'이라 여겨주세요.

저는 중국의 여성들이 극히 비인도적인 작업환경에서 힘겹게 노동하며 나이키를 생산한다는 걸 알아요. 하지만 그렇다고 나이키 운동화를 안 사지는 않을 것 같아요. 맥도날드가 소고기 생산 때문에 남미의 대규모 원시림을 파괴하고 있다는 것, 그리고 그렇게 해서 사장들의 호주머니만 잔뜩 불리고 있다는 걸 알지만, 그 때문에 맥도날드에 안 가지는 않을 거예요. 아프리카의 수많은 아이들이 영양실조로 죽어가고 있다는 걸 알지만, 식사 때마다 억지로 그릇들을 깨끗이 핥지는 않을 거예요. 엄마, 저는 제가 100% 나쁜 놈이라는 사실을 알게 됐어요.

저는 너무 편하게 살아가고 있어요. 제 따귀를 사정없이 후려친다
해도 할 말이 없어요. 하지만 적어도 저는 제가 얼마나 좋은 환경에
서 사는지 잘 알고 있고, 또 그렇다고 그걸 가지고 빼기거나 하진 않
아요. 이젠, 엄마가 뭐라고 할지 몹시 궁금해져요.

안드레아가

2004. 12. 12.

아홉번째 편지

두 가지 도덕

사랑하는 안드레아,

네게 편지를 쓰는 지금은 동남아에 쓰나미가 발생한 지 일주일이 지난 시점이야. 엄마는 은행에 가서 성금을 보내고 왔어. 쓰나미 때 공교롭게도 태국에서 다이빙을 하고 있었던 필립의 화학선생님이 결국 두 살배기 아이를 남겨두고 떠났어. 함부르크 출신의 그 선생님은 키가 크고 눈이 컸지. 필립 말로는 아이들을 열정적으로 가르쳤고, 자신의 시간을 할애해 학생들을 여러 야외활동에 데려가던 분이었다는구나. 유머러스하고 재치있는데다 아이들과 소통도 잘해서 학생들 사이에 '시크'한 선생님으로 통했고, 그만큼 아이들도 유난히 잘 따랐대.

엄마가 그랬지.

"필립, 선생님의 가족들에게 편지를 써서, 네가 직접 그가 어떤 선생님이었는지 알려주지 않을래?"

필립이 난색을 하며 말하더구나.

"선생님 가족들은 알지도 못하는데요."

"생각해봐, 필립. 오 년쯤 지나 그 두 살짜리 아이가 일곱 살이 되면 글자를 알게 될 거야. 그때 네 편지를 읽으면 그 아이는 제 아버지가 한때 홍콩의 독일—스위스 국제학교에서 아이들을 가르쳤다는

74

것, 그리고 홍콩의 학생들이 아버지를 무척 좋아하고 잘 따랐다는 것을 알게 될 거야. 그건 아빠 없는 그 아이에게 진짜 중요한 일 아닐까?"

필립이 고개를 끄덕였어.

안드레아, 엄마는 두 종류의 도덕이 있다고 믿어. 소극적인 도덕과 적극적인 도덕 말이야.

엄마의 소극적인 도덕심은 대부분 생활의 작고 사소한 부분에서 발휘되지. 지구 자원이 부족한 현재, 상위 20%의 부자 나라가 지구 에너지의 75%를 써버린다는 사실을 알기에 엄마는 에너지를 낭비하지 않으려고 애써. 서재에 있다가 주방에 우유 한 잔을 가지러 갈 때도 가능한 한 서재의 불을 끄고, 주방을 나올 때도 꼭 불을 꺼. 이 방에서 저 방으로 왔다갔다할 때도 이유 없이 환하게 불이 켜져 있지 않도록 수시로 끄고 켜. 너는 틀림없이 기억하고 있을 거야. 엄마가 늘 너와 네 동생을 졸졸 쫓아다니며 불을 끄고 다니던 걸. 그러면서 대체 '양심'이 있는 녀석들이냐고 꾸짖었지. 엄마는 햇볕이 좋은 날에는 건조기는 돌리지 않고 베란다나 마당에 빨래를 넣어. 바람이 선선할 땐 에어컨은 절대 켜지 않고, 실내에 온풍기를 켜놓으면 꼭꼭 문을 닫고 다니지. 마당에 빗물을 받아놓았다가 화분에 물을 주고. 너와 필립이 어릴 땐 목욕도 한 욕조의 물을 같이 쓰게 했지. 기억나니?

엄마는 한때 샥스핀을 좋아했어. 하지만 어느 날 샥스핀 재료를 어떻게 구하는지 알게 됐지. 상어의 몸에서 지느러미를 잘라내고는 상어가 그대로 죽도록 내버려두는 거야. '날개'가 없어져 헤엄칠 수 없게 된 상어는 바다 밑으로 가라앉고, 상어는 그렇게 바다 밑에서 무참하게 굶어 죽어가. 엄마는 그때부터 샥스핀을 먹지 않아.

필립이 말하더라.

"에이, 엄마. 그럼 엄마는 닭도 먹지 말아야죠. 닭들이 어떻게 대량으로 길러지는지 아세요? 닭들을 우리에 가두고는 사료만 먹여서 고깃덩이가 되게 하죠. 그게 인간적이라 할 수 있어요?"

엄마는 말했어.

"엄마는 성인은 아니야. 엄마는 엄마가 스스로 결정하고 행동할 수 있는 만큼 하는 거야. 도덕의 취사선택은 개인의 일이야. 논리가 끼어들 필요는 없어."

안드레아, 너도 알 거야. 중국의 못된 장사치들이 반달가슴곰을 어떻게 하는지. 반달가슴곰을 우리에 가두고는 쓸개에 호스를 꽂아 담즙을 빼내지. 담즙은 밤이고 낮이고 호스를 통해 한 방울씩 뚝뚝 떨어져. 어린 반달가슴곰은 몸에 수년간 호스를 꽂은 채 우리 안에서 자라지만, 작은 우리는 커지지 않아. 때문에 우리의 철사들이 반달가슴곰의 살 속 깊이 파고들지.

엄마는 곰 발바닥이나 담즙, 또 그런 뭔가로 만들었다는 한약 같은 것은 원래 먹지 않으니 인류가 반달가슴곰에 행하는 가혹행위에 행동으로 항의할 필요가 없어서, 대신 반달가슴곰 보호를 위해 일하는 단체에 돈을 기부했어. 엄마의 소극적인 도덕이 반달가슴곰의 상황 앞에서 '적극적인' 도덕을 향해 작은 걸음을 내디딘 거지.

너와 필립은 명품 옷을 입지만, 너희도 알다시피 엄마는 비싼 명품 옷 따위에는 관심이 없잖아. 너는 왜인지 생각해봤어?

작년 여름 황산에 올라갔었어. 가파른 산은 온통 돌계단으로 되어 있어서, 멀리서 바라보면 하늘에 오르는 사다리처럼 곧장 구름층으로 들어가지. 다들 숨을 헐떡거리며 걷고 있는데, 가는 내내 무거운 짐을 멘 짐꾼들이 계속해서 지나가더라고. 그들의 멜대에는 산 정상의 호텔에서 쓸 식량과 음료가 매달려 있었어. 피부가 새까맣고 눈이 맑게 빛나는 한 소년이 멜대를 내려놓고 쉬고 있길래 엄마가 멜대에 무엇이 달렸는지 물어보았어. 한쪽은 시멘트, 다른 쪽은 여행객들이 찾는 커피나 콜라 같은 것들이더라고. 소년은 새벽 네시에 집에서 나와 자전거를 타고 한 시간을 달려 산 입구에 도착해. 그러고는 산을 오르는 고된 노동을 시작하지. 오르막길이 너무 가팔라서 열 걸음에 한 번씩은 멈춰 서서 숨을 골라야 해. 한 마루, 또 한 마루를 넘어 해 질 무렵 산 정상에 도착하면 짐들을 부려놓고 집으로 돌아가는 발걸음을 재촉하지. 집에 도착하면 이미 깊은 밤이야. 그래도 이튿날이면 다시 새벽 네시에 일어나는 거야. 감기에 걸리거나 발이라도 삐걱하는 날이면 그날 벌이는 물거품이 되고.

소년의 양쪽 어깨는 멜대에 짓눌려 골이 깊게 파여 있었어.

"매달린 물건들, 무게가 얼마나 돼요?"

"90킬로그램요."

소년이 히죽 웃었어.

"하루에 얼마 벌어요?"

"30위안요."

안드레아, 30위안*이면 3유로도 안 돼. 네가 아이스크림 세 개도

• 한국돈으로 오천원 내외.

못 사는 돈이지.

산 정상 호텔에 도착해보니 커피 한 잔이 20위안이더라고.

엄마는 선뜻 그 커피를 마실 수가 없었어. 하지만 커피를 마시지 않으면 눈이 커다란 그 소년이 더욱 곤란해지지는 않을까?

엄마는 이런 사람들이 늘 마음에 걸려, 또 이런 생각들 때문에 물질적 풍요를 누리는 데 늘 어느 정도 거리를 두고 회의해.

그날 필립과 주룽九龍에 밥을 먹으러 갔었어. 길모퉁이에서 필립이 불쑥 외치더라고. "빨리 와봐, 봐요!" 필립이 가리키는 쪽을 봤더니, 남루한 차림의 할머니가 커다란 쓰레기통 안으로 허리까지 집어넣고 물건을 뒤지고 있더라고. 상체가 전부 쓰레기통 안에 묻혀 있었지. 마침 그 앞으로 롤스로이스 한 대가 지나가면서 그 장면의 배경이 됐어. 필립이 카메라를 꺼낼 새도 없이 그 차는 가버렸지. 할머니가 고개를 들었을 때 보니 한쪽 눈이 보이지 않는 분이었어.

홍콩은 잘사는 지역들 중에서 빈부격차가 가장 심한 곳 중 하나야. 아이들 네 명 중 하나가 극빈층이지. 엄마는 홍콩을 좋아하지만, 그 빈부격차는 홍콩을 바라볼 때마다 엄마를 고통스럽게 해. 마치 바늘로 눈을 찌르는 것 같아. 하지만 그렇다고 엄마가 무엇을 할 수 있을까? 엄마는 한쪽 눈이 보이지 않는 그 할머니에게 모든 것을 줄 수는 없어. 그건 문제를 해결하는 방법도 아니고. 그렇다면 엄마는 무엇을 할 수 있을까?

엄마는 이런 불합리한 사회구조에 대해 사람들이 깨닫길 바라면서 글을 써. 강연에서는 평등과 정의가 사회개혁의 첫번째 사안이 되길 바란다고 젊은이들을 독려하고. 또 가난에 내몰린 수천수만의 사람들에게 덜 미안하도록 소박하고 검소한 삶을 실천하지. 하지만 빈곤 구제를 위한 기구에 가입하거나, 시장이나 대통령 선거에 출마하거나 하지는 않아. 엄마가 도덕적으로 감당할 수 있는 능력에는 한계가 있으니까. 엄마 역시 나약하고 이기적인 존재거든.

안드레아, 엄마는 네 편지에서 불안을 읽었어. 너는 네가 누리는 안락함이 불편했던 거야. 엄마는 네가 네 상황을 정확하게 바라보고 도덕적으로 불안을 느꼈다는 게 얼마나 기쁜지 몰라. 네가 일곱 살 때였을 거야. 우리는 베이징에서 여름을 나고 있었지. 장사치들이 작은 대바구니에 귀뚜라미를 넣어 팔고 있었어. 사람들은 영원의 시간을 노래하는 듯한 귀뚜라미 소리를 좋아했지. 엄마는 너와 필립에게 한 마리씩을 사줬고, 우리 세 사람은 그걸 목에 걸고 자전거를 타고 베이징의 골목골목을 쏘다녔어. 우리가 가는 곳마다 귀뚜라미 소리가 울려퍼졌지. 넓은 잔디밭에 도착하자 네가 갑자기 자전거에서 내리더니 대바구니 안의 귀뚜라미를 풀어줬어. 그러면서 필립에게도 귀뚜라미를 풀어주라며 고집을 부리는 거야. 세 살짜리 필립이 귀뚜라미를 부둥켜안고 어떻게든 풀어주지 않으려 하자 넌 옆에서 애걸을 했어.

"놔줘, 놔주자. 귀뚜라미는 자유를 좋아해. 녀석을 가두지 말자. 너무 가엾잖아……"

생각해보니, 엄마는 그때, 네 성격과 기질이 어떤지를 알아차렸던 것 같아. 모든 아이들이 너 같지는 않아. 잠자리를 반으로 찢거나 고양이 꼬리를 훑치는 일곱 살짜리 꼬마도 있어. 그런데 너는 자발적으로 귀뚜라미를 놓아주고 동생까지 설득한 거야. 일곱 살짜리 아이로서는 아주 적극적으로 도덕을 실천한 거지.

그러니까, 도덕을 실천하는 데 있어서의 적극성과 소극성은 결국 한마음에서 비롯되는 것이 아닐까? 엄마는 낭비하지 않고 사치하지 않는 일상의 삶을 통해 도덕을 소극적으로 실천하지만, 어떤 일들에는 적극적으로 나서기도 해. 거짓말하는 정부를 비판하고, 멍청한 정책 결정에 저항하고, 권력의 유혹에 타협하지 않고, 군중의 압력에 굴하지 않고, 독재 정권에 긴 시간 저항하지. 이런 모든 것이 도덕을 적극적으로 실천하는 거야. 그것이 얼마나 효과적인가는 물론 별개의 문제지만.

민주주의사회에서 이런 결정의 순간은 수시로 찾아와. 단지 네가 그런 식으로 생각해보지 않았을 뿐이지. 네가 어느 당에 표를 줄까 고민하는 순간에도 가난에 대한 도덕적 판단은 수면 위로 떠올라. 어느 당의 경제정책이 가난한 사람들의 형편에 더 관심을 기울이고, 어느 당이 돈 있는 사람들의 이익을 지키려 할까? 네가 던지는 표는 가난에 대한 너의 도덕적 판단은 물론 빈부격차에 대한 너의 태도도 함께 드러내게 되는 거지. 안드레아, 생각해본 적 있니? 유럽에서는 사회복지 지출이 GDP의 45%를 차지하는데, 왜 미국에선 30%밖에 안 될까? 그건 가난에 대한 가치관과 상관이 있어. 유럽인의 60%가 가난을 환경에 의한 것으로 생각하지만 미국인은 고작 29%만이 그렇게 생각해. 개인이 게을러서 가난하다고 생각하는 유럽인은 24% 정도지만, 미국인은 무려 60%나 되지. '가난은 자초한 것이니 스스로 책임을 져야 한다'와 '가난은 사회적 책임이다' 중 어느 쪽으로 생각하는 사람이 많은가에 따라 그 사회의 제도가 결정되고 달라져.

쓰나미의 비극이 전 세계를 충격에 빠트렸어. 여러 나라에서 경쟁하듯 복구비를 지원하고 있지만, 저마다 정치적인 목적이 따로 있지. 진정한 도덕적 태도는 평소에 드러나는 법이야. 2003년 나라별 해외원조 순위를 살펴봤어. (공적개발원조 액수는 해당 국가의 GNP에서 차지하는 비율로 계산한 것이야.)

1	노르웨이	0.92	12	독일	0.28
2	덴마크	0.84	13	캐나다	0.26
3	네덜란드	0.81	14	스페인	0.25
4	룩셈부르크	0.8	15	오스트레일리아	0.25
5	스웨덴	0.7	16	뉴질랜드	0.23
6	벨기에	0.61	17	포르투갈	0.21
7	아일랜드	0.41	18	그리스	0.21
8	프랑스	0.41	19	일본	0.2
9	스위스	0.38	20	오스트리아	0.2
10	영국	0.34	21	이탈리아	0.16
11	핀란드	0.34	22	미국	0.16

단위_백분율

해외원조가 가장 많은 나라 22개국 중에서 17개국이 유럽권이고, 그중에서도 1위에서 12위까지 전부 유럽이 차지했어. 왜 그럴까? 이들 국가 사람들에게는 사회정의나 '기아' 문제, 도덕에 대해 공통된 인식이 있기 때문이 아닐까? 그들은 자기 나라 정부가 자신들과는 동떨어져 있지만 가난과 질병에 고통받는 사람들을 위해 '많은 돈'을 쓸 수 있도록 허락하거나 심지어 요구해. 개인 재산을 직접 기부하거나 아이를 입양해서 기르지는 않아도, 정치제도나 선거를 통해 그들은 이미 소극적으로 도덕을 실천하고 있는 거야. 안드레아, 그렇지 않니?

그러니 엄마는 네가 '나쁜 놈'이라 생각지 않아. 안드레아, 너는 그저 아직 구체적으로 실천할 수 있는 일을 찾지 못했을 뿐이야. 이제 겨우 열아홉 살이지만, 네게도 곧 그런 순간이 오겠지. 행동할지 말지, 어떻게 행동해야 할지, 반드시 결정해야 하는 그런 순간이 올 거야. 그리고 엄마는 믿어. 그 순간이 오면 너는 네가 무엇을 해야 할지, 무엇을 하지 말아야 할지, 또 무엇을 할 수 없는지 명확하게 알게 될 거라고 말이야.

엄마가

2005. 01. 08.

룽 박사님께,

방금 박사님과 안드레아의 대화를 읽었습니다. 소극적 도덕과 적극적 도덕을 말하고 있더군요.

안드레아가 열아홉 살 때 한 생각은 제가 열일곱 살 때 고민했던 문제이기도 합니다. 하지만 안드레아가 저보다 운이 좋은 게, 그로 인해 즐겁지 않거나 스스로를 혐오할 정도까지는 아니니까요.

하지만 저는 저 자신이 혐오스럽습니다.

저는 명품 옷을 입고, 맥도날드의 세트 메뉴를 먹고, 세계 각지로 여행을 다닙니다. 수많은 사람들이 굶주림에 허덕이며 평생 고기 맛이 어떤지도 모르는 채 살아가는 것을 생각할 때마다 저 자신이 혐오스럽습니다. 이런 잘못된 삶의 패턴을 그만두고 싶지만, 너무 익숙해진데다, 제 생활권에서는 일반적인 생활방식이기에 좀체 바꿀 수가 없습니다.

게다가 스스로를 혐오하는 이런 제 모습을 다른 사람에게 털어놓지도 못합니다. 그들은 분명 그런 저를 비웃으며 가소롭다, 유치하다, 어리석다 말할 테니까요. 저 역시 그렇게 생각합니다. 어리석고 유치하고 황당한 제 생각을 제가 어떻게 부정할 수가 있겠습니까.

박사님의 글을 봐도 저는 여전히 잘 모르겠습니다……

상하이에서 DM

존경하는 룽 선생님,

저는 영국에서 유학하고 돌아와 중국에서 살고 있는 여성입니다. 올해 스물넷이지요. 선생님의 글을 줄곧 좋아했습니다.

선생님, 아세요? 5년간의 영국 유학 생활을 마치고 19년 동안 살았던 곳으로 돌아왔을 때, 저는 이곳이 너무 낯설었습니다. 사람들의 냉담함에 적응할 수 없었을뿐더러 저 자신이 드러내보이는 냉담함 역시 낯설었습니다.

길에서 다 낡아 해진 옷을 입은 아이를 봐도 걸음을 멈추고 돈을 줄 수가 없습니다. 아이는 더 많은 것을 요구할 테고, 어쩌면 제 지갑을 훔쳐서 달아날지도 모르는 일이니까요. 은행에 가서 일을 볼 때는 앞 사람에게 바짝 붙어 있어야 합니다. 앞사람이 비밀번호를 누를 때조차 떨어져서는 안 됩니다. 까딱하다가는 온종일 일을 못 보게 될 수도 있으니까요. 그런 일들은 비일비재합니다.

제가 무슨 말을 할 수 있고 또 무슨 일을 할 수 있겠어요? 도피가 방법이 아니라는 건 잘 알고 있습니다. 하지만 돌아와서 이 모든 일들에 직면했을 땐 오직 떠나고 싶다는 생각뿐이었습니다.

이런 생각 때문에 힘듭니다. 또 이런 환경 때문에 눈물이 납니다.

제가 살아가는 대도시가 이런데 다른 곳들은 또 어떨까요?

쓰나미가 남아시아를 덮쳤을 때, 타이완과 일본, 미국과 유럽 등 많은 곳들이 자연재해를 입고 테러 공격을 당했을 때, 마음이 몹시 아팠습니다. 인류의 힘이란 어쩌면 이렇게도 미약한지요. 그런 상황들 앞에서 제 동포들이 악의와 저주의 말들을 쏟아낼 때면 마음이 더 아팠습니다. 왜 언제나 증오가 동정과 선량함보다 더 오래 살아남는지 정말이지 모르겠습니다.

저는 참으로 곤혹스럽고 힘듭니다. 정말 모르겠습니다.

톈진에서 Helen

번뇌스러운 열아홉

엄마,

또 토요일 저녁이네요. 이렇게 앉아서 엄마에게 편지를 쓰고 있지만, 고민거리가 생겼어요. 지난 이 주는 정말 끔찍했어요. 여기저기서 문제가 터졌거든요. 어떤 문제는 저의 이런 부분을, 또다른 문제는 저런 부분을 시험하는 것 같았어요. 문제마다 모두 성격이 달라서 대처방식도 달라야 했고, 저에게서 각기 다른 품성을 발휘하길 요구하더라고요. 어떤 것은 제게 있는 것이었고, 또 없는 줄 알았는데 파헤치면 나오는 것도 있었어요. 용기가 있어야 하는 문제도 있었고, 지혜가 있어야 하는 문제도 있었어요. 어쨌든 참 고민스러웠어요.

실은 모두 그렇게 심각한 일은 아니었어요. 하지만 엄마도 알다시피 '평온한 일상'에 파문을 일으키는 일들은 대개 작고 사소한 것들이잖아요. 좋은 일이든 나쁜 일이든 말예요. 이따금, 안 그래도 유독 짜증이 나거나 하는 날 하필 유리병을 깨뜨린다거나 옷에 우유를 엎지른다거나 하면 그날은 진짜 재수없는 것처럼 생각되잖아요.

3월에 있을 졸업시험과 대학 입학, 그리고 장래 직업 같은 큰 문제는 차치하더라도 최근 일어난 두 가지 사건이 제 마음을 어수선하게 해요.

첫번째 고민은요, 지난번 편지에서 엄마가 물었잖아요. 제가 반대하는 사람과 부딪히는데 하필이면 그 사람이 성적을 좌지우지할 수 있는 선생님이라거나 어떤 권력을 가진 사람이라면 어떻게 할 것인지 말이에요. 저한테 지금 딱 그런 상황이 벌어졌어요. 언젠가 영어 선생님을 좋아하지 않는다고 얘기한 적 있을 거예요. 저는 그분 실력이 부족하다고 생각해요. 우리 반 아이들의 반 정도가 교환학생으로 미국에 갔다 온 적이 있어요. 저 역시 미국에서 1년 공부했고요. 그래서 우리 반 아이들의 영어 실력은 유학을 갔다 오지 않은 독일의 다른 학생들보다 월등히 높아요. 그런데 선생님은 이런 차이를 완전히 무시하고 똑같은 방식으로 우리를 가르쳐요. 받아쓰기를 시키고, 따분하기 짝이 없는 글들을 잔뜩 읽히는 거죠. 그 선생님한테 대체 뭘 배웠는지 정말 모르겠어요. 저만 해도 미국에서 돌아온 뒤 영어 실력이 늘기는커녕 늘 제자리걸음인 것 같아요. 가장 화가 나는 건, 제가 보기에 선생님은 영문학 작품을 제대로 분석할 능력이 없다는 거예요. 무슨 말을 하는지 도무지 모르겠어요. 영어수업은 이제 그 어떤 머리도 쓸 필요가 없는 수업이 되고 말았어요.

이 지경까지 되자 저는 '저항'하기로 결심했어요. 수업시간에 잠을 자고 숙제 제출을 거부했어요. 문학작품에 대해 토론할 때는 선생님이 당해낼 수 없는 문제를 제기했고요.

그러자 일이 터지고 말았어요. 어이없게도 제가 엑스터시를 한다는 거예요! 제 담임선생님한테 제가 수업시간에 멍하니 있고 숙제도하지 않는 게 틀림없이 약을 해서라고 이른 거예요. 담임선생님이 절 찾아와 그렇게 얘기하더라고요. 반 친구들도 진짜 그런 줄 알고요.

엄마, 제가 '권위에 저항하는' 게 맞나요? 틀렸나요? 그 선생님은 조만간 퇴임해요. 그리고 저는, 형편없는 점수와 '약 한다'는 불명예를 떠안았죠.

권위에 저항할 때 어떤 대가가 따르는지 모르는 것도 아니어서 입 꾹 다물고 그냥 착한 학생으로 지낼까도 했었어요. 하지만 결국 저는 소극적인 '수업 불참'으로 선생님을 보이콧했죠. 그런 분이 아는 척 하면서 이래라저래라 하는 게, 정말이지 참을 수가 없겠더라고요. 제 이성이 결국 제 감정에 굴복당한 거죠. 그리고 지금, 그 선생님이 제게 안긴 수많은 골칫거리들 때문에 제 호승지벽好勝之癖•이 잔뜩 불타오른 상태예요. 흥, 당신한테 똑똑히 보여주지. 최단시간에 영어 성적을 되찾아서, 당신을 무시했던 이유가 모두 형편없는 당신의 교수방식 때문이라는 걸 알려주고 말테다, 그렇게요.

두번째 '번뇌'는요, 엄마가 19년이나 기다려온 문제예요. 제가 귀띔해주길 기다린 거, 네 맞아요, 여자 문제요.

2년 전쯤, 친한 친구들이 너나없이 여자친구를 사귈 때 저는 여자는 거들떠보지도 않았어요. 성숙해서가 아니라, 저한테는 축구 같은 다른 관심거리가 무궁무진했으니까요. 그리고 저는 왠지 '사랑의 늪'에 빠지는 게 쉽지 않더라고요. 하지만 미국에서 여자친구를 사귄 뒤로는 (하하, 엄마한테 얘기 안 했어요. 제가 말씀드리는 걸 까먹었다고 생각해주세요.) 끊임없이 사랑의 늪에 빠졌죠. 결과는 언제나 실연이었고요. 어떻게 허구한 날 무참히 차이기만 하나 싶어 저한테 무슨 문제라도 있는 건 아닐까 생각해봤죠. (농담이에요, 엄마. 긴장하지 마세요.)

• 남과 겨루어 이기기를 좋아하는 성미나 버릇.

지난주 저는 또 차였어요. 그 여자아이는 겨울방학 때 알게 된 네덜란드 남자와 잘됐어요. 맙소사, 녀석이 독일어를 잘 못해서 두 사람은 서툰 영어로 소통해야 하는데도 말이에요.

힘들어요. 당연히 자존심도 상하고. 제 이성은 끊임없이 괜찮다고, 우리 둘은 전혀 어울리지 않았다고 스스로를 다독이지만요. 아닌 게 아니라 제가 진짜 사랑한 사람은 다른 여자아이였어요. 그애는 일종의 대체물이었을 뿐이었는데…… 저는 감정을 '훅 털어버리지' 못하는 사람인가봐요. 지금 제가 괴로운 건, 제가 이제 어떻게 해야 할지 몰라서예요.

사실 그애를 향한 제 마음을 그애는 몰라요. 그애는 우리가 그냥 '좋은 친구'라고만 생각하죠. 냉정하게 그애와 관계를 끊고 더는 만나고 싶지 않지만, 그건 그애에게 불공평한 일이잖아요. 그애가 저를 사랑한다고 한 적도 없으니까요…… 그애의 감정을 고려해서 아무 일 없었다는 듯 우리의 '우정'을 지켜나가야 할까요? 아니면 제 '덧난 상처를 아물게 하기 위해서라도' 그애와의 관계를 끊어야 할까요?

엄마, 제 얘기, 무슨 말인지 아시겠어요? 이 일은 영어선생님과 충돌한 일과는 표면적으로는 아무 상관이 없어 보이죠. 하지만 결국 같은 거예요. 그러니까, 저는 제 감정을 있는 그대로 솔직하게 털어놨어야 했을까요? 아니면 숨겼어야 했을까요? 영어선생님에게는 권위에 솔직하게 대응하기보다 그냥 받아들였어야 하지 않았을까요? 선생님에 대한 불만을 토로하다 제가 상처를 받았으니까요. 반대로 그애에게는 솔직했어야 하지 않았을까요? 우정을 과장해 거짓과 허위를 그대로 내버려둔 꼴이 됐으니까요.

첫번째 난제 앞에서는 이성적 지혜가, 그리고 두번째 난제 앞에서는 용기가 필요했는데 저한테는 둘 다 부족했던 것 같아요.

엄마는 당연히 그러겠죠.

"저런, 너에게는 균형이 필요해. 다른 사람의 감정을 헤아리면서 너 자신의 입장도 고려할 줄 알아야지."

하지만 진짜 어려워요. 앞으로 몇 주 동안 저는 저들에게 '대응'해야 해요. 아니, 앞으로 남은 '인생' 내내 얽히고설킨 인간관계에 '대응'해야겠죠. 제가 너무 멍청한 것 같아요. 연애 문제에선 더더욱요.

제 '하소연들'이 어쩌면 돈 많고 유명한 할리우드 배우들이 생활이 비참하다며 투덜대는 것과 비슷하게 들릴지도 모르겠네요. 하지만 운명은 종종 너무 하찮아서 언급할 가치조차 없는 일들에 의해서 결정되기도 하잖아요.

안드레아가

2005. 01. 14.

홍콩 시간 새벽 3:00
독일 시간 저녁 8:00

M   안드레아, 자식에 대한 엄마의 사랑은 생사도 끊어놓을 수 없다는 거 알지? 솔직
히 말해봐. 너 엑스터시 하니?

안   미쳤어요? 그리고, 한다고 해도 제가 엄마한테 말하겠어요?

M   딱 잘라 말해. Yes야 No야?

안   No.

M   됐어. 이제 얘기 계속해봐.

안   엄마는 진짜 사람 돌게 해요.

M   엄마들은 다 그래.

안   제 글을 이해 못한 게 틀림없어요. 그러니 이렇게 묻죠.

M   싸우지 말자. 그러니까, 엄마가 영어선생님께 전화해줘?

안   필요 없어요. 이미 처리했어요. 안심하세요.

M   좋아. 한 가지 더. 편지에 애정 문제를 썼던데, 그거 네 사생활을 공개하는 건데
고민해봤어? 매체에 실려도 괜찮겠어?

안 괜찮아요. 연애와 실연을 안 해본 열아홉 살이 어딨어요? 엄마는 열아홉에 그러지 않았어요? 이건 제 '사생활'이 아니라 젊은이들의 일상적인 경험이라고 생각해요. 숨길 게 뭐가 있겠어요. ^^

열한번째 편지

햇살이 네 길을 비추기를

사랑하는 안드레아,

만약 누군가 손에 고무총을 들고 높은 곳에 서서 너와 대치하고 있다면 너는 네가 서 있는 낮은 곳에서 반격할래, 아니면 일단 높은 곳으로 올라간 뒤에 생각해볼래?

넌 아마 그러겠지.

"틀렸어요. 엄마, 엄마의 논리대로라면 인민은 폭정에도 저항하지 말라는 거잖아요. 강권통치의 특징이 바로 정부는 감제고지瞰制高地*에 서 있고 인민은 낮은 곳에 처해 있다는 점이니까요. 아무리 고무총이 앞에서 겨누고 있다 해도, 그들은 먹고사는 게 일단 바빠 영원히 고지를 차지할 수 없을걸요. 게다가 강권통치에 협력하는 사람들은 그렇게들 떠들어대겠지요. 지금 나는 '우회작전'을 쓰는 거다, 어떻게든 먼저 높은 곳에 올라간 후에 가서 인민을 위해 목소리를 내겠다…… 민주주의체제 아래 부패한 권력에 동조하는 사람들은 또 얼마나 당당하게 말하나요. 일단 체제 안으로 들어가 높은 자리를 차지하면 권력자들에게 영향을 미칠 수 있다, 행복한 사회를 만들 수 있다, 그렇게 말예요. 하지만 행복한 사회가 오기 전에 그들이 이미

• 적의 활동을 살피기에 적합하도록 주변이 두루 내려다보이는 고지.

권력의 맛에 잔뜩 취해버리죠."

네가 이렇게 반박한다면 엄마는 할 말이 없을 거야, 안드레아. 이 세상에는 상황에 따라 태도를 바꾸는 기회주의자들이 많으니까. 네가 말한 '용기'와 '지혜'는 언제나 보기 드문 품성이지. 게다가 때로는 '무모하게 움직이는' 용기와 '계획을 세워 움직이는' 용기를 구분하기도 어렵고. 또 기회주의와 지혜는 때로 아주 비슷해 보이기도 해. 진짜 용기와 가짜 용기, 진짜 지혜와 가짜 지혜의 그 미세한 차이는 《좌전》*과 《전국책戰國策》**에서 많이 볼 수 있단다. 언젠가 너도 이 책들을 읽었으면 좋겠구나.

너희는 학교에서 플라톤을 배웠겠지. 플라톤이 쓴 《소크라테스의 변론》과 《좌전》은 스타일이 매우 비슷해. 소크라테스의 친구 크리톤이 감옥에 갇힌 소크라테스에게 탈옥할 것을 설득하자, 소크라테스는 도리어 도덕에 대해 한바탕 변론을 늘어놓지.

소크라테스   확고하든 그렇지 않든, 다수의 사람이 어떻게
            생각하든, 대가가 어떻든, 불의는 불의 아니겠나?
크 리 톤   그렇네.
소크라테스   그러니 우리는 불의한 일을 해서는 안 되겠지.
크 리 톤   안 되지.
소크라테스   그 사람이 했던 방식 그대로 돌려줘서도, 폭력으로

* 기원전 722년에서 기원전 468년까지의 중국 역사 — 원주
** 기원전 460년에서 기원전 220년까지의 중국 역사 — 원주

폭력을 다스려서도 안 될 테고.

크 리 톤   안 되지.

소크라테스   다시 말해, 남들이 우리를 어떻게 해하든 우리도 똑같
이 남을 해해서는 안 되네. 하지만 크리톤, 자세히 생
각해보게. 이런 생각은 여태껏 다수의 생각은 아닐세.
이런 생각을 받아들이고 안 받아들이고는 사람마다 너
무 달라서 서로 소통이 불가능하지.

자신이 '다수'와 어긋날 때 자신의 입장을 고수할 것인지 타협할
것인지, 개인이 권력에 의해 타격을 입을 때 저항할 것인지 받아들일
것인지, 왜 저항하는지 또 왜 수긍하는지, 어떻게 받아들이고 어떻게
저항하는지…… 이 모든 문제들 앞에서 소크라테스는 자신의 이성을
따른단다. 《좌전》에서도 이성이냐 권력이냐, 두 가지 논리가 충돌하
는 상황을 곳곳에서 볼 수 있지.

안드레아, 이렇게 복잡하게 얽힌 인간관계를 어떻게 '대처'해나갈
것인지 고민하는 젊은 친구가 너만은 아닐 거야. 인간관계는 종종 권
력관계이기도 해. 노자와 공자는 물론 소크라테스도 이 문제에 대해
고민했지. 영어선생님이 네게 안긴 어려운 문제는 어쩌면 작디작은
훈련에 지나지 않아. 수업시간에 잠을 자고 또 숙제를 하지 않겠다고
결정하기 전에 선생님이 어떤 '상대'인지 생각해봤니? 선생님과 소통
하려면 어떤 언어를 사용해야 하는지는? 어떻게 '저항'하느냐에 따라
달라질 성과와 대가에 대해서는? 넌 '치밀하게 계획을 세워' 움직였
니, 아니면 '그저 무모하게' 덤볐니? 네가 얻으려고 했던 것은 무엇

이고, 또 네 논리는 어떤 거였니?

이 주 전에 엄마는 수선화 알뿌리 두 개를 샀어. 하나는 창가에, 하나는 식탁 위에 두고 깨끗한 물을 줬지. 오늘 창가 녀석은 쪽파처럼 올라왔고, 식탁 위 녀석은 안이 따뜻해서인지 벌써 향기가 은은한 꽃을 피워냈더라고.

네 애정 문제를 엄마한테 풀어놓다니 과분한 일인걸. 그래, 엄마는 19년을 기다렸어. 네가 사랑스러운 여자아이를 알게 됐다고 말해주기를 말이야. 네가 엄마에게 '사랑' 얘기를 처음 꺼냈던 건 열세 살 때였지.

1998년 9월 20일 한밤중에 쓰다

조금 전 친구 생일파티에 갔던 안드레아를 태워 집으로 데려왔다. 컴컴한 차 안에서 생각에 잠겨 있는 안드레아는 무슨 말을 하려다 마는 듯했다. 차를 운전하면서 안드레아와 띄엄띄엄 말을 주고받았다. 한참이 지나서야 오늘 저녁, 같은 반 여자아이 서넛도 함께 있었던 걸 알게 되었다.

"그럼…… 음악이 시끄러웠어?"

"시끄럽지 않았어요."

안드레아가 말했다.

"조용한 음악이었어요."

"음……" 나는 생각에 잠겼다. "그렇다면 느린 춤을 췄겠네?"

"네, 그래요."

나는 계속해서 밤길을 달렸다. 길 양편으로 보리밭이 펼쳐졌다. 보리밭 가장자리 사과나무 아래 야생 양귀비가 빨갛게 피어 있었다. 나는 아주 천천히 달렸다. 가을밤 공기에 새콤한 사과 향기가 떠다녔다.

그전까지 말이 없던 아이가 불쑥 말했다.

"마리가 우리 반 여자아이를 좋아하게 되었는데, 오늘 저녁 그 여자아이에게 고백했어요."

"어떻게 말했는데?"

"조명이 어두워지고 나서 그 아이와 춤을 추다가요."

아이는 몸을 돌려 나를 바라보며 진지하게 말했다.

"엄마, 설마 모르는 건 아니겠죠? 사랑할 때는 말하지 않아도 다 드러나잖아요."

"음……"

아이의 말에 나는 깜짝 놀랐지만 애써 침착한 척했다.

집 앞에 도착해서 나는 전조등을 껐다. 우리는 어둠 속에 앉아 움직이지 않았다. 내가 먼저 침묵을 깼다.

"안안, 너도 누군가를 사랑하게 된 거니?"

아이가 고개를 저었다.

"만약 그런 일이 생기면, 엄마한테 알려줄 거니?"

아이가 대답했다.

"그럴게요……" 목소리가 가벼웠다. "아마도요."

오늘 밤 나는, 이렇게 평범한 가을밤에 열세 살 남자아이의 마음속에 무슨 일이 일어났는지, 어쩌면 아이 자신도 갈피를 못 잡고 있다는 생각이 들었다. 종잡을 수 없는 느낌이겠지? 갑

자기 덮쳐와서 뭐가 뭔지 모르겠는 비밀스럽고 달콤한 감정이
겠지?

평소에는 어떻게든 늦게 자려던 아이가 오늘은 밤인사를 일찌
감치 끝내고 방문을 닫았다.

그날 밤을 기억하니, 안드레아?

엄마는 네 번민을 조금도 '할리우드 배우들'의 엄살과 같은 것으로
생각지 않아. 네 편지를 받고 온종일 신경이 쓰였어. 너는 실연당한
일을 우유를 엎질러 옷을 버린 정도쯤으로 취급했어. 종종 아주 작
고 사소한 일들이 일상에 파문을 일으킨다면서 말이야. 안드레아, 아
무렇지 않게 스스로를 조롱하는 널 보면서 엄마는 깜짝 놀랐어. 애써
쿨한 척하지 않아도 돼, 안드레아. 어떤 나이를 살든 사랑에 실패하
는 일은 죄다 '마음을 크게 다치는 일'이야. 하물며 열아홉 살을 사는
너는 오죽할까. 솔직하게 말해도 된다면, 지금 이 순간 넌 틀림없이
너무나 괴로워서 휘청대고 있을 거야. '고통스러운' 감정에서 헤어나
오지 못한 채 졸업시험이라는 큰 시험을 앞두고 있겠지. 엄마는 걱
정이 돼. 이런 순간에 네게 그 어떤 위로도 해줄 수 없다는 걸 잘 아
니까.

너희 세대 독일 청소년들이 《젊은 베르테르의 슬픔》을 읽는지 모
르겠구나. 괴테는 너와 마찬가지로 프랑크푸르트에서 자랐어. 괴테
가 살았던 집에 널 데려간 적도 있잖아. 스물셋의 괴테는 이미 다른
남자와 약혼한 여자를 사랑하게 됐고, 괴테는 너무나 고통스러웠지.
괴테는 이 고통을 문학으로 바꾸었어. 그렇게 괴테의 고통은 문학으

로 승화되었지만, 다른 수많은 젊은이들은 이 책을 부둥켜안고, '베르테르'처럼 차려입고는 자살하기에 이르렀지. 안드레아, 우리 개인의 고통이 이 세상의 더 크고 더 가치 있는 고통 때문에 하찮은 것으로 변하지는 않는단다. 타인에게는 하찮은 것일지 몰라도 당사자에게 그 고통은 언제나 절대적이고 실제적이고 크고 아픈 것이지.

괴테는 소년을 이렇게 묘사했어.

"그는 하늘을 향해 가장 아름다운 별을 구했고 땅을 향해 모든 욕망을 갈구했다."

엄마 생각에 열아홉 살은 하늘의 별과 땅의 욕망이 뒤엉켜 있는 나이야. 달콤함과 고통이 어지럽게 겹쳐 있는 시기지. 사랑하는 안드레아, 너의 속수무책을 우리도 다 겪었어.

그래서 엄마가 네게 알려주려는 게 뭐냐면,

괴테는 베츨라르에서 처음으로 청순하고 아름다운 샤를로테를 만났어. 괴테는 나풀거리는 하얀 블라우스에 흰 치마를 입고 가슴에는 분홍색의 나비리본을 맨 샤를로테에게 마음을 빼앗기고 말았지. 샤를로테의 마음을 얻으려고 마차로 10킬로미터를 달려 아픈 여자친구에게 귤 하나를 전해주러 갈 정도였어. 사랑하지만 사랑해서는 안 되는, 그리고 사랑하지만 사랑을 얻지 못하는 청년 괴테가 느꼈던 고통을, 너도 지금 그대로 느끼고 있겠지. 그런데 엄마가 하고 싶은 말은 이거야. 40년이 지나 이름을 떨친 괴테는 바이마르에서 샤를로테와 다시 조우하게 됐대. 그때 샤를로테는 펑퍼짐한 몸매에 초췌한 모습을 한 노부인이 돼 있었어. 반면 괴테는 그때까지도 여전히 사랑하고 또 실연하며 쉬지 않고 글을 썼지. 스물셋 첫사랑이 안겨준 당장의 고통은 한 걸음 물러서서 긴 인생을 조망해보면 그렇게 절대적인 것은 아닌 거야.

평생의 배우자를 만날 때까지 너는 연애를 열 번이나 더 할 수도 있고 실연은 스무 번도 더 할 수 있어. 상상이 되니? 결국 그때그때의 상처는 인생에서 거쳐야 할 필수 과제인 거지. 상처를 받을 때마다 그 과제들을 하나씩 풀어가면서 다음 과제 앞에 서게 되는 거야. 괴테는 자기 인생의 과제를 해결해나가기만 한 게 아니라 그러면서 깨달은 것들을 가만히 써내려간 거고. 청년 시절에 쓴 《젊은 베르테르의 슬픔》부터 말년에 쓴 《파우스트》에 이르기까지, 괴테의 모든 작품은 결국 그의 인생수업의 결과가 아닐까? 안드레아, 이 모든 것들이 괴테가 고통을 사유하고 그것들을 풀어낸 결과라는 거, 생각해봤니?

네가 좋아하는 그 여자아이에게 솔직하게 털어놓아야 할지, 네 감정을 숨겨야 할지에 대해 엄마가 알려줄 필요는 없겠지? 너 역시 별로 기대하지 않는 것 같고 말이야. 대신 엄마가 깨달은 것을 너와 나누고 싶어. 그건 말이야, 인생은 큰 강과 같아서 화창하고 아름다운 풍경이 펼쳐질 수도 있지만 거칠고 사나운 파도가 닥쳐올 수도 있다는 거야. 너의 반려자가 언제나 너와 어깨를 나란히 하고 뱃머리에 함께 서 있는 사람이었으면 좋겠어. 평온할 때는 함께 그 풍경을 즐기고 거친 파도가 휘몰아칠 때는 네 손을 꼭 잡고 놓지 않는 그런 사람 말이야. 그 상대가 네가 넘어야 할 거친 파도가 아니었으면 해.

하지만 이 말들이 다 무슨 소용이겠니. 엄마도 알아. 청순하고 아름다운 여자가 하얀 블라우스에 흰 치마를 입고 분홍 리본을 매고 있는데, 어느 누가 그 '아름다움'을 뿌리칠 수 있겠니? 아무리 똑똑한 사람이 자신의 그 대단한 깨달음을 읊어댄다 해도 아름다움 앞에서는 아무 소용이 없는 법이지. 네가 쓰러지더라도 엄마는 그저 널 지켜볼 수밖에 없어. 네가 쓰러진 그 자리에서 다시 일어나기만을 바랄 수밖에. 햇살이 눈부시게 쏟아져서 네 감춰진 고통스러운 마음을 환히 비추어주길, 지금은 막막하기만 한 눈앞의 막다른 길을 환히 비추어주길 바랄 뿐이야.

엄마가

2005. 02. 08.

열두번째 편지

호화저택에 전쟁을

엄마,

이번 달에는 정말이지 쓸 만한 얘기가 없네요. 졸업시험 준비에 정신없는 나날을 보내고 있지만, 축구만은 평소처럼 하고 있어요. 공부와 씨름하기만도 바쁜 나날들이라 금요일에 일어난 일은 더욱 흔치 않은 일이었어요. 그날 점심시간, 10학년부터 13학년까지 모든 학생들이 강당에 모여야 했어요. 강당에 도착하니 교장선생님이 마이크를 들고 앞에 서 있더라고요. 우리는 모두 깜짝 놀랐어요. 뭔가 엄청난 사건이 일어난 게 틀림없다, 그렇지 않고서야 분위기가 이렇게 살벌할 수 없다, 다들 긴장했죠. 엄마도 알다시피 독일 학교에는 조회나 집회, 국기게양식이나 하강식, 개학식이나 방학식 같은 게 원래 없잖아요.

다들 자리를 잡고 앉자 교장선생님이 이야기를 꺼냈어요. 고등학부의 학생회 간부 하나가—그 아이 이름을 요한이라 하죠—낯선 사람들에게 둘러싸여 맞아 다쳤다는 거예요. 교장선생님은 학교에서 이런 일이 일어나는 것을 절대 용납하지 않겠다며 모든 학생들이 단결해서 폭력을 고발하고, 맞아서 다친 친구를 위로해주라고 했어요.

맞아요. 다들 분노했죠. 그런데 곧이어 아이들끼리 웅성대기 시작했어요. 곧 '소문'이 돌았고, 그 '소문'은 사실로 증명됐어요. 요한을 때린 사람은 우리 학교 학생들이었고, 교장선생님이 알고 있는 '둘러싸고 때렸다'는 건 실은 서너 명이 시비를 따지다 요한의 뺨을 한 대 친 거였죠.

학생들을 불러모아 서로 단결하고 사랑하자, 뭐 그런 분위기를 조성하려던 학교는 사건의 진상이 밝혀지자 학생들에게 오히려 엄청난 반감만 샀죠. 저도 마찬가지고요. 대체 뭐하자는 거지? 우린 졸업을 앞둔 학생들이라고! 중요한 수업을 듣다 말고 나왔는데 그게 고작 어쩌다 뺨 한 대 얻어맞은 학생 하나 때문이라고?

엄마는 그러시겠죠. 이봐, 안드레아, 넌 어쩜 그렇게 의리도 동정심도 없니, 맞은 학생 입장도 생각해야지.

그렇다면 엄마, 저는 이렇게 말할 수밖에 없어요. 저는 이 학교에서 9년을 공부했고, 저와 제 친구들에게 이런 일은 진짜 어이없는 일이라고요. 물론 크론베르크 중고등학교는 전형적인 부자 동네 학교예요. 평소에는 평온하기 이를 데 없죠. 하지만 학생들끼리 칼로 위협하거나 야구방망이를 휘두르며 치고받는 일들이 전혀 없다고는 할 수 없어요. 제가 직접 봐오기도 했고, 또 학교도 모르지 않아요. 하지만 지금까지 학교에서 간섭하고 나선 적은 없어요. 그런데 어째서 이번에는 갑자기 이렇게 '적극적'으로 나올까요?

제가 제대로 설명하는지 들어봐주세요. 독일의 중고등학교는 세 형태로 나뉘죠. 엄마도 알다시피 '하우프트슐레'—5학년에서 9학년까지 있죠—에서는 일종의 기초교육을 담당하죠. 여기를 졸업한 학생들은 트럭을 몰거나 쓰레기를 수거하거나 부두 노동자가 되거나 해요. 때론 직업을 구하지 못하기도 하고요. '레알슐레'—5학년에서

10학년까지 있죠—에서는 고등직업교육을 통해 여러 장인들과 기술자를 양성하죠. 제빵사나 목수, 열쇠수리공, 일반 사무원들이 대부분 이곳 출신들이죠. 마지막으로 '김나지움'—5학년에서 13학년까지 있죠—이 있어요. 김나지움은 대학입시준비반이라고 생각하면 돼요. 미래의 엘리트들을 양성하는 거죠. 우리 학교는 일종의 종합중등학교예요. 이 세 형태를 모두 갖추고 있는 거죠.

제가 본 싸움들은 대게 '하우프트슐레'반에서 일어났어요. 거기 학생들은 대부분이 저소득 가정 출신인데 아프가니스탄, 이란, 터키 등의 이슬람 국가에서 온 이민자들이 많아요. 이민 자체가 '적응'하는 과정에서 수많은 어려움들이 생기다보니 이 아이들 중에 문제아들이 많이 생겨요. 그래요, 엄마. 이제 제 반감을 이해하시겠어요? '하우프트슐레' 아이들이 칼에 찔려 죽을 때는 아무 관심도 없더니, '김나지움' 학생이 뺨 한 대 맞았다고 그렇게 바짝 긴장해서는 호들갑을 떠는 이유가 뭐냐고요.

젊은이들이 서로 충돌하는 건 늘 있는 일이잖아요. 그런데 그걸 정색하고 학교에 일러바치는 건 정말이지 이번에 처음 봤어요. '강호江湖'의 세계를 이해한다고는 할 수 없지만 적어도 '그런 아이들'에게 어떻게 다가가 친구가 될 수 있는지는 알아요. '그런 아이들'이 죄다 불량한 것도 아니고요. 이슬람교도들은 오히려 술도 엑스터시도 하지 않아요. 단지 독일의 중산층들과는 가치관이 조금 다를 뿐이죠. 특히 '존경'이나 '영광'이 무엇인지에 대해서요. 때로 공격성이 좀 강하다 싶기도 하지만, 중요한 건 그들이 우리와 다른 정체성을 가졌다는 거예요.

이번에 얻어맞은 요한은 제가 아는 친구예요. 집이 아주 부자인데, 유아적이고 겁이 많고 소심한 녀석이죠. 돈 있는 중산층의 극단적인 보수주의에서 한 치도 벗어나지 않는. 그러니까 제 말은요, 녀석은 저녁에 집에서 나와 친구와 어울릴 만한 인간도 못 될 뿐 아니라, 툭하면 "우리 엄마가 그러는데"를 입에 달고 사는 애송이라는 거예요. '온실 속 화초'가 실제 세상이 어떻게 돌아가는지 알 리가 없죠.

하지만 진짜 절 화나게 한 사건은 다음에 일어났어요. 학교 홈페이지 학생 게시판에 '요한 사건'을 두고 갑론을박이 벌어졌어요. '안나'라는 여학생은 이렇게 썼어요.

우리 학교는 점점 타락하고 점점 저속해지고 있다. 폭도와 무산계급, 머저리들이 판치는 곳으로 변질되어버렸다. 이런 식으로 계속 간다면 앞으로 학교에서는 학생을 받을 때 그애들의 가정환경과 사회계층을 따져본 다음 입학 여부를 결정해야 할 것이다. 나는 정말이지 학교를 자랑스럽게 여길 수가 없다. '이런 종류'의 학생들이 점점 많아진다면……

상상도 못할 정도로 황당한 일 아닌가요. 엄마, 저는 폭력에 절대로 찬성하지 않아요. 또 대부분의 싸움들이 '하우프트슐레'에서 일어나는 것도, 그애들이 소위 말하는 '하층민'들이고, 그들에게 문제가 많다는 것도 수긍해요. 하지만 학교가 이 학생들을 희생양으로 삼는 것은 절대로 받아들일 수 없어요. 사립학교의 전형적 엘리트주의는 더더욱 받아들일 수 없고요. 지위나 재산에 따라 사람을 차별하고,

남들보다 위에 있다고, 자신의 신분이 우월하다고, 국가가 자신들의 것이라 착각하는 그 오만방자함을 참을 수가 없어요.

제가 게시판에서 그 안나라는 여학생에게 뭐라고 답했는지 아세요? 딱 한 마디였어요.

통나무집에 평화를, 호화저택에 전쟁을!

안드레아

2005. 02. 20.

독일 시간 오후 5:00
홍콩 시간 밤 12:00

M 네 마지막 말의 출처가 있니?

안 게오르크 뷔히너Georg Büchner가 1833년에 한 말이에요. 그는 프랑스 혁명의 구호
를 가져와서 독일 농민이 귀족에게 저항하도록 고무시켰죠.

M 넌 왜 저 말을 인용했어?

안 19세기에 통일국가가 된 독일은 이런 평등 이념을 기초로 세워진 나라잖아요.
'안나'와 같은 애들은 그 이념과 자신이 얼마나 동떨어져 있는지 몰라요.

M 너희 반 친구들 중에 너와 생각이 비슷한 사람은 소수니 다수니?

안 그러니까, 그런 계급의식에 찬성하지 않는 사람 말이죠?

M 응.

안 다수예요.

M 게오르크 뷔히너는 천재지. 겨우 스물여섯에 죽었지만.

안 와, 엄마도 그를 알아요? 뷔히너가 열일고여덟에 쓴 책이 1848년 독일 혁명을 일으
키는 데 커다란 영향을 미쳤어요.

M 엄마는 1833년 프랑크푸르트 대학생들이 혁명을 일으키고 군영을 점령해서 총과

탄약을 농민들이 봉기하도록 건네줬다는 것, 하지만 농민들이 무시하는 바람에 혁명이 실패로 돌아갔다는 것도 알아. 안드레아, 네게 좌인지 우인지 묻는다면 너는 어느 쪽에 가깝니?

안 중간이에요. 어떤 문제에서는 좌, 어떤 문제에서는 우예요. 실은 잘 몰라서 뭐라 못하겠어요. 유럽에서는 늘 나오는 얘기지만요. 엄마, 질문 있어요.

M 뭐?

안 시험 준비하느라 뉴스 볼 시간이 없었어요. 그런데 얼핏 중국과 타이완에 관련된 보도를 본 것 같아요. 최근 며칠 중국과 타이완에 무슨 문제라도 있나요?

M 중국 공산당 양회가 열리고 있는데 '반분열법'이라는 법을 통과시키려 하고 있어. 무력으로 타이완을 공격할 수 있는 법률적 근거를 만들려는 거지.

안 진짜 재밌네요. 예전에 나치도 그랬는데. 뭘 하든 일단 법부터 만들어서 '법에 근거한다'고 주장했죠.

M 하하, 안드레아, 사람들이 왜 21세기 중국 공산당 정권을 '성숙한 파시스트'라고 하는지 아니?

안 아…… 이제 가봐야 해요.

M 아, 미안. 그런데 어디에 뭐하러 가는지 물어봐도 돼?

안 축구하러요. ^^

좌로 가든, 우로 가든

사랑하는 안드레아,

꽤 오래 자리를 비웠다가 어제 타이베이로 돌아왔어. 한 시간 넘게 텔레비전 뉴스를 챙겨봤지. 너덧 개의 뉴스 채널을 이리저리 돌려보았지만, 보도하는 뉴스들은 다 똑같았어. 그 내용을 요약하면 이래.

1. 추워진 날씨에 눈이 전혀 내리지 않던 곳에도 눈이 내렸어. 사람들은 무리지어 눈을 보러 산에 올랐지. 그런데 눈에 익숙지 않은지라 옷을 너무 얇게 입고 갔고, 그 바람에 산촌의 작은 진료소가 감기 환자로 북적거려. 매서운 날씨 때문에 36명이나 죽었어.

2. 밤사이 강도 5.9의 지진이 발생했어. (맞아, 진짜로 심하게 흔들렸어. 엄마도 잠을 깼으니까.) 보도가 길게 이어졌어. 시장에서 물건들이 떨어지고, 지진을 예감한 개와 사슴, 소, 쥐 들이 안절부절못하고, 초능력자가 지진 발생을 예측했지만 날짜가 틀렸고, 간호사들이 지진에 놀라 울부짖고…… 마지막으로 누군가 이불을 안고 살찐 돼지저금통을 든 채 집에서 도망쳐나와.

3. 물건을 훔치던 한 좀도둑이 지진에 넘어지는 바람에 현장에서 덜미를 잡혔어. 좀도둑이 아무 물건도 못 훔치면 '악운'을 상징하기에 남자는 여자의 속옷을 꼭 움켜쥐고 있어.

4. 추워진 날씨에 사람들이 뜨거운 물에 목욕을 하다 일산화탄소에 중독되어 죽었어. 시체가 들려나와.

5. 여관에서 시체 두 구가 발견되었어.

6. 자동차 한 대가 채소시장으로 돌진해 열댓 명을 들이받았어.

7. 한 할머니가 네 살짜리 여자아이를 2년 동안이나 돼지우리에서 길렀어.

8. 한 입법위원의 결혼식에 참여한 정치인이 누구누구인지, 그들이 누구와 한 테이블에 앉아 밥을 먹었는지, 어떤 대화가 오갔는지 한참을 떠들어대는구나.

9. 중국 공산당이 제정한 '반분열법'에 항의하는 거리시위가 있었어. 기절한 노인, 큰 소리로 우는 아이, 나비리본을 맨 귀여운 강아지들이 이리저리 날뛰고 있어.

10. 언론이 중국의 양회兩會*를 취재하는데 기자들이 회의장으로 뛰어들다 넘어져.

11. 연등축제의 등이 꺼지는구나.

여기까지가 2005년 3월 6일의 타이완 뉴스야. 중국 양회의 분위기가 어땠는지, 홍콩특별행정장관의 퇴진 문제나 정치제도가 어떻게 변하고 있는지, 국제적으로 무슨 일이 일어나고 있는지에 대해서는 하나도 듣지 못했어. 할 수 없이 인터넷에 접속하고 나서야 알게 됐어.

• 중국의 경제정책 방향을 정하는 중국 최대의 행사로, '전국인민대표대회'와 '전국인민 정치협상회의'를 줄인 말이다.

시리아는 레바논에서 점차 군대를 철수할 것을 밝혔고, 이란은 지속적인 핵무기 개발을 천명했어. 가까스로 석방된 후 다시 미군에게 총격을 당했던 이탈리아 여기자가 미군이 고의로 자신을 쏘아 죽이려 했다고 비난했어. UN이 새로 발표한 보고서에 따르면 2025년에 아프리카의 에이즈 환자가 8천9백만 명에 달할 거라 하고, 북콩고의 부락 학살은 여전히 진행중이야. 오늘 대선이 치러지는 몰도바에서는 반대파의 고발이 있었는데, 대통령이 언론을 장악해 PPL 마케팅을 벌이고 경찰을 동원해 야당에 맞서는 등 그야말로 민주주의의 외피를 쓴 독재를 일삼고 있다고 비난했어.

그리고 엄마의 눈을 번쩍 뜨이게 하는 뉴스가 있었어. 남미 우루과이에서 타바레 바스케스Tabare Vazquez가 신임 대통령으로 취임했어.

뭐가 그리 대단한 일이냐고?

이건 엄청난 일이야, 안드레야. 이 신임 대통령은 사회주의자야. 우루과이 역사 최초로 좌파가 집권한 거지. 대통령선서를 주관한 호세 무히카Jose Mujica 국회의장은 1960년대 투파마로스Tupamaros 게릴라 운동의 창시자야. 이 게릴라 조직을 무력화시키려고 우루과이 정부는 1972년 군부의 집권을 허용했어. 결국 게릴라는 해체됐지만, 그와 함께 우루과이에는 무려 13년간 군부독재가 시작돼. 이 시기에 살해당하고 고문당하고 실종된 사람이 부지기수였어. 호세 무히카 역시 감옥에 갇히고 고문당했지.

이 소식을 접한 엄마는 감회가 남달랐어. 안드레아, 두 가지 현상이 보이니? 우루과이에서는 무시무시한 군부독재가 끝난 지 25년 만에 혁명가와 운동가가 집권자가 되었고, 소비에트연방의 하나로 일당독재체제였던 몰도바는 민주주의체제의 선거를 치렀어. 시대가 정말로 진보한 것 같지 않니?

하지만 너도 보다시피 민주주의의 선거 형식만 빌려왔을 뿐 몰도바의 권력자는 여전히 공산당이야. 이런 형식의 배후에는 매체의 농간, 권력의 협박, 자원의 독점이 존재해. 게다가 이런 것들이 모두 민주주의라는 합법적인 '외피'를 뒤집어쓰고 자행되지. 우루과이는 어떨까? 혁명가와 개혁가, 이상주의자가 집권한 뒤 저들은 어떤 면모를 드러낼까? 타이완의 경우를 비추어보면 엄마는 그다지 신뢰가 안가. 엄만 타이완에서 타락한 영웅, 가식적인 민주인사, 쉽게 부패해버린 권력, 인격이 파탄난 개혁가와 혁명가를 너무 많이 봤어. 중국 공산당의 역사야 말할 것도 없고.

바스케스는 좌파인데, 너는 '좌'가 뭐라고 생각하니?

프랑스가 인류사회에 끼친 공헌은 정말이지 적지 않아. 프랑스 대혁명은 유럽 혁명의 자양분이 됐을 뿐 아니라 우리에게 '좌'와 '우'의 개념도 심어줬지. 너희 중학교 교과과정에 정치학이 포함돼 있으니 너도 '좌'와 '우'의 유래를 알 거야. 대혁명 시기 프랑스 국회에서는 왕권과 귀족을 지지하는 사람은 오른쪽에, 개혁을 주장하는 사람은 왼쪽에 앉았지. 프랑스인들이 별 뜻 없이 앉았던 것이 지금까지 전 세계에 영향을 미치고 있는 거야. 재미있는 건, 오른쪽에 앉은 왕권과 귀족에 반대해 왼쪽에 앉은 프랑스인은 대부분 자산계급이었다는 거야. 그리고 이들이 지지했던 건 바로 자본주의와 자유무역이야.

오늘날의 좌파가 그렇게도 잔혹하고 탐욕적인 것으로 생각하는 바로 그것 말이야.

베를린에서는 올해 2월에 새로운 좌파 잡지가 출간됐어. 《반베를린》이라는 잡지인데, 엄마는 그 잡지의 홈페이지 주소를 막 학교에서 돌아온 필립에게 알려줬어. 베이징에서 《반베이징》이나 《반중국》 같은 잡지가 출간된다면 누군가 잡혀가지 않을까. 그렇다면 타이베이에서 《반타이베이》가 나오고, 홍콩에서 《반홍콩》이 나온다면? 아마 버티지 못하겠지. 《반베를린》은 다른 많은 좌파 간행물들과 마찬가지로 여러 문제들에 엄청난 비판을 가하며 독자들에게 각지에서 연계해서 시위에 동참할 것을 호소하고 있어. 유럽연맹 정상회담이 열리는 3월 19일 브뤼셀에서 모이자, 제1차 세계대전 종전 60주년이 되는 5월 8일에 베를린에 모여 우파들의 시위에 반격을 가하자, 7월에는 8개 공업국 정상회담이 열리는 스코틀랜드로 가자, 등등.

5월 8일 베를린에 모여 제1차 세계대전 종전 60주년을 기념하자는 좌파의 구호에는 아주 감동적인 구석이 있네.

소련은 나치에 저항해 2천 킬로미터에 달하는 전선을 형성했고, 그 전선에서 2천만 명의 목숨이 희생됐다. 우리는 용맹스러운 소련의 붉은 군대에 감사를 보낸다.

우리는 모든 지하 저항자에게 감사를 보낸다.

우리는 파시즘과 전쟁에 희생당한 모든 것에 애도를 표한다.

우리는 나치에 의해 강제 징용된 노동자에 대한 배상을 요구한다.

독일에서 이것들은 이제는 '좌파'의 이념이라기보다는 주류적 관점이라고 할 수 있어. 일본에서 하는 것보다는 아주 날카로운 주장이지만 말이야. 마찬가지로 '종전' 60주년을 맞으면서 일본에 침략을 당했던 아시아 국가들은 진정한 의미의 보상이 이루어지지 않았다고 생각하지만, 일본의 '좌파적 시각'은 여기에 미치지 못해.

하지만 오늘날 중국에서는 안드레아, 너 아니? 우리가 말하는 '좌'가 저들의 '우'에 가깝고 저들이 말하는 '우'가 우리의 '좌'에 가까워. 그러니까 가장 '좌'인 공산주의가 오늘날의 가장 '우'인 셈이야. 이들은 자본주의보다 더한 자본주의의 모습을 취하지. 그러니 중국인과 말할 때는 특히 어휘의 '어목혼주魚目混珠'*에 주의해야만 해.

《반베를린》을 다 훑어본 필립이 길고 긴 다리로 번개같이 다가와 말했어.

"와, 못 봐주겠는데요. 이렇게 좌파적 잡지라니."

엄마가 물었어.

"그렇다면 넌 뭐니?"

"중간이에요. 극좌와 극우는 결국 한 원 위에 서 있는 것 같아요. 얼핏 둘이 반대방향으로 걷는 것 같지만 결국에는 마주치죠. 둘 다 공포스럽긴 마찬가지예요."

'안나'의 계급의식과 엘리트주의에 대한 너의 반감은 '좌'의 스펙트럼 안에 있다고 할 수 있을 거야. 엄마는 사전에서 '좌'의 정의를 다시 찾아봤어. 이렇게 되어 있네.

* 물고기 눈알을 진주라고 속인다는 뜻으로, 가짜를 진짜라고 속이는 것을 말한다.

"평등을 주장하고, 노동자의 권익이나 노동조합의 권리 등의 사회 정의를 강조한다. 빈자와 약자의 처지에 관심을 기울이고, 민족주의를 반대하며, 계급과 권위에 반대하고 전통문화와 거리를 유지하며 특권과 자산계급에 회의적이다. 좌파는 '진보'라는 단어로 스스로를 묘사하는 경향이 있다."

만약 평행선의 중간에서 좌인지 우인지 선택하라면 엄마는 부득이하게 '좌'를 선택할 수밖에 없어. 굳이 '부득이하게'라고 한 것은, 엄마가 두 눈으로 목격하고 직접 겪은 21세기가 엄마에게 가르쳐준 것이 있다면 그게 바로 이상주의자들을 무조건 믿지 말라는 것이기 때문이야. 권력의 테스트를 통과한 이상주의자라면 예외겠지. 권력을 얻은 뒤에도 부패하지 않은 이상주의자라면 그 사람이야말로 진정한 이상주의자일 테니까. 하지만 이런 테스트를 거친 적도 없이 그저 고고한 도덕적 태도를 보이는 자신만만한 이상주의자들은 신뢰할 수가 없어. 마오쩌둥을 비롯해 오늘날 타이완 정치인들은 대놓고 불법을 일삼지. 이런, 너무 많아. 엄마는 오래전에 독일의 유명한 여성주의자 알리체 슈바르처Alice Schwarzer와 이 문제를 놓고 토론한 적이 있어. 타이완에 당당하게 불법을 일삼는 사람이 그렇게 많은 것은 민주주의의 역사가 너무 짧아 여전히 유아기 수준에 머물러 있기 때문이라고 했더니, 그녀는 엄마의 말에 전혀 동의하지 않았어. 독일의 민주주의는 50년이나 됐고, 유아기도 아니지만, 현재의 슈뢰더Gerhard Schröder 총리를 포함해 '불법을 일삼는 사람'은 더욱 많아졌다는 거야.

그래, 알았어. 너무나 사랑하는 안드레아, 엄마는 대체 네게 뭘 말하고 싶은 걸까?

엄마는, 너의 정의감과 시비를 가릴 줄 아는 판단력이 정말 자랑스러워. 하지만 너도 이상주의의 본질을 꿰뚫어볼 줄 알았으면 좋겠어. 이상주의는 귀한 것이지만, 굉장히 취약해서 부패하기도 쉽단다. 사람들의 정의감과 동정심, 개혁에 대한 열정, 혁명에 대한 충동 같은 것들은 흔히 낭만적 감상주의에서 나오는 경우가 많아. 그런데 이 낭만적 감상주의가 냉혹한 현실에 제대로 맞선 적은 단연코 없어. 이따금 옅은 안개와 가식적인 아름다움과 알 수 없는 몽롱함만을 드리울 뿐이야. 엄마는 네 이상주의가 단순한 낭만적 감상주의에 그치지 않고 더 깊어지고 성숙하길 바란단다.

엄마가 너를 붙들고 이런 이야기를 하는 게 맞는지 잘 모르겠어. 열아홉 살의 네가 엄마의 말들을 어떻게 받아들일지는 더더욱. 네가 그리워, 아들. 타이베이의 새벽 세시, 창밖 가로등의 은은한 불빛들이 그리움을 불러일으키며 겨울밤을 희미하게 밝히고 있구나. 다 큰 자식을 그리워하는 엄마의 마음은 언제나 일방적일 수밖에 없어. 젊음의 생기가 넘치는 자식은 자기 인생의 비전을 향해 숨 가쁘게 달려가기도 바쁘니까. 엄마는 그저 뒤에서 점점 작아지는 아이의 그림자를 바라보며 저 지평선이 얼마나 멀고 긴지 가만히 지켜볼 뿐이지. 그런데 어떻게 그렇게 순식간에 사라져버릴까.

엄마가

2005. 03. 09.

비밀스럽고 사적인 미학

엄마,

음악은 어느새 제 삶의 일부가 됐어요.

아침에 일어나면 제일 먼저 컴퓨터를 켜고 그 안에 있는 음악으로 방안을 가득 채우죠. 음악과 함께 옷을 입고, 아침을 먹을 때는 주방의 라디오를 켜요. 등하굣길에서는 MP3의 음악들이 저와 함께 걷고요. 저는 음악을 들으며 하루 종일 방안에 틀어박혀 한 시간이고 두 시간이고 음악 파일을 정리하면서 보낼 수도 있어요. 주방이든 서재든 그 어디에서도 저는 음악과 함께예요.

언제부터인지는 잘 모르겠어요. 어렸을 때 엄마아빠가 듣던 클래식을 좋아해본 적은 없어요. 엄마가 이따금 틀어놓던 유럽 가곡은 더 싫었죠. 프랑스의 샹송이나 독일의 민요는 저한테는 촌스러운 키치Kitsch예요. 한두 차례 엄마가 친구들과 1960년대 로큰롤을 틀어놓고 거실에서 춤을 췄던 건 기억해요. 하지만 다들 음악을 '듣고 있지'는 않았죠.

그런데도 두 분은 음악에 대한 제 취향에 영향을 미쳤어요. 저는 멜로디가 우아하고 아름다운 음악을 좋아하고 재즈를 숭상해요. 열몇 살 때 힙합에 빠져든 뒤로는 미국의 흑인문화에도 깊이 빠져들었죠. 힙합을 들을 때는 누구나 아는 인기 있는 곡이 아니라 보통 사람들은 잘 모르는 인기 없는 곡을 찾아 들어요. 어쩌다 좋은 곡을 발견했는데, 다른 친구들은 들어본 적 없는 노래라면 그야말로 보물이라도 찾은 기분이 든다니까요. 그런 곡들은 취향이 비슷한 친구들과 공유한 다음, 다 같이 듣고 나서는 무궁무진한 토론을 벌이죠. 심오하기 이를 데 없는 가사와 정확하게 설명할 수 없는 이데올로기에 대해 이야기를 나누죠. 그건 정말 말로 표현할 수 없는 독특한 경험이에요. 엄마에게 설명해줄 수가 없어요. 그런 경험은 바로 그 순간, 그 분위기만이 빚어낼 수 있는 것이니까요. 그 곡들 자체가 말할 수 없는 독특함을 가진 것처럼요.

저에게 좋은 곡과 그렇지 않은 곡은 세 가지 요소에 달려 있는데, 분위기와 가사, 멜로디가 그거예요. 이 세 가지 요소를 모두 갖추어야 하는 건 아니에요. 때로는 하나만으로도 충분해요. 어떤 노래가 최상의 분위기를 이끌어낸다면 가사는 최고가 아니어도 돼요. 음악은 그 분위기만으로도 사람을 기쁘게도 또 슬프게도 하니까요. 잘 쓴 가사는 회심의 미소를 짓게도 하고 깊은 우울에 잠기게도 하죠. 좋은 멜로디는 자꾸만 머릿속에 맴돌고요. 가사가 아무리 바보 같고 전체적인 분위기가 별로라 해도요.

가장 싫은 건, 좋은 노래가 유행가가 되는 거예요. 그러면 정말 망한 거죠. 가사가 아무리 심오하고 멜로디가 아무리 좋아도 개나 소나 그 노래를 부르고, 술집에서 축구경기를 보던 취객들이 죄다 흥얼거리면 그 노래는 '볼 장' 다 본 거죠. 아무리 좋은 노래라 해도 너무 많이 듣다보면 금세 키치가 돼버리기 십상이라 저는 절대로 '남용'해서 듣지 않아요. 가끔 일부러 서른 곡쯤 노래를 골라 한 곡 한 곡 들으며

'그 곡'이 나타나기를 기다려요. 마침내 그 곡이 시작될 때 제가 느끼는 가치는 더욱 높아지죠.

일요일 아침, 한껏 게으름을 피우다 일어나 맑고 파란 하늘을 보면서 제가 가장 좋아하는 음악을 들어요. 그러면 세상에 이보다 더 좋은 게 뭐가 있을까 싶어져요.

그러다가 어떤 노래가 질리기 시작하면 저는 바로 긴장해요. 제게 새로운 노래가 필요하게 된 거죠. 그렇게 새 노래를 탐색하는 여정이 시작돼요. 광고음악, 음악시간에 우연히 들었던 멜로디, 어느 사람 파티에서 흘러나왔던 노래, MTV 등등, 저는 찾고 또 찾아요. 가장 신경쓰는 곳은 말할 것도 없이 인터넷이죠.

음반 제조업자들이 음원을 그렇게 다운받는 걸 얼마나 싫어하는지 저도 알아요. 하지만 엄마, 전 생각이 달라요. 그 사람들은 오랜 세월 싸구려 대중가수들의 저속한 음악들을 날림으로 만들어내서 떼돈을 벌었잖아요. 그들은 마침내 더는 그런 것이 먹히지 않는다는 것을 알았겠죠. 이제 우리는 저속한 음악들은 인터넷에서 내려받아 듣다가 물리면 곧장 버려요. 훌륭한 예술가들의 진짜 음악 시디만 주머니를 털어 사면 되는 거죠.

그렇게 되면 형편없는 음악은 점점 사라지고 훌륭한 예술만 남게 될 거예요. 이거야말로 긍정적인 발전 아닌가요? '인터넷의 음악 혁명'이 쓸어버린 것은 나쁜 음악이에요. 진정한 예술가들은 오히려 활로를 찾고 친구도 얻었죠. 독일에서요. 깊은 인상을 주는 창작자들이 수면 위로 떠올라 제조업자들이 날림으로 만들어내던 가짜 우상들을 대체하고 있어요.

제 편지에 엄마가 뭐라고 답할지 모르겠네요. 엄마는 음악광은 아니니까요. 하지만 엄마, 엄마는 무엇에 마음을 빼앗겼나요? 엄마의 글쓰기나 문학이 엄마에게 가져다준 것은 음악이 제게 가져다준 것과 같나요? 엄마 말고는 아무도 훔쳐볼 수 없는 그런 비밀스럽고 사적이며 독특한 미학적 경험 말이에요.

안드레아가

2005. 03. 31.

독일 시간 저녁 9:30
홍콩 시간 새벽 3:30

M 필립이 '힙합' 가사를 보여줬는데 정치와 사회를 강하게 비판하는 것이 참 많더라.
열다섯 살이 어떻게 사회를 비판하는 이런 노래를 좋아하는지 화들짝 놀랐지.

안 예를 들면요?

M 예를 들면 이런 거였어.
"나는 빈민굴에서 자랐어. 끊이지 않는 살육을 봤어. 실은 이곳은 마약밀매의 소굴
이야. 내 성공은 이것 때문이기도 하지. 적응자만이 살아남고 날마다 사는 게 도
전이야. 나는 스스로 자랑스러운 미국인이라 생각했어. 하지만 인종 문제 앞에서
내가 외국인이라는 사실을 깨달았어……"

안 그건 지금 유행하는 힙합은 아니에요. 요즘 유행하는 힙합은 이런 거죠.
"돈, 돈, 돈, 내 돈주머니로 와르르 쏟아지네.
세상이 나를 어쩌겠는가, 브래지어를 움켜쥐고 셋이서 놀아보자.
세상이 나를 어쩌겠는가, 본드를 흡입하고 콧방귀를 뀌어주자.
세상이 나를 어쩌겠는가, 법을 어기고 도망가 버리자."

M 오, 허무주의!

안 더 엉망인 거 들어볼래요? 이런 것도 있어요.
"오줌을 갈겨, 오줌을 갈겨, 오줌을 갈겨……"

M 와, 더럽다!

안   "파트너들이여, 너희 파트너들의 ……를 ……세워라……"

M   수컷의 쇼비니즘!

안   이런 것도 있어요.
     "널 죽여줄 때까지, 널 죽여줄 때까지, 널 죽여줄 때까지……"

M   야만적 쇼비니즘!

안   맞아요! 인기 있는 '힙합'에는 여성에 대한 성폭력적 내용이 넘쳐나요. 하지만
     놀랍게도 여성 가수조차 이런 노래를 불러요. 가끔 이해가 안 돼요.

M   안드레아, 여자라고 해서 반드시 여성주의자인 것은 아니란다. 남자가 반드시 여성
     주의자가 아닌 게 아닌 것처럼. 그 차이는 머리에 있지 생식기에 있지 않아.

안   알아요. 인기 순위에 올라 있는 노래들은 대충 이런 것들이에요.
     "내가 사탕가게에 데려가줄게. 난 너의 XX를 원해, '거기'에 붙잡혔네. 빈민굴
     생활은……"

M   그게 뭐가 특별하지? 예전 시골 노래도 그렇지 않았니?
     "내 아빠는 술주정뱅이, 내 엄마는 창녀, 나는 열셋에 강간당해……" 어쩌고저쩌
     고.

안   맞아요. 하지만 '힙합'은 더 직설적이고 더 거칠어요.

M   알겠다. 허무주의 + 수컷의 쇼비니즘 + 배금주의 + 성적인 문란 + 막말과 욕설 =
     쿨하다, 거기에 미국 흑인이 들어가면 청소년이 좋아한다?

안   거의 그래요. 하지만 힙합은 원래 훌륭하고 깊었어요. 이런 것처럼요.
     "성탄절에 엄마는 네게 생애 처음으로 자전거를 주었지.
     처음으로 싸움에서 이긴 것처럼,

너희 팀이 우승한 것처럼.
폭우 속에서 얼싸안고 미친 듯이 좋아했지.
유성이 스쳐 지나가는 것을 본 것처럼
그래 노력하면,
꿈은 진짜 현실이 될 수 있어."

M 음, 현대시네. 엄마, 그만 가봐야 해.

안 얼른 할게요. 아직 남았어요.
"귀머거리가 들었네. 연인의 목소리를 들었네.
장님이 보았네. 생애 처음 일출을 보았네.
벙어리가 말했네. 더없이 또렷한……
노래를 지어 천년을 이어가네."

M 이건 정말 현대시네. 노래로 만든.

안 맞아요. 좋은 힙합은 바로 시죠. 하지만 좋은 것들은 많지 않아요. 대부분은
별로예요.

M 금과 모래는 언제나 뒤섞이는 법이지. 유행하는 문화의 특징이기도 하고.

안 무슨 말이에요?

M 유행하는 문화는 시간의 체에 걸러져 결국 모래는 빠져나가고 금은 남는 거야.
그래서 남는 건 바로 클래식이나 고전으로 불리게 되는 거고…… ^^

열다섯번째 편지

본래 보리수가 아니야

사랑하는 안드레아,

안드레아, 아니? 엄마 세대의 사람들에게 음악을 일깨워준 건 구미歐美의 가곡들이었단다. 어렸을 때 가장 즐겨 불렀던 노래는 〈그리운 어린 시절〉이었지.

"봄이 가고 가을이 왔네. 세월이 흘러가네. 나그네는 떠도네……"

모든 사람들이 불렀던 이런 노래도 있었어.

"저쪽 멀리 정자 밖 옛길 가에 향기로운 풀이 아득히 하늘과 맞닿았네……"

리수퉁李叔同*의 가사는 고요하고 단아해서 송사宋詞를 닮았지. 그래서 엄마는 줄곧 그것들이 중국의 고전음악인 줄 알았다가 한참 크고 나서야 그 곡들이 모두 미국이나 독일의 가곡을 개작한 것임을 알았어.

독일 예술가곡은 특히 초등학교 음악시간에 많이 배웠어. 〈로렐라이〉〈보리수〉〈송어〉…… 슈베르트의 〈겨울 나그네〉에 담긴 곡들은 모두 어렸을 때 배워 불렀던 노래들이지. 나중에 독일에 가서 그곳

• 1880~1942, 유명한 음악가이자 미술교육가, 서예가, 연극 활동가로 중국 연극의 개척자 중 한 사람이다. 일본에서 유학하고 돌아와 교사와 편집자로 재직하다 훗날 출가해서 법명이 연음演音이고 홍일법사弘─法師라 불렸다.

아이들은 이런 노래를 듣지도 부르지도 않는다는 사실을 알고는 정말 의아했지. 너도 무슨 말인지 알 거야. 그건 네가 중국 아이들은 논어를 읽지 않는다는 사실을 알게 됐을 때와 비슷한 마음일 테니까.

〈보리수〉는 수많은 타이완 사람들이 공유하는 추억의 노래야. 슈베르트 음악이 자아내는 애수와 빌헬름 뮐러의 시가 주는 아름다움 때문이겠지만, 어쩌면 그건 보리수가 우리 마음속에서 지혜와 각성, 보다 고차원적인 영혼의 추구 같은 것들을 끊임없이 불러일으키기 때문인지도 모르겠어.

보리수는 뽕나무과로, 학명學名은 'Ficus religiosa'야. 속명屬名인 '피쿠스Ficus'는 보리수가 무화과나무속이라는 걸, 종명種名인 'religiosa'은 이 나무가 '신앙'과 관련되어 있음을 말해주지. 3,000년도 더 전에 석가모니가 중인도 마갈타국摩揭陀國의 가야성伽耶城 남쪽 보리수 아래에서 도를 깨우쳐 부처가 되었단다. 이런 이유로 원래 '길한 나무'라는 뜻의 피팔라Pippala라 불렸던 이 나무는 인도에서 보디 드루마Bodhi-druma, 즉 '깨달음의 나무'라는 뜻의 보리수로 불리게 된 거지. 훗날 아육왕阿育王의 딸이 보리수 한 그루를 스리랑카의 고도인 마하메가Mahamegha에 가져갔는데, 그때 가져간 나무가 깊이 뿌리내려 지금까지도 무성한 가지와 잎을 자랑하고 있단다. 중국도 남북조 시대, 그러니까 1,700여 년 전에 보리수를 들여와서 광저우廣州에 심었지. 올해 1월 엄마는 6조 혜능慧能*이 머리를 깎고 출가했던 바로 그 보리수를 보러 광저우의 광샤오光孝사에 갔었어. 흥분을 감출 수가 없었

---

* 중국 불교 선종의 제6대조 혜능 대사.

지. 안드레아, 네가 혜능을 모르니 어떻게 비유를 해야 할까. 마르틴 루터가 손수 심은 나무라고 하면 될까. 그런 나무를 네가 봤다고 생각해봐.

그런데 너희가 슈베르트의 노래는 아예 부르지도 않는다니…… 물론 음악시간에 가곡을 감상하고, 베토벤의 교향곡을 듣고, 슈베르트의 〈송어〉를 분석하겠지. 하지만 우리 타이완 사람들이 음악시간에 '고전'으로 여기며 배우고 불렀던 독일 가곡들이 독일의 음악시간에는 아무것도 아니라니, 엄마는 너무나 의아했어.

"그런 노래들은요……" 필립이 말했어. "시대에 뒤떨어져요!"

엄마는 그만 기분이 상해버렸어. '열다섯에서 스물까지' 엄마에게 감동을 주었던 그 노래들이 필립에 의해 '한물간' 것들로 취급되다니. 그런 노래들이 어떻게 뒤떨어질 수 있지? 엄마는 펄쩍 뛰며 필립을 노려보았어.

슈베르트의 이 노래는 독일어로는 'Der Lindenbaum'이고 중국어와 일본어로는 '보리수'로 번역됐지. 그래서 엄마는 베를린의 그 유명한 거리 '운터 덴 린덴Unter den Linden로路'에 도착했을 때 길 양쪽에 보리수가 쭉 늘어서 있을 줄 알았어. 하지만 보리수는커녕 타이완에서는 본 적도 없는 엉뚱한 나무가 버티고 있더구나. 이게 대체 어떻게 된 걸까? 보리수가 아닌데 왜 '보리수'로 번역돼서 그 긴 세월 그렇게 불렸을까?

엄마는 많은 시간을 할애해 자료를 찾았어. 그러다 Linden이 피나무일 수도 있다는 사실을 알아냈지. 하지만 피나무를 본 적이 없는 엄마는 이리저리 수소문한 끝에 그 나무가 베이징에 있다는 사실을 친구에게 들었어. 엄마는 Linden나무의 잎과 꽃, 열매를 모아 베이징으로 가져가서 일일이 대조해보았지. 그래, 맞아. 슈베르트의 〈겨울 나그네〉 속 이 노래는 '피나무'로 번역되었어야 했던 거야.

피나무의 학명은 'Tilia amurensis'로, 피나무과에 속해. 유난히 향기로운 꽃에서 추출한 꿀 역시 향이 아주 진하단다. 중국에서는 동북지역에 조밀하게 분포되어 있어. 유럽의 피나무는 원래 외지에서 들어온 것이지만, 오랜 세월을 함께하면서 동유럽 사람들의 마음속에 다정다감한 고향의 나무로 자리잡은 거야. 안드레아, 아니? 옛날 독일 사람들은 아이가 태어나면 정원에 피나무를 심었대. 피나무가 잘 자라는지 어떤지가 곧 아이의 운명을 예측한다고 믿었던 거야. 게르만 사람들은 피나무를 '화평'의 상징으로 본다고 해. 이 나무의 수호신은 바로 생명과 사랑의 신인 여신 프레야고.

이렇게 따지다보니 문득 모든 것들이 명확해지는 기분이구나. 우물이 있는 곳에는 반드시 피나무가 있었어. 독일 사람에게 피나무는 아늑하고 행복한 가정, 평화롭고 잔잔한 일상, 훈훈한 가족애와 사랑 같은 것을 떠올리게 해. 그래서 가사가 이렇지.

성문 앞 샘물 곁에
서 있는 피나무
나는 그 그늘 아래서
수많은 단꿈을 꾸었네……

슈베르트의 유랑하는 나그네가 사무치도록 그리워하는 건 바로 그가 살았던 마을의 우물과 피나무, 피나무의 맑은 향기가 품고 있는 평온함과 두터운 온정이었던 거지.

안드레아, 이런 사실을 깨달은 엄마는 깜짝 놀라 순간 멈칫했어. 이건 '보리수'의 의미와는 완전히 상반되는 것이니까. 초월과 초탈을 추구하는 보리수에 반해 피나무는 속세의 일에 연연하는 셈이잖아.

이 노래를 번역한 사람이 피나무를 몰라서 잘못 번역한 것이 한 세기나 이어진 것인지, 아니면 그가 알고 있으면서도 일부러 다르게 번역한 것인지 모르겠어. 이 노래가 '피나무'로 번역되었어도 100년 동안이나 이렇게 우리에게 불렸을까? 본 적도 없고 머릿속으로 그릴 수도 없으니, '피나무'라 번역되었다면 아마 우리 마음속에서 그 어떤 작용도 일으키지 못했을 거야. 하지만 보리수는 그 함의가 깊고 넓어.

아열대에서 성장한 우리에게 피나무가 함축한 고향 마을 이미지에 가장 어울리는 나무는 뭐니 뭐니 해도 용수나무일 거야. 피나무가 천지인 헤이룽장黑龍江 같은 곳에서 이 노래의 제목은 당연히 '피나무'가 되어야겠지.

네 '힙합'음악 얘기로 돌아가보면, 사랑하는 안드레아, 소위 말하는 '문화의 창의적 오해'가 있을지도 모른다는 생각이 들어. 미국의 흑인이 만든 가사가 바다를 건너 유럽에 가면 거기 유럽인들이 받아들이는 의미는 질적으로 달라질 수밖에 없어. 그래서 저속하고 거친 것들이 '쿨'한 것으로 여겨지기도 할 거야. 반대로 유럽에서 네가 키치하다고 생각하는 것들이 다른 문화권에서는 대대적으로 환영받을 수도 있는 거지. 음악의 '텍스트' 역시 살아 있어서, 서로 다른 시공간과 역사적인 상황 속에서 그것은 카멜레온처럼 변신하곤 해. 그러니 거기에 너무 진지하게 반응할 필요는 없을 거야.

엄마의 '사적이고 비밀스러운 미학적인 경험'이 뭐냐고? 사랑하는 안드레아, 피나무와 보리수의 차이를 찾아내는 것 정도가 아닐까.

엄마가

2005. 04. 30.

마음에 담긴 마을

엄마,

저 졸업했어요.

지금 저는 베란다에 앉아 있어요. 해 질 녘 햇살이 숲을 가로지르고, 나무 그림자가 길게 바닥에 드리워졌어요. 조금 전 한차례 비가 내려 드문드문 젖어 있어요. 담배에 불을 붙이고 저 자신을 위한 포도주를 들고 하늘을 올려다보아요. 하늘이 파랗네요. 담배연기가 한 줄기씩 서서히 피어올랐다가 사라지고 있어요. 지난날을 좀 떠올려보고 있어요.

졸업을 하면 다들 이렇게 아쉽고 섭섭한가요? 저는 이제 떠나야해요. 제가 지금까지 생활해온 마을과 '집'을 말예요. 저한테 '집'은 뭘까요? 생각해봤는데요, 제게 가장 중요한 사람은 부모님이 아니라 —엄마, 화내지 마세요— 친구들이더라고요. 해야 할 숙제가 있다는 사실을 짐짓 잊은 척 마지막 순간까지 놀고 또 놀던 그 일요일 오후들을 어떻게 잊을 수 있겠어요. 눈이 펑펑 내리는 캄캄한 밤에 마을 카페에 몰려가 뜨거운 차를 마시고, 여름날 아직 환한 오후에 마을 공원의 잔디밭을 누비며 축구를 하고, 연못가에 드러누워 어두워질 때까지 얘기를 나누던 그 날들 말예요. 가끔 물오리가 꽥꽥거리며 머리 위로 날아갔죠.

인구가 겨우 2만인 작은 마을 크론베르크는 그래서 심심하고 지루할 것 같은 곳으로 생각되죠. 젊은이들에게는 특히나 더요. 하지만 이곳은 저에게 '집'이에요. 그래서 각별한 그리움이 느껴지고요. 이렇게 작디작은 마을이라면 문화는 단조롭기 그지없고, 이곳에 사는 사람들도 가장 전형적이고 보수적인데다 개성이라곤 없는 독일인일 거라 생각들 하겠죠. 하지만 정반대예요. 크론베르크는 아주 국제화된 마을이에요. 제 가장 친한 친구 셋을 예로 들어볼까요? 어쩌면 엄마가 아직 이 친구들을 기억할지도 모르겠어요.

무니르는 독일인과 튀니지인의 혼혈이에요. 사우디아라비아에서 태어나 두바이와 튀니지에서 자랐죠. 저와 '바지도 나눠 입으며' 호형호제하는 프레디는 독일인과 브라질인의 혼혈이에요. 독일어 말고도 포르투갈어, 스페인어, 불어, 영어를 할 줄 알아요. 다윗은—이름만 들어도 아시겠지만—유대인이에요. 다윗의 어머니는 독일인, 아버지는 이스라엘인이에요. 그래서 다윗은 이디시어Yiddish language*를 할 수 있어요. 그리고 마지막으로 저는 독일인과 타이완인의 혼혈이고요. 우리 패거리 넷이 거리를 걸어다니면 그야말로 '혼혈당'이죠. 하지만 엄마도 알다시피 크론베르크에서 우리 넷은 하나도 특별하지 않아요. 크론베르크라는 이 작은 마을에서는 우리가 오히려 '전형'이라 할 수 있어요. 이렇게 우리 넷 말고도 친한 친구 중에는 인도인, 파키스탄인, 터키인, 스페인인, 프랑스인, 영국인, 미국인, 한국인…… 손가락으로 다 셀 수 없을 정도예요. 서로 다른 문화적 배경 때문에 곧잘

---

* 유대인들이 쓰는 서게르만어군 언어.

논쟁이 일어나곤 해요. 하지만 대부분의 경우 '혼혈아'는 '혼혈아'와 잘 어울리고 또 마음도 잘 통하죠.

예를 들면, 축구장에서 그냥 되는대로 축구를 하려고 하면요, 서로 알든 모르든 상관없이 경기 인원만 채워지면 곧장 팀을 나눠 경기를 하거든요. 그러면 자연스럽게 독일 팀과 국제 팀으로 나뉘어요. 인종주의와는 아무 상관이 없어요. 다들 그러는 게 재미있다고 생각하는 것뿐이에요. 저는 제가 중국 혈통─'타이완 혈통'이라고 해야겠죠? 좀 귀찮네요, 엄마─이라는 이유로 그 어떤 차별도 받아본 적이 없어요. 오히려 우리는 서로 다른 인종 문제를 가지고 농담까지 하는걸요.

어제 저는 프레디와 프레디의 금발 여자친구와 축구를 보러 갔어요. 마침 영원한 앙숙인 브라질과 아르헨티나의 경기였어요. 프레디는 당연히 브라질 팀을 열렬히 응원했죠. 그래서 저는 부러 아르헨티나 팀을 응원했어요. 축구경기는 정치문화적인 충돌로 이어지기 마련이죠. 우리는 진짜 말다툼을 벌였어요. 브라질인과 아르헨티나인 중 누가 더 교만하고 멍청하고 추악한지 한참 실랑이를 벌이는데, 프레디의 여자친구가 궁금해하며 물었어요.

"만약 너희 둘 다 순수한 독일인이라면 어떻게 싸울 거야?"

우리는 순간 멍해졌다가 거의 동시에 말했어요.

"답답해 죽느니 차라리 뛰어내리고 말지."

다국적 문화는 수프 속 향신료처럼 생활을 다채롭게 해요.

조만간 저는 홍콩으로 가야 해요. 그곳은 여기와는 많이 다른 세계겠죠. 크론베르크 친구들에게 어떻게 안녕이라고 말해야 할지 걱정이에요. 10년 동안 제 생활의 중심이었던 사랑하는 친구들에게 작별

인사를 제대로 할 수 있을까요? 인생이 갈림길의 연속이라는 건 잘 알고 있어요. 이렇게 멀어지면 그게 영원한 이별이 될 수 있다는 것도요. 깊이 사귀지는 못했지만 많이 좋아했던 사람들에게 그들을 향한 제 마음을 표현하지도 못했는데 그들은 이제 제 인생에서 완전히 사라지려 해요.

서운하고 섭섭해요. 엄마는 그러겠죠.

"안드레아, 인생이 바로 그런 거야. 계속 앞으로 나아가다보면 그렇게 섭섭할 것도 없단다."

저도 알아요. 하지만 그래도 섭섭하고 아쉬워요.

그래서 저는 이 베란다에 앉아 우리가 함께했던 아름다운 순간들을 하나하나 떠올리며 그 추억들을 차곡차곡 마음에 쌓고 있어요. 앞으로 걸어가야겠죠. 하지만 제가 어디서 왔는지는 잊지 않을 거예요.

안드레아가

2005. 07. 07.

너는 어느 나라 사람이니?

사랑하는 안드레아,

언젠가 엄마는 니카라과 사람이 아르헨티나 사람을 어떻게 생각하는지를 들었어. 술집에서 니카라과 사람이 또다른 니카라과 사람에게 물었지.

"에고Ego가 뭐지?"

질문을 받은 사람이 대답했어.

"바로 우리 모두의 마음에 있는 작은 아르헨티나 사람이지."

그러자 옆에 있던 아르헨티나 사람이 듣고는 벌떡 일어나서 걸걸한 목소리로 물었어.

"네가 말하는 '작은' 아르헨티나 사람이란 대체 뭔데?"

안드레아, 사과하지 않아도 돼. 엄마가 너의 중요한 일부가 아니라는 건 잘 알아. 그런 순간은 일찌감치 지나갔지. 스무 살에게 부모는 낡은 집과 같은 존재인지도 모르겠어. 네가 사는 그 집은 비바람을 막아주고 온기와 편의를 제공하지만 집은 집일 뿐이야. 집과 소통하고, 집에게 말을 걸고, 다정하게 굴거나 집의 비위를 맞추지도 않잖아. 가구를 옮기다 부딪혀 벽 한쪽을 망가뜨려도 '미안하다'고 말하지 않지. 부모란 말이야, 건넛산 돌 쳐다보듯 하는, 익숙해져버린 낡은 집 같아.

따져보니, 엄마는 이십 년쯤은 기다려야겠더구나. 그때쯤 되어서야 너는 고개를 돌려 이 낡은 집을 쳐다보기 시작할 거야. 그러고는 이미 늙고 병들어 인생의 '무無'와 우주의 '멸滅'을 향해 가는 집의 형체를 발견하고는 돌아서서 더 세세히 살피겠지.

안드레아, 졸업했구나. 몇 가지 장면이 눈앞에 어른거리네. 유치원을 졸업하고도 '졸업'이 무엇을 의미하는지 이해하지 못했던 너는 이튿날 평소처럼 유치원에 가겠다고 고집을 부렸어. 유치원에 도착해서 네가 본 건 그전과는 전혀 다른 모습이었어. 아는 친구라곤 하나도 없었던 거지. 너는 감히 안으로 들어가지도, 뒤돌아서지도 못한 채 입구에 멍하니 서 있었어. 어리둥절해서 그렇게 서 있는 조그마한 네 얼굴에는 실망이 어려 있었어.

"친구들은……" 네가 말했어. "친구들은, 다들 어디 갔어요?"

그리고 네가 초등학교에 입학한 첫날, 너는 선생님 손에 이끌려 알록달록 재잘거리는 아이들 틈에 끼여 교실로 들어갔어. 엄마는 네 뒷모습이 교실 안으로 사라질 때까지 지켜봤지. 책가방을 멘 네 그 뒷모습을……

그 짧은 순간 엄마는 깨달았어. 너와의 인연에서 앞으로 평생, 한 차례 또 한 차례 떠나는 네 뒷모습을 바라보며 나는 말없이 손을 흔들어야 한다는 걸 말이야. 그후 그런 일들은 끊임없이 반복됐지. 중고등학교에 들어간 뒤로는 어딘가 다른 세계로 뛰어들 때 네게서 소심하게 머뭇거리는 모습은 더는 볼 수 없었어. 네가 교환학생으로 미국에 갈 때 엄마는 공항에서 출국장으로 걸어들어가는 네 뒷모습을 하염없이 뒤좇았어. 네가 한 번쯤 뒤돌아봐주기를 기다리면서 말이야. 하지만 너는 너무나 씩씩하게 출국장 안으로 들어가 인파 속에 묻혀버리더구나.

졸업은 곧 이별이지. 그래, 맞아. 너는 지금 친구들과 헤어지는 중이고, 마을과 헤어지는 중이고, 네가 자란 집, 연못과 헤어지는 중이야. 그와 동시에 네 부모와도 헤어지는 중인데, 이것 역시 어떤 의미에서는 영원한 이별이란다.

물론 너는 떠나야만 너 자신을 펼칠 수 있어.

하지만 부모는 말이야, 끊임없이 자식의 뒷모습을 바라보며 기쁘면서도 슬프고, 달려가 안고 싶으면서도 불러세우지 못하는 그런 존재란다.

네게 '집'이 있고 그 '집'이 크론베르크라는 것은 안드레아, 우연한 일이 아니야. 그건 엄마로부터 시작되는 얘기니까. 구글에 영어로 엄마의 이력을 찾아보면 이런 설명을 찾을 수 있을 거야.

"난민의 딸로 1952년 타이완에서 태어났다."

난민은 영어로는 '보호민refugee'이지만 독일어로는 '도망민Flüchtling'이지. '피난避難'이라는 것도 중국어에서는 '난難'자를 강조하지만, 독일어에서는 '피避'자, 그러니까 도망逃을 강조해. 당장의 '환난'에서 벗어나려다 '도망민'은 오히려 더 장기적이고 점층적인 '환난'에 진입하게 돼. 고향을 등지고 가족들과 뿔뿔이 흩어지고 재산을 잃고, 신분과 지위를 보호해줄 바람막이가 없어지지. 또 언어와 문화에 대한 자신감과 자존감도 박탈당하게 되고. '도망'은 '환난'과 '환난' 사이에 존재해. 네 엄마야말로 21세기 역사에 의해 이산의 소용돌이에 내팽개쳐진 딸이야. 아주 전형적이지.

그래서 그녀에게는 한평생 '집'이라 부를 수 있는 마을이 없었어. 이 마을에서 저 마을로 옮겨다니며 가는 곳마다 사람들의 낯선 시선을 감당해야 했지. 가까스로 친구를 사귀고 마을 분위기에 익숙해질 때쯤이면 또다시 떠나야 했어. 그녀는 언제나 '편입생'이었고, 영원한 'new kid on the block'이었어. 낯선 사람과 빠르게 친구가 됐지만, 곧 또 떠나야 했기에 더 빠르게 낯선 사람이 되어버렸어. '도망민'은 시대의 칼날에 의해 토지와도 전통과도 단절되고 인종과 우정에 기초한 유대감과도 단절되었어. 그녀는 표류하고 있었어. 허공에 걸린 신세였지. 어쩌면 바로 그래서 그녀가 이 세상을 유독 냉정하게 보고, 또 외부의 시선에 얽매이지 않는지도 모르겠어. 패거리가 없으니까. 하지만 그녀의 영혼은 고독했지.

그런 딸이 자라 엄마가 되었고, 자신의 아들딸은 '도망민'으로 살지 않길 원했지. 그래서 그녀는 네게 '집'을 주려고 무던히 애를 썼어. 땅에 뿌리를 내리고 마을 안에서 안정감을 느끼며 그곳에서 자라길 바랐지. 세상으로 나가기 전에 너만의 마을을 가지게 되길 바라면서 말이야. 앞으로 아득히 먼 길을 유랑할 너에게 언제나 변함없이 너를 기다려주고 받아주는 마을이 있기를, 아무것도 묻지 않고 언제라도 너를 꼭 안아주는 오랜 친구 같은 마을이 있기를 원했어. 그녀는 네가 엄마처럼 영혼의 나그네로 살지 않길 원했어. 영혼의 나그네로 사는 것은 문학에서는 아름다운 경계인일 수 있지만, 고통스러운 삶이야. 고통이 삶을 더욱 성숙시킨다지만 자식이 고생하길 바라는 사람은 없어.

네 마음에서 우러나온 쓸쓸함과 아쉬움이 느껴지는구나. 설마 넌 벌써 '졸업'이 내포하는 깊은 의미를 알아버린 거니? 마을과 친구를 떠나야 하는 것은 물론이고 인생에서 거의 유일하게 아무 걱정근심 없이 해맑을 수 있었던 시절과 헤어져야 한다는 걸 벌써 알아버린 거니? 순진무구한 소년이었던 네 자신과 헤어져야 한다는 걸, 그것도 영원히 떠나야 한다는 걸 알아버린 거니? 안드레아, 밤낮으로 어울리며 동고동락했던 친구들은 이제 모두 제 갈 길을 찾아 흩어지겠지. 세월의 먼지와 때가 얼굴에 깊게 새겨져 다시 만났을 때는 지금 같은 소년의 모습은 온데간데없겠지.

네가 유치원 문 앞에 서서 어쩔 줄 몰라 하던 그 모습이 다시 떠오르는구나.

그래, 생각나. 크론베르크에는 이웃에 외국인과 혼혈아가 유난히 많았어. 엄마는 그 안에서 네가 조금도 특별하지 않았던 게 좋았어. 다양한 인종과 문화를 가진 마을에서 '외국인 엄마'였던 엄마는 너희에게 어디에서든 부러 중국어로 말했고, 그것이 사람들의 이목을 끄는 행동은 아니었어. 오히려 독일인들은 두 개 혹은 세 개 국어까지 배울 수 있는 환경에서 자라는 너희를 부러워하기까지 했지. 그런데 안드레아, 너 아니? 타이완에서는 여덟 명 중 한 명꼴로 아기들이 '외국인 엄마'에게서 태어나지만, 여기선 많은 사람들이 이 '외국인 엄마'의 문화와 언어를 존중하지 않아. 베트남어나 말레이시아어, 필리핀어 등이지. 많은 사람들의 마음속에서 그것들은 차등한 문화, 차등한 언어로 취급돼. 그래서 보다 우월한 문화를 가졌다는 식의 고압적인 태도로, 이 '외국인 엄마'들에게 타이완에 융화될 것을, 타이완 사람이 될 것을 강요하지. 만약 독일인들이 자기들의 문화가 더 우월하다며 엄마에게 고압적인 자세로 아이에게 중국어로 말하지 못하게 하고 독일인이 될 것을 강요했다면 안드레아, 엄마가 어떻게 했겠니?

낯선 문화를 존중하는 법을 배우려면 많은 시간이 필요해. 다행히 너는 비교적 좋은 시절의 독일에서 자랐지만, 50년 전만 해도, 독일인들 역시 지금처럼 이렇게 관대하지는 못했어. 나치 시절은 말할 것도 없고 1950년대 터키인들을 대하는 태도는 아주 엉망이었지. 하지만 국제화가 정말로 배울 수 있는 것이라면 타이완 사람들에게도 그건 그저 시간의 문제겠지. 하지만 그러기 위해선 너무 긴 시간이 필요해. 타이완에서 아이를 낳아 기르는 '외국인 엄마'들은 당장 힘든 나날을 보내고 있는데 말이야. 그 엄마의 아이들 역시 모어를 자랑스러워해야 할 다원화된 교육환경을 박탈당하고 있고.

최근에 좀 이상한 사람을 만났어. 그게 그러니까, 신분이 너무 복잡해서 그 사람을 어떻게 소개해야 할지 모를 정도야. 우리는 습관적으로 저 사람은 일본 사람, 저 사람은 프랑스 사람, 또 저 사람은 인도 사람, 뭐 그런 식으로 사람을 소개하잖아. 하지만 엘리야는 어떻게 해야 할까? 우리는 베를린 국제문학상 심사위원으로 만났어. 심사위원 열 명은 각각 열 개의 언어권에서 온 사람들이었는데, 엄마는 물론 중화권을 맡았지. 엘리야가 옆에 앉았기에 엄마가 물었어.

"어디에서 왔어요?"

의례적인 인사말이었지. 그런데 그가 한참 망설이더니 말하더구나.

"독일 여권을 갖고 있긴 해요."

"아……"

금세 엄마가 큰 실수를 했다는 걸 알았지. 그는 '어디에서 왔어요?' 라는 오래되고 원시적인 질문에 어떻게 답해야 할지 몰랐던 거야.

엘리야는 불가리아에서 태어났어. 그래서 슬라브 어족語族의 불가리아어를 해. 여섯 살 때 부모님이 그를 데리고 독일로 망명해서 독일 여권을 가지게 되었지. 그를 보호하려고 한 일이었어. 그후엔 또 아프리카의 케냐로 이주해서 살았는데, 거기에서 영어학교에 다녔기 때문에 영어와 스와힐리어도 아주 유창하지. 고등학교를 졸업한 뒤엔 뮌헨에서 대학을 다니고 박사학위도 취득했어. 그래서 독일어는 그의 글쓰기 언어가 됐지. 그러고는 다시 뭄바이에서 6년, 아랍에서 또 몇 년을 살다가 이슬람교를 믿는 신실한 이슬람교도가 됐어.

"너는 어느 나라 사람이니?"

이 말은 대이동의 21세기에 점점 더 대답하기 어려운 질문이 되어가고 있어. 홍콩에서는 알리를 만났어. 알리는 인도 이름이야. 인도 사람처럼 생긴 알리는 아주 온화한 눈을 가졌어. 어느 도시의 거리를 걸어다니면 사람들은 그가 인도나 파키스탄에서 온 줄로 생각할 거야. 하지만 아니야. 그는 홍콩 '원주민'이야. 집안 대대로 홍콩에서 나고 자랐지. 거리를 가득 메운 중국계 홍콩인들보다 더 오래 그곳에서 살았지. 영어를 쓰고 영국 여권을 가졌지만, 그는 홍콩 사람이야. 하지만 혈통 때문에 그는 '중국' 사람으로 인정받지 못해. 인도 사람처럼 생겼지만 인도와는 또 아무 관계도 없고……

"너는 어느 나라 사람이니?"

이 질문에 그는 어떻게 답해야 할까?

세계화가 급격하게 진행되는 지금 같은 추세에서 '누구나 반드시

한 국가에 속해야 한다'는 생각은 서서히 내려놓아야 하지 않을까 싶어. 점점 더 많은 사람들에게 문화와 언어만 남고 국가는 없을 수도 있고, 여권상의 국가가 영혼의 안식처가 되는 그런 국가가 아닐 수도 있어. 충성을 바치고 싶은 국가에선 오히려 국적을 주지 않으려고도 하고, 이미 많은 사람들에게 소위 '국가에 대한 충성'이라는 개념은 이제 없을지도 몰라.

국가의 의미에 어떤 근본적인 변화가 생겼든, 국가가 있든 없든, 흥하든 망하든, 커지든 작아지든 안드레아, 마을은 변하지 않는단다. 마을의 땅과 그 추억은 변하지 않고 늘 그 자리에 있을 거야. 넓은 세상을 향해 날아오르기 전에 네 마음속에 마을을 가지게 되었다는 게 엄마는 정말 기뻐.

엄마가

2005. 7. 11.

어디가 샹그릴라니?

사랑하는 안드레아,

필립과 엄마는 지금 샹그릴라야.

새벽 두시가 넘었는데 아무리 애를 써도 잠이 안 와 아예 일어나서 네게 편지를 쓰고 있어. 잠을 못 이루는 건, 창밖의 환한 달빛이 반짝반짝 비쳐들어 마루를 환하게 밝혀서도, 산간벽지의 실성한 수탉이 시도 때도 없이 울어대서도, 저녁에 티베트인 집에서 잠 못 들게 하는 쑤유酥油차*를 너무 많이 마셔서도 아니란다. 그건 말이지, 3천5백 미터 고도, 산소가 희박한 이곳에 드러누웠더니 정적이 감도는 밤에 쿵쾅거리는 소리가 너무 거대해서야. 내 몸 안에서 보내오는 소리가 마치 누군가 내 몸속에 북이라도 집어넣은 것만 같아. 밖에서 들어온 어느 부대에 내 몸이 점령당한 것만 같기도 하고.

엄마가 필립에게 샹그릴라에 갈 거라고 하니까, 필립은 의아해하더라.

"샹그릴라? 다국적 호텔 체인 말이에요?"

"아니야." 엄마가 말했어. "그 호텔이 중국 서남 고원에 있는 지명을 베낀 거지."

샹그릴라는 티베트 말인데, '마음의 해와 달' 혹은 '성지聖地'라는

• 소나 양의 젖에서 얻어낸 유지방에 전차磚茶와 소금을 넣어 만든 차.

뜻이라고 해. 중국 서남 지역은 온몸이 긴 털로 덮인 얼룩소가 풀을 뜯고, 들꽃이 마치 카펫처럼 빽빽하게 초원을 뒤덮고 있는 곳이야. 빙하가 잠들어 아직 깨어나지 않고 있는 곳이지. 필립이 안 간다고 할까 봐 엄마는 엄마가 마음으로 그려왔던 샹그릴라에 대해 이렇게 들려줬지.

샹그릴라는 아주 작은 마을이란다. 원래 이 마을은 중뎬中甸이라 불렸어. '뎬甸'은 초원이라는 뜻이지. 중뎬 정부는 마을 이름을 정식으로 샹그릴라로 바꿨어. 서양인들에게 익숙한 이름을 통해 관광객을 끌어들이려는 속셈이었던 거지. 하지만 상상해봐. 어느 날 시 당국이 도시 이름을 '유토피아'로 고치는 바람에 우리는 공항에서 이런 방송을 듣게 되는 거야.

"유토피아로 비행하는 KA666 승객께서는 3번 게이트로 탑승해주시기 바랍니다."

이상하지 않니?

티베트 불교에 '샴발라'라는 고대국가의 전설이 있어. 티 없이 깨끗한 대자연에서 사람들은 조화롭고 정의롭고 행복한 생활을 영위하고 있었어. 한족漢族에 의해 대대로 전해내려온 '무릉도원'처럼, 동경하지만 실현될 수 없는 유토피아의 신화지. 영국의 작가 제임스 힐턴 James Hilton이 1933년에 《잃어버린 지평선Lost Horizon》이란 소설에서 '샹그릴라를 찾아가는' 여정을 그렸는데, 그 책이 베스트셀러가 되었지. 나중에 영화와 뮤지컬로도 만들어지고. 급기야 '샹그릴라'는 다국적 호텔 체인의 이름이 되기에 이르렀어. 표준화된 문화가 산업화되는 과정을 그대로 나타낸 거지. 맑고 투명한 고산과 호수, 순박하고 사랑스러운 티베트족의 미풍양속, 고요하고 심원한 심령의 세계는 모두 시장에 내다팔 수 있는 상품으로 바뀌었어. 엄마는 실은 중뎬이 그 이름을 샹그릴라로 바꾼 게 그야말로 공작이 스스로를 기린麒麟* 이라고 우기는 격이라 말하고 싶지만, 굳이 그럴 필요가 있을까도 싶어. 어차피 상상 속의 기린은 언제나 말로는 설명할 수 없는 환상의 빛을 발하지만, 현실로 떨어지면 상상은 이내 고리타분해지고, 생기를 잃고 죽어버리는 법이니까. 이미 샹그릴라가 특급 호텔의 이름이 된 마당에 중뎬이 분금자학焚琴煮鶴** 같은 문화산업화의 대열에 합류하는 걸 두고 굳이 뭐라 할 필요가 있을까.

하지만, 그래도 엄마는 이 마을을 중뎬이라고 부를래. 중뎬에 도착하자마자 엄마는 모든 일을 제쳐놓고 얼른 초원으로 달려가고 싶었어.

　　天蒼蒼 野茫茫　　하늘은 아득하고 들판은 망망하구나.
　　風吹草低見牛羊　바람이 불어와 풀을 스치고 지날 때면
　　　　　　　　　　　소와 양이 그 모습을 드러내는구나!***

* 　상서로움을 상징하는 고대 전설 속의 동물로, 사슴의 형상에 뿔과 꼬리, 비늘과 가죽이 모두 있다.

** 　거문고를 땔감으로 때고 학을 삶아 먹는다는 뜻으로, 매우 미련하고 어리석은 행동을 이른다.

*** 　〈칙륵가敕勒歌〉는 남북조 시기 칙륵족敕勒族의 민가로, 전체 시는 이렇다.
　　　北朝樂府 敕勒川, 陰山下　칙륵족이 생활하는 평원은 외롭고 쓸쓸한 곳 아래라.
　　　天似穹廬, 籠蓋四野　하늘은 천막처럼 광활한 대지를 뒤덮고 있구나.
　　　天蒼蒼, 野茫茫, 하늘은 아득하고 들판은 망망하구나.
　　　風吹草低見牛羊. 바람이 불어와 풀을 스치고 지날 때면 소와 양이 그 모습을 드러내는구나!

끝없이 펼쳐지는 바로 그 초원 말이야. 그리고 또 엄마는 하늘처럼 드넓은 초원을 누비고 다니는, 야생마를 상상했지—이 시를 영어로 번역하면 그 예술적인 아우라가 완전히 사라져버릴 테니, 어쩔 수가 없네, 안드레아.

胡馬胡馬	호마, 호마를
遠放燕支山下	멀리 연지산 아래에 풀어놓았네
跑沙跑雪獨嘶	모래 위를 뛰고, 눈 위를 날뛰며 홀로 우는 구나
東望西望路迷	동으로 둘러봐도 서로 둘러봐도 길은 아득하기만 하네
迷路迷路	길을 잃었네 길을 잃었네
邊草無窮日暮	변방의 풀은 아득히 펼쳐지는데 날은 저물었구나*

친절한 숙소 주인이 우리를 초원으로 데려다주겠다기에 엄마는 그런 동경을 품고 지프에 올랐어. 오 분이면 도착할 줄은 상상도 못했지. 이제 곧장 초원이 펼쳐지나 했는데 그 앞으로 보기 흉한 집들이 턱 버티고 있는 거야. 게다가 사람들이 줄을 서서 입장권을 사고 있었지.

* 위응물韋應物이라는 시인이 쓴 〈조소령 호마調笑令 胡馬〉라는 시다. 위응물은 경조京兆 만년萬年 사람으로, 당나라 때의 관리이자 시인이다. 시풍은 고요하고 담박하면서 고원高遠했으며, 경치와 은일 생활을 잘 묘사했다. 저서로 《위강주집韋江州集》《위소주시집韋蘇州詩集》《위소주집韋蘇州集》 등이 있다.

아니나 다를까, 정부가 초원에 대한 운영권을 민간인에게 넘겼다는 거야. 민간인 사업가는 초원 입구에 작은 집 서너 채를 지어놓고 울타리를 빙 둘러쳐서 돈을 받고 있었어.

하늘처럼 드넓은 나의 초원이 저런 울타리에 갇히다니.

마치 운동선수처럼 젖 먹던 힘까지 다 짜내어 최후의 스퍼트를 올렸다가 갑자기 우뚝 솟은 벽에 부딪힌 기분이었어. 아, 나의 '변방의 풀은 아득히 펼쳐지는데 날은 저물었구나!'

엄마는 예전에 신도들이 향을 피워놓고 기도를 올리는 사찰에까지 울타리를 쳐서 입장료를 받는 경우도 봤어. 또, 궁전이나 왕부王府를 걸어잠가놓고는 입장권을 받고 나서야 문을 열어주는 경우도, 오래된 마을까지 통째로 울타리를 치는 바람에 그 안에서 사는 사람들에게조차 입장료를 받고 있는 경우도 봤어. 그건 그렇다 치고 어떻게 하늘만큼 드넓은 초원을, 땅만큼 오래된 호수를, 해와 달, 별만큼이나 유구한 들꽃들을, 끝 간 데 없이 아득한 산골짜기에 울타리를 치고 입장료를 받겠다는 건지, 대체 무슨 심사일까. 정말이지 엄마는 더이상 참을 수가 없었어. 하지만 엄마가 무엇을 할 수 있겠니.

우리에게 아름다운 대초원을 보여주기 위해, 숙소 주인은 지프를 몰아 황량한 산속으로 20킬로미터를 더 들어갔어. 길가의 산비탈은 온통 키 작은 어린 소나무들이더구나.

"예전에," 그가 말했어. "이곳은 전부 원시림이었어요. 하늘 높이 뻗은 우람한 나무들이 깊고 그윽한 숲을 이루고 있었죠. 지금은 모조리 베어졌지만요."

비 온 뒤라 진흙길 곳곳에 웅덩이가 파여 있어 지프는 더는 들어갈 수가 없었어. 대초원이 바로 산 저쪽에 있었는데 말이야. 우리는 호수 쪽으로 차를 돌렸어. 그쪽으로 가려면 돈을 내야 했지.

안드레아, 우리는 적도에 가까워지고 있었어. 그런데 눈앞에 펼쳐진 호수는 알프스의 호수를 쏙 빼닮았더구나. 시커먼 소나무숲이 둘러싸고 있는 맑고 투명한 호수 위로 잔잔한 바람이 불어와 수초들이 넘실거렸어. 1억 년 동안 새끼사슴 한 마리조차 건드린 적이 없었을 것 같은 태곳적 원시의 모습 그대로 호수는 나무 그림자와 산 풍경을 비추고 있었지. 야생 진달래가 필 때면 산은 온통 시뻘겋게 불타오르고, 그것들이 물에 비치면 붉은 잉크라도 엎지른 것 같아 물고기들이 모조리 길을 잃을 지경이라더구나.

필립과 엄마는 보슬비를 맞으며 호수를 따라 산속으로 걸어들어갔어. 2킬로미터쯤 걸었을까, 우린 티베트족 할머니 한 분과 마주쳤는데, 할머니가 지고 있던 커다란 대바구니 안에는 약초들이 들어 있더구나. 우리를 스치고 지나가면서 할머니가 물었어.

"어디들 가시오?"

"딱히 정해놓은 건 없어요. 그저 산책중이에요." 엄마가 말했지.

"할머니는 어디 가세요?"

"목장에 간다오."

할머니는 걸음을 늦추고 지고 있던 대바구니를 더 단단히 묶었어. '대초원에?' 엄마는 다시 가슴이 설랬어. 어쩌면, 할머니를 따라가면?

"할머니, 얼마나 더 가야 하나요?"

"가까워요." 할머니가 웃으며 말했어. "산 저쪽을 돌아 10킬로미터만 더 걸어가면 된다오."

"10킬로미터요?" 엄마와 필립은 깜짝 놀라 그만 소리를 질렀지.

"10킬로미터를 더 걸어간다고요?"

날은 벌써 어두워지고 있는데 대바구니를 진 할머니가 홀로 깊숙한 산속으로 들어가는 중이었던 거야.

"가까워요." 할머니가 말했지. "내 소들과 말들이 거기서 나를 기다린다오."

우리는 산골짜기를 따라 점점 작아지는 할머니의 뒷모습을 한참을 바라보았어. 산골짜기 중간쯤 늪을 지나면서 할머니가 허리를 굽혔는데 신발 끈을 묶는 것 같았어. 할머니는 곧 그 늪을 지나 산길을 돌아서는 빽빽한 소나무숲 속으로 사라졌지.

할머니는 목자였어. 목자는 발로 대자연을 측량하지. 우리가 발로 우리의 거실을 가늠하는 것처럼 말이야. 할머니에게 산과 물과 대자연은 하늘이 선물한 집인 거야. 관광지의 장사치들은 땅을 점령해 돈벌이 수단으로 삼고, 관광객들은 흥청망청 온갖 추태를 부리고…… 안드레아, 왜 제3세계에서 '개발'은 곧 '파괴'가 되는지 생각해봤니? 국가의 힘으로 진행하는 개발은 곧 국가의 힘으로 진행하는 파괴가 되어버리기 일쑤지. 그러니 그 파괴력은 어마어마하겠지.

샹그릴라는 유네스코 세계문화유산으로 지정되었어. 들꽃이 발광한 듯 무서운 기세로 피어 있는 초원에서 걸음을 멈추고 사진을 찍으려 하는데 누군가 고함을 지르며 찍을 수 없다고 막았어. 그전에 돈을 내라는 거야!

그 인간을 집어들어 저 멀리 던져버리지 못한 게 한스러울 뿐이야. 그런데 그 사람을 탓할 수 있을까?

멍청한 저 닭이 또 울어대네. 아직 세시밖에 안 됐는데 말이야. 달은 자리를 옮겼어. 수탉의 불면을 조장하는 게 어쩌면 저 달빛인지도 모르겠구나. 우리 숙소는 어느 라마교 사원 옆 산비탈에 있어. 금빛 지붕의 사원 주변으로는 들쭉날쭉 돌집들이 모여 있어 나름의 정취를 자아내고 있어. 승려들의 거처인 그 돌집들은 멀리서 보면 지중해의 산마을을 닮았어. 오랫동안 손보지 않아 누렇게 바랜 돌집의 벽들은 오히려 유화의 질감이 더하네. 어제 오후에는 그쪽으로 들어가 봤어. 비좁은 골목 안을 한참을 왔다갔다한 뒤에야 그 집들이 얼마나 망가졌는지 알 수 있었지. 무너진 담장들 위로 들풀들이 수북하게 자라 있었어. 창문은 이가 맞지 않았고, 대문도 부서져 있었지. 비쩍 마른 늙은 개 한 마리가 뒷문으로 들락거리고 있더라. 열두 살이나 되었을까 싶은 동자승이 어깨에 멜대를 지고 있었어. 멜대 양쪽에는 물통이 달려 있었지. 땅바닥이 진창인데도 동자승은 맨발이었어. 허물어진 벽 바깥쪽에 서서 우리는 안에서 새어나오는 소리를 들었어. 낮고 묵직한 소리. 영혼 깊숙한 곳에서 가만히 떠오르는 소리 같았어. 승려들의 저녁 예불 소리였지.

막 관광버스에서 내린 여행객들이 끼리끼리 무리를 지어 대사원의 성전聖殿으로 들어가는 모습이 보였어. 빛과 그림자가 어지럽게 어우러진 성전 안에서는 승려 몇이 시주통 옆에 앉아 지폐를 세고 있었지. 지폐에서는 기름기가 잘잘 흐르고 있었어.

엄마가

2005. 09. 10.

문제의식

엄마,

막 이탈리아에서 돌아온 참이에요. 친구 셋과 루가노 호수에서 며칠 보내다 왔거든요. 우리는 우중충한 독일을 벗어나 햇살 가득한 남쪽을 향해 달렸죠. 엄마도 잘 아는, 앞쪽은 스위스, 뒤쪽은 이탈리아인 그 작은 집으로요. 다른 어디도 가지 않고 내내 거기서 빈둥거렸어요. 베란다에서 호수를 바라보며 술을 마시고, 얘기를 나누고, 음악을 들었죠. 이탈리아 쪽의 작은 마을에서 장을 봐와서 직접 밥도 해먹었어요. 호수 위로 느릿느릿 달빛이 차오르고, 주방에서 음악이 흘러나오면 저에겐 바로 그 순간이 '호시절'이었어요. 떠들썩한 바나클럽을 좋아하는 사람도 많겠지만, 저는 조용한 작은 술집이든 심심한 베란다든 상관없어요. 제가 좋아하는 건, 얘기를 나누며 친구들의 생각과 마음을 조금씩 알아나가고, 우스갯소리를 하며 한바탕 깔깔거리며 웃는 거니까요. 저에게는 그런 시간들이 가장 편하고 자유로워요.

엄마가 무슨 말을 하는지 알 것 같아요. 비록 사람을 황홀경에 빠트리는 그런 곳에는 가보지 못했지만요. 엄마가 접한 그런 문제들은 모두 빈곤이 원인 아닌가요? 돈을 벌기 위해서라면 수단과 방법을 가리지 않는 것 말이에요. 나중 일은 생각지도 않고 일단 관광객들부터 끌어모으려는 것도 모두 가난 때문이 아닐까요? 그런데 엄마, 그것보다 더 심각한 일들은 얼마든지 많아요. 빈부격차 그 자체가 더 나쁜 것 아닌가요?

유럽과 미국에도 빈부격차 문제는 있었죠. 찰스 디킨스Charles John Huffam Dickens의 소설만 봐도 알 수 있어요. 지금은 이들 선진국의 빈부격차는 어느 정도 해결된 것 같아요. 그러니까, 19세기처럼 그렇게 심각하진 않다는 거죠. 이제 빈부격차는 나라 안의 문제가 아니라, 부자 나라와 가난한 나라, 나라와 나라 간의 문제가 된 것 같아요. 부자 나라들은 이 문제를 제3세계의 문제로 떠넘겨버리고는 모른 척하고 있지만요. 엄마, '부자 나라'의 젊은이들은 스트레스가 아주 커요. 세상은 이미 세계화되었고, 그 말은 곧 글로벌 경쟁을 의미하죠. 그래서 다들 죽기 살기로 위로 올라가려고 해요. 열심히 공부하고 좋은 성적을 얻어 하루라도 빨리 세상으로 나아가고 싶어하죠. 1960년대의 이상주의나 혁명의 정서와는 달라도 너무 달라요. 우리가 그렇게 이기적이고 보수적인 세대가 된 것은, 사회가 그렇게 내몰아서예요. 어떻게 하면 안정된 미래를 보장받을 수 있는지 골몰해 있는 우리에게 나라 간의 빈부격차 같은 근본적인 문제들을 고민할 여유는 없어요.

한 달 전쯤, 'Live 8'이라는 콘서트가 여러 도시에서 동시다발적으로 열렸어요. 콘서트를 기획한 사람이 내건 구호는 '빈곤을 역사가 되게 하자'였어요. 단순히 모금이 목적이 아니라, 세계 8대 강국의 정치인들이 빈곤 퇴치에 나서도록 그들에게 압력을 행사하자는 뜻이었어요. 아마 역사 이래 최대 규모의 콘서트였을 거예요. 그런데,

콘서트가 끝난 다음은요? 달라진 게 있나요? 콘서트를 지켜본 젊은 이들에게 가장 기억에 남는 것은 아마 오랜만에 대중들 앞에 선 어느 그룹이었을 거예요. 콘서트의 원래 취지는 새까맣게 잊고 말예요. 쓰나미만 해도 그렇잖아요. 수많은 사람들이 죽었고, 전 세계가 걱정하며 지켜보았지만, 지금 쓰나미 얘기를 꺼내는 사람이 있긴 한가요?

세상은 눈 깜짝할 사이에 변하고, 정보는 넘쳐흐르죠. 세상일에 일일이 관심을 갖기에는 우리의 뇌는 한계가 있고요. 물론 소외된 지역을 위해 그곳으로 가서 일을 하거나 돈을 기부하는 젊은이들도 없지 않죠. 고귀한 일이에요. 하지만 저는 그래도 '문제의식'이 더 중요하다고 봐요.

그러니까 제 말은요, 나이키를 사는 사람이라면 나이키 사社가 제3세계 노동자에게 어떻게 대하는지를 생각하고, 햄버거를 살 때면 세상의 돈이란 돈은 다 긁어모으는 맥도날드가 홍콩의 아르바이트생에게는 시급 2달러도 안 되는 돈을 지불하는 현실을 떠올리자는 거예요. 아스피린을 사면서도 마찬가지예요. 다국적 제약회사들이 막대한 이윤을 챙기는 사이, 알약 하나 제대로 살 수 없는 아프리카의 아이들을 떠올리는 거죠. 이런 각성과 의식을 가진 사람이 많아지면, 이 세상의 빈부격차는 어느 정도라도 개선되지 않을까요?

저는 거리에서 손을 내미는 사람들에게 한 번도 돈을 줘본 적이 없어요. 그게 문제를 해결하는 방법이라 생각하지 않으니까요. 모든 사람들이 문제의식을 가지는 게 중요하다고 봐요. 실은 저 역시 게

으르고 유약해서 이렇게 말만 할 뿐 제대로 행동에 옮기지도 못하지
만요. 뭐 그렇다고요.

안드레아가

2005. 09. 15.

독일 시간 오후 4:00
홍콩 시간 저녁 10:00

M 걸인에게 한 번도 돈을 준 적이 없다고?

안 네, 한 번도요. 돈을 주면 맥주나 사마실 텐데 뭐하러 줘요?

필 하지만 형이 홍콩에 있었다면 줘야 할걸. 여기 걸인들은 먹을 게 없어서 거리로
나서니까.

안 그래, 홍콩은 다르겠지.

M 네가 말하는 '문제의식'이라는 건 뭐지? 설마 '제3세계는 빈곤 문제가 심각하다
는 것을 아는 것' 정도를 말하는 건 아니겠지?

안 '아는 것'은 '의식'이 아니죠. knowing은 having awareness가 아니잖아요.

M 무슨 뜻이니?

안 아는 것은 그저 아는 것일 뿐이에요. 하지만 '문제의식'을 가진다는 건,
지금도 아프리카에서는 아이들이 매일같이 굶어 죽어가고 있다는 걸 안 이상
무엇을 해야 하고 무엇을 하지 말아야 할지, 자신의 행동을 결정한다는 거예요.
그게 바로 '문제의식'이에요.

M 알았어. 그러면 너는 이 세상에 대해 '문제의식'을 가진 사람이니?
예를 들어 설명해줘. 네가 하는 행동과 하지 않는 행동에는 어떤 것들이 있니?

안 저도 사실 자각을 잘 못하지만…… 그래도 자각하는 것이 중요하다고 생각해요.

M 계속 얘기해봐.

안 ……예를 들면, 전 가급적 스타벅스 커피는 안 마셔요. 물건을 살 때는 대형 슈퍼
마켓보다는 주로 개인이 운영하는 작은 가게를 이용하고요. 조금 비싸더라도 그
렇게 해요. 또 시디나 책을 살 때는 체인을 이용하지 않아요. 멸종 위기에 처한 동물
은 먹지 않고, 동물 가죽도 사지 않고요.

필 우리는 윈난에서 표범 가죽을 사지 않았어. 하지만 형, 홍콩에서는 스타벅스나
퍼시픽이 아니면 갈 데가 없어.

M 안드레아, 너도 전등은 끄는 법이 없고 에어컨 역시 하루 종일 켜놓고 있던데
환경에 대해서는 아무런 '문제의식'이 없나봐?

안 그러게요.

필 형, 리허 바이젠Licher Weizen이라는 독일 맥주 마셔. 이 맥주 한 상자 살 때마다
1제곱미터의 남미 우림을 구할 수 있대. 이윤의 일정 비율을 기부해서
숲을 구한다나봐.

안 브랜드가 다른 두 제품이 있을 때, 저는 도덕적 책임을 지지 않는
기업이 만든 제품은 고르지 않아요.
제3세계를 착취하는 기업이 만든 제품 같은 거 말예요.

M 그렇다면 청바지도 제대로 살 수 없겠네. 니카라과에 공장을 둔 타이완 기업은 미국에
서 청바지 한 벌을 대략 21.99달러에 팔지만, 노동자들에게는 20센트를 주지.

필 엄마도 다른 사람들 탓할 거 없어요. 슈퍼마켓에서 장을 보잖아요.

M 여보세요, 홍콩은 '이씨 가문의 도시李家城'* 라는 말, 혹시 들어 봤어? 슈퍼마켓은 말할 것도 없고, 네가 사용하는 전화나 전등, 버스와 배뿐 아니라 네가 읽는 신문, 네가 다니는 학교, 네가 사는 집, 네가 태어나고 죽을 병원 등 인간의 생로병사를 모두 한 회사가 책임지고 있어. 하지만, 엄마는 매번 슈퍼마켓을 이용하진 않아. 시간이 나면 전차를 타고 저 멀리 완차이 구시가에 가서 장을 보지.

필 거긴 철거되지 않았나요?

M ……

안 하하, 그럼 엄마, 장 보러 마카오에 가시죠?

필 형, 마카오는 도박왕 허何**씨의 집안이야. ^^

- 홍콩 최고의 부호 리카싱李嘉誠이 수장으로 있는 홍콩 최대 기업인 청쿵長江그룹의 막대한 영향력 때문에 홍콩은 '리카싱의 도시'라고 불린다.

●● 일반적으로 스탠리 호何鴻燊라고 불린다.

스무번째 편지
카페가 없는 도시에서

엄마,

제가 홍콩대학교의 학생이 되니 엄마는 오히려 타이완으로 돌아갔네요. 엄마는 제가 학교에서 어떻게 지내는지 궁금하겠죠?

하루 만에 많은 사람들을 알게 됐어요. 다들 유럽과 미국에서 온 학생들이긴 하지만요. 한 사람을 사귀면 도미노처럼 우르르 알게 되죠. 첫날, 키가 크고 눈이 파란 금발의 친구를 알게 됐어요. 오스트리아에서 온 요한이라는 친구인데, 그 친구가 저한테 대뜸 첸수이완淺水灣*에 수영하러 가지 않겠냐더라고요. 첸수이완에 도착해보니 요한의 친구들 열몇 명이 모래사장에 누워 홍콩의 햇볕을 쬐고 있었어요. 제가 독일어로 말하니까 이내 독일어권 친구들이 다가와 말을 붙이더라고요. 오스트리아, 독일, 스위스 출신인 그 아이들은 자신의 나라가 아닌 네덜란드, 영국, 미국 등지에서 대학에 다니고 있는데, 홍콩대학교에 한 학기 교환학생으로 왔더라고요.

알아요. 엄마는 또 이렇게 잔소리할 거죠?

"아이고, 안드레아, 홍콩 학생을 사귀어야지. 중국 학생들과도 알고 지내고!"

---

* 리펄스베이Repulse Bay라고도 하며, 모래가 곱고 경사가 완만하며 물이 맑고 따뜻하다.

그게, 저도 시도해보지 않은 것은 아니지만, 진짜 쉽지 않아요.

국제학생들이 따로 커뮤니티를 형성하는 건 전혀 이상할 게 없어요. 대부분이 아시아를 처음 접하다보니 처음부터 하나하나 터득해가야 하니까요. 저 유명한 홍콩의 버스를 예로 들어볼까요. 정류소 표지판은커녕 때론 정류소도 따로 없어서 버스가 어디에서 서는지 알아서 찾아가야 하죠. 내릴 차례가 되어서 광둥어로 외쳐야 할 때가 가장 곤혹스러워요. 고함을 질러서 버스기사에게 저를 어디에 '떨어뜨려야' 하는지 알려줘야 하니까요. 국제학생들은 날마다 '홍콩에서 살아남기 위한 정보'를 교환해요. 그래도 저는 형편이 나은 편이죠. 어렸을 때 엄마를 따라 매년 타이완에 가봐서 그애들보다는 아시아를 잘 이해하니까요. 하지만 이해하는 것과 그 문화 안에서 생활하는 것은 완전히 다른 문제인 것 같아요. 여기에서 제대로 생활해본 적이 없다보니 저 역시 유럽의 시각을 가진 구경꾼이 될 수밖에 없겠더라고요.

국제학생들과 여기 현지 학생들 사이에 교류가 적은 건 무엇보다 언어장벽 때문이기도 해요. 홍콩대학교에 개설된 모든 수업이 전부 영어로 진행되니까 학생들 영어 실력이 괜찮은 줄 알았어요. 그런데 엄마, 그렇지가 않더라고요. 영어로 읽고 쓰는 것은 확실히 뛰어나지만, 말하는 것은 상당히 힘들어하더라고요. 학생들 대부분이 영어로는 대화를 못해요. 문법이 정확한 영어로 아인슈타인의 상대성이론에 대해 설명할 수 있을지는 모르지만, 전날 저녁 술집에서 들었던 재미있는 우스갯소리를 해보라고 하면 끝장난 거죠. 말을 못해요.

하지만 엄마, 그렇다고 국제학생들이 무슨 하나의 단체처럼 그렇지도 않아요. 그 안에서도 끼리끼리 어울리죠. 미국과 캐나다에서 온

학생들은 그애들끼리 어울리고 유럽에서 온 아이들은 또 자기들만의 커뮤니티를 형성해요. 언어에 따라 나뉘는 거냐고요? 그게 또 그렇지 않은 게, 독일, 스페인, 네덜란드, 이탈리아에서 온 아이들이 함께 어울리며 대화할 때는 영어로 얘기하거든요. 제가 보기엔 언어보다는 보다 심층적인 문화적인 배경 때문인 것 같아요. 성장배경이 비슷한 사람끼리는 자연스럽게 친구가 되잖아요. 미국에서 온 학생들과 유럽에서 온 학생들 차이가 크냐고요? 저는 아주 큰 것 같아요. 그 차이가 굉장히 미묘하고 설명하기 쉽지 않지만요. 어쨌거나, 문화적 기질이 비슷한 사람끼리는 어느새 같이 걷고 있더라고요.

홍콩대학교에서의 제 생활을 뭐라고 해야 할까요? 표면적으로는 독일에 있을 때와 별 차이가 없어요. 수업 내용과 시간 안배는 다를 수 있겠지만, 공부 외의 다른 생활들은 거의 똑같아요. 수업에 대한 부담이 커서 많은 시간을 공부에 쏟아붓긴 해야 해요. 하지만 저녁과 주말에는 독일에서처럼 여럿이 어울려 카페에서 커피를 마시고, 잡담을 나누고, 바에서 춤을 춰요. 가끔은 친구들과 집에서 텔레비전을 보면서 피자를 먹고, 밤이 늦도록 얘기도 하고요.

홍콩에서 아예 대학을 마칠 거냐고 물어보셨죠. 아직 잘 모르겠어요. 여기서 두 달 정도 생활해보니 유럽과 근본적으로 다른 한 가지가 있는데, 그건 바로 홍콩에는 문화가 부족하다는 거예요.

연극이나 무용, 콘서트, 전시회 같은 걸 말하는 게 아니에요. 그러니까, 일종의 생활태도나 정취 같은 것 말이에요. 유럽을 예로 들어보면, 저는 그런 게 좋아요. 친구랑 차량 진입 금지 구역의 어느 노천 카페에 앉아 이탈리아 커피를 마시며 따사로운 가을날 오후의 바람을 느끼는, 그런 거요. 건물과 건물 사이 좁은 골목으로 솔솔 불어오는 바람 말이에요. 단순히 어느 장소가 아니라 그곳을 둘러싸고 있는 전체적인 정서와 분위기가 좋은 거예요. 그런 게 바로 어떤 생활방식이자 그곳만의 문화인 거죠.

　바와 카페는 유럽에서는 지역사회의 문화예요. 친구들과 이웃들이 일상다반사로 들락거리고, 그곳 사장이나 직원들과는 오랜 친구처럼 지내고요. 그런데 이런 단어를 쓰는 게 맞는지 모르겠지만, 홍콩은 이런 부분이 눈에 띄게 '얕아요'. 홍콩에는 카페라고 할 만한 곳이 없어요. 질 떨어지는 스타벅스나 퍼시픽 커피Pacific Coffee Company* 아니면 그럴 만한 가치도 없이 비싸기만 한 호텔 카페가 다죠. 바요? 홍콩의 바라면 대부분 관광객들이 부어라 마셔라, 인사불성이 되는 곳이죠. 바닥에 고꾸라질 정도로 취하거나, 그게 아니면 거기 서서 지나가는 아시아 여자들을 구경하는 그런 곳요. 란콰이펑蘭桂坊**이나 완차이灣仔***에 있는 술집에서 사람들이 어떤 얘기를 나누는지 아세요? 한번 들어보세요.

술 손님 갑　밴드가 나쁘지 않네.

술 손님 을　난 여자가 좋아.

•　주로 홍콩과 마카오에 있는 커피 체인점으로 홍콩 최대의 커피 체인점 중 하나다.

••　홍콩 중환구中環區에 위치한 L자형 오르막의 작은 길로, 크고 작은 술집과 식당이 즐비한 번화가다. 중산층, 외국인, 관광객이 주로 찾는 곳으로 홍콩을 엿볼 수 있는 관광지 중 한 곳이다.

•••　완차이구의 서부에 있는 지역으로, 홍콩에서 가장 번화한 상업지역 중 하나다.

술 손님 갑   나도 그래.

술 손님 을   먹을 거 주문할까?

술 손님 갑   그래. 나도 취했어.

술 손님 을   밴드가 나쁘지 않네.

술 손님 갑   난 여자가 좋아……

저녁 내내 이런 대화가 이어지죠. 사람과 사람 사이에 언어는 있지만, 소통과 교류는 없는.

그리고 또, 홍콩 사람은 언제나 시간에 쫓기는 것 같아요. 식당이나 커피숍, 술집에서의 모든 만남들이 그저 정해진 스케줄표에 동그라미를 치기 위한 것들인 것 같아요. 아직 자리가 끝나지도 않았는데 머릿속으로는 다음 약속 장소와 버스 노선도를 분주히 그리고 있죠. 어느 홍콩 사람의 스케줄표를 훔쳐본다면 이렇게 기록돼 있을지 또 누가 알겠어요.

"아홉시 십오분~아홉시 사십오분 : 아내와의 섹스, 열시 삼십분 : 홍콩의 명소 센트럴에서 미팅."

'쫓기듯' 약속들을 처리하죠. 언제나 그다음 일정이 길게 뒤이어 있으니까요. 친구들 서넛이 카페에서 하릴없이 앉아 있는 걸 본 적이 거의 없는 것 같아요. 무슨 특별한 일 때문이 아니라, 그냥 친구끼리 떠들고 놀려고 만나서 노닥거리는 거 말예요. 저는 이따금 쫓기듯 바쁘게 걸어가는 홍콩 사람을 붙잡고 한번 물어보고 싶어요. 친구를 만나 천천히 커피를 마셔본 게 언제였는지. 물론 이후에 다른 일정은 없어야죠.

아마 많은 사람이 이렇게 말하지 않을까요.

"글쎄요, 기억이 안 나요."

유럽에서는 사람과 사람이 시간을 들여 교류하기를 원하죠. 진득하게 앉아 커피를 마시기 위해, 커피를 마시고 잡담하기 위해 잡담을 나눠요. 그건 생활의 아주 큰 부분을 차지하는 매우 중요한 일상이에요. 그런데 홍콩에는 이런 일상이 없어요.

엄마, 국제학생들과 본토 학생들 사이에 교류가 없는 이유가 이런 생활태도와 관련이 있는 것 같지 않나요?

안드레아

2005. 10. 09.

안드레아,

홍콩 사람들이 얼마나 바쁜지 잘 모르는 것 같아요. 우리는 유럽인들처럼 그렇게 매 순간 사랑을 나눌 수는 없어요. 그것이 중요하지 않아서가 아니라 좀체 사랑을 나눌 시간이 없어서예요. 홍콩 사람들의 삶이란, 일과 회의의 연속이에요. 그러다가 주말에 자원봉사를 다녀오면 다시 일과 회의가 기다리고 있죠. 홍콩 샐러리맨의 전형적인 일과는 이래요.

아침 여덟시 ~ 저녁 일곱시 _일
저녁 일곱시 ~ 밤 열시 _야근 혹은 아르바이트
밤 열시 ~ 밤 열한시 삼십분 _텔레비전 시청
밤 열한시 삼십분 ~ 새벽 한시 _친구와 채팅
새벽 한시 ~ 아침 여섯시 _수면
아침 여섯시 _기상

또 홍콩 대학생의 전형적인 일과는 이렇답니다.

아침 여덟시 삼십분 ~ 오후 네시 삼십분 _수업
오후 네시 삼십분 ~ 오후 여섯시 삼십분 _토론 숙제
오후 여섯시 삼십분 ~ 저녁 여덟시 삼십분 _아르바이트
저녁 여덟시 삼십분 ~ 밤 열시 삼십분 _다시 아르바이트
밤 열시 삼십분 ~ 새벽 세시 _공부 혹은 친구와 채팅

새벽 세시 ~ 아침 여섯시 _수면

아침 여섯시 _기상, 일과 시작

주말에도 야근이나 다른 일을 해야 하고, 일요일은 그야말로 잠, 잠, 잠으로 하루를 보내요. 그러면 월요일이고 다시 또 일이 기다리고 있죠.

안드레아, 당신들 유럽 학생들의 생활은 수업, 한담, 문화 얘기, 커피 마시기, 술 마시기, 독서, 여행, 휴식, 또 문화 얘기, 한담, 커피 마시기, 술 마시기…… 그런가요?

니니妮妮가

니니에게,

우리 유럽 학생들이 어떻게 지내는지 완전히 오해하고 있네요. 커피와 맥주, 한담으로 하루를 다 보낸다고 생각하는 것 같은데, 그렇지 않아요. 일어나자마자 제일 먼저 하는 것은 섹스죠. 아침부터 저녁까지. 그러고는 잠자리에 듭니다. 이튿날 원기를 충전해 일어나면 또 그날 하루의 사랑을 시작하죠.

안드레아가

안드레아,

지금 농담하는 거죠? 메일을 받고 나도 모르게 심호흡을 했어요. 그게 정말 당신의 일과인가요? 아니면 무슨 영화의 내용인가요? 저도 영화를 좋아해요. 유럽이나 미국 영화에서는 확실히 누구나 시시때때로 사랑을 나누긴 하더군요. 하지만 그건 영화이고 정말로 그런 건 아니겠죠? 전 스웨덴과 프랑스, 벨기에서 온 교환학생 몇 명을 알아요. 그들은 아주 평범하고 진지해 보이던걸요. 그들이 예외적인 몇몇인 건 아니겠죠?

니니가

니니,

지난번 편지는 웃자고 한 거예요. 제가 어떻게 당신이 생각하는 유럽인들의 일상 생활에 대해 반박할 수 있겠어요. 제가 답장을 그렇게 쓴 건, 당신의 편지에서 어떤 인상을 받아서예요. 당신은 이 세상에서 홍콩 사람들만 열심히 일하고 다른 나라 사람들은 아무 일 없이 빈둥거리는 게으름뱅이라고 생각하는 것 같았어 요. 물론 제 오해일 수도 있겠지만요.

안드레아가

홍콩에 카페 문화는 없지만, 대신 식당 문화가 있어요. 식당이 좀 시끄럽긴 하지 만, 중국인들은 워낙 시끌벅적한 걸 좋아하니까요. 우리 집은 할아버지부터 손자 까지 삼대가 함께 살고 있는데, 온 가족이 일요일마다 늘 가는 식당에 가요. 그 래서 그곳 직원들과 사장은 우리 가족을 잘 알고요. 이런 것 역시 '지역사회의 문화'가 아닐까요?

당신의 글을 좋아하지만, 홍콩 문화에 대해서는 아직 그다지 잘 이해하고 있지 않 은 것 같아요.

TNW가

TNW,

편지 고맙습니다. 제가 말하고자 한 건 카페의 유무나 '시끄러움'을 지적하는 게 아니었어요. 카페에서도 당연히 떠들 수 있죠. 게다가 카페가 유럽에만 있는 것 도 아니고요. 타이베이가 좋은 예일 거예요. 그곳에는 유독 카페가 많고 스타일 도 제각각이죠. 그러니까, 저는 어떤 태도에 대해 말하고 싶었어요. 일종의 여유 랄까요, 조용히 사유하는 시간, 친구와 깊은 얘기를 나누는 시간, 수런거리는 바람을 만끽하는 오후의 시간…… 그런 시간들이 함께할 때 카페 문화나 차 문화를 이야기할 수 있을 것 같아요. 중요한 건 카페 그 자체가 아니라 생활의 태도니까요.

홍콩에도 물론 식당과 레스토랑, 카페가 있죠. 하지만 어디를 가도 사람들은 서둘러 들어갔다가 서둘러 나가더라고요. 그렇지 않나요? 한가롭게 있을 만한 곳이 하나도 없는 것 같았어요. 아닌가요? 홍콩을 비판하자는 게 아니에요. 오히려 홍콩을 무척 좋아하기 때문이에요. 홍콩을 좋아하는 만큼 홍콩이 더욱 사랑스러워지길 바라니까요.

안드레아가

안드레아,

편지를 받고 나서 당신의 글을 다시 꼼꼼히 읽어봤어요. 그래요, 당신이 무슨 말을 하고 싶은 건지 알 것 같아요. 고개를 돌려 엄마에게 물어봤어요.

"엄마는 왜 매일 아침부터 저녁까지 그렇게 바쁘게 사세요?"

엄마가 대답했죠.

"일을 얼른 해치우면 주말에 편히 쉴 수 있잖아."

하지만 막상 주말이 되어도 엄마는 여전히 바빠요. 엄마 세대는 고생 끝에 낙이 온다는, '고진감래苦盡甘來'란 말을 믿는 것 같아요. 하지만 언제나 '고생'뿐, '낙'은 끝끝내 오지 않죠.

소위 '홍콩 태도'라는 것이 우리를 그렇게 내몰고 있지 않나 싶어요. 신문은 언제나 무슨 무슨 국제 평가에서 홍콩이 몇 위로 상하이에 추월당했다, 선전과 도쿄에 추월당했다, 또 서울에 추월당했다 떠들어대요. 그러면 우리는 다시 죽기 살기로 일하고 또 일하고, 평가당하고 또 평가당하죠. 다른 사람과 비교하는 것도 모자라 이제는 죽은 사람과도 비교하죠. 이전 세대가 닦아놓은 기초 위에서 우리 세대는 이렇게 저렇게 해야 '경쟁의 우위'를 유지할 수 있다고 말예요.

네, 이제 보니 홍콩은 그런 것 같아요.

TNW가

안드레아,

저는 홍콩대학교 학생입니다. 지금은 교환학생으로 멜버른에 와 있지만, 홍콩에서 나고 자란 토박이죠. 당신 글을 읽고 홍콩 학생들을 위한 변명을 좀 하고 싶어서요. 멜버른 역시 외국 학생들과 현지 학생들은 교류가 별로 없는 것 같아요. 이곳에 온 지 몇 개월이 지났지만 저는 아직 현지 학생들을 사귀지 못했습니다. 처음엔 제가 영어를 너무 못해서 그런 줄 알았습니다. 그런데 미국에서 온 교환학생 역시 이곳 학생들과 그다지 교류가 없더군요. 그 말은, 학생들 사이에 교류가 없는 게 홍콩 학생들만의 문제가 아니라는 말일 테죠.

하지만 홍콩 학생들의 영어가 수업시간에만 유용하다는 당신의 지적은 매우 타당한 것 같습니다. 이곳에서 저는 뼈저리게 느끼고 있어요. 여기서 저는 네 명의 미국 여자아이들과 한방을 쓰고 있는데, 처음 한 달은 정말이지 스스로를 어디에 가둬놓고 싶을 정도였어요. 그들과 이야기를 나누다보면 저 자신이 너무 비참해졌거든요. 영어로 대화가 거의 안 되는 지경이었어요. 전공 수업인 법학시간에 발표해야 할 보고서는 그럭저럭 하겠는데, 저애들과 이야기를 하려면 아예 입이 떨어지질 않았어요.

상황은 비록 이렇지만, 낯선 문화가 주는 충격과 자극을 즐기고 있습니다. 안드레아 역시 홍콩대학교에서의 생활을 맘껏 누리길 기원할게요.

치웅안瓊安이

스물한번째 편지

죽치고 있지 않은데 어디서 문화가 나오겠니?

사랑하는 안드레아,

베란다의 꽃나무에 물은 제대로 주고 있지? 그 백란화를 죽이면 널 가만두지 않을 거야.

매주 목요일 오후면, 한 할아버지가 파란 트럭을 몰고 사완징沙灣徑 25호에 와. 거기서 채소를 팔지. 할아버지는 내내 어두컴컴한 트럭에 앉아 신문을 읽고 있어. 소리가 유난히 청아한, 새장 속의 개똥지빠귀와 함께 말이야. 새는 항상 할아버지의 곁을 지키고 있지. 채소들은 낡은 신발이라도 말아놓듯 항상 종이뭉치에 덮여 있는데, 그 종이를 풀어헤치면 농가에서 직접 가져온 신선하고 깨끗한 채소가 모습을 드러내. 할아버지는 50년 넘게 채소를 이렇게 팔아왔대. 그러니까 엄마 말은, 네가 그 어른의 채소를 샀으면 한다는 거지. '소농경제'를 지원하는 의미에서.

그럼 이제 홍콩 이야기를 좀 해볼까.

홍콩의 중요하고 큰 특징을 그렇게 빨리 파악할 줄은 몰랐네. 엄마가 막 홍콩에 왔을 때야. 어느 날 엄마는 오후 내내 서점을 돌아다녔지. 가방 속 책들이 점점 무거워졌지만, 집으로 돌아가고 싶지는 않았어. 깨끗하고 조용한 카페를 찾아 들어가 쉬고 싶었지. 타이베이라면 그런 곳은 곳곳에 널려 있으니까. 카페 한구석에 자리를 잡고 앉아, 커피 향이 감도는, 느리고 조용한 음악이 흘러나오는 그곳에서 새로 산 책들을 몽땅 꺼내 뒤적일 심산이었지.

불볕더위가 기승인데다 짊어멘 책들도 너무 무거웠어. 여기저기 열심히 찾아다녔지. 타이베이처럼 모퉁이를 돌면 그런 커피숍이 바로 나타날 줄 알았는데 없더라고. 정말 코빼기도 보이지 않았어. 레스토랑에라도 갈까 잠깐 생각했지만, 음식은 달고 기름진데다 자리마다 잽싸게 손님들이 들어차서 내내 시끌벅적한 그런 곳에 들어갈 엄두는 나지 않았어. 사람들이 옆에 딱 붙어서서 내가 일어나기만을 기다리는 그런 곳 말야. 스타벅스나 퍼시픽은 또 어떻고. 다국적 기업의 독과점도 못마땅하지만 저들이 현지 기업을 말살시키지는 않을까 의심을 품은 채 그런 곳에 가서 돈을 쓰고 싶지는 않았어. 거기 간다고 해도, 앉아 있는 내내 쟁반을 들고 자리를 찾으려 두리번거리는 사람들에게 둘러싸이게 되겠지. 그야말로 시간의 압박감으로 가득한 공간이야.

하얏트, 페닌슐라, 힐튼, 샹그릴라 같은 호텔 라운지는 또 어떻고. 물론 넓고 쾌적하긴 하지. 하지만 세심하게 정성 들여 만들고 꾸민 곳은 한 군데도 없어. 여행객이라면 그곳에서 편리함과 안락함을 제공받을 수도 있겠지만, 방금 떠들썩한 거리시장을 지나, 덜컹거리는 2달러짜리 버스에서 내려, 다시 서점 2층의 좁아터진 낡은 계단을 걸어내려온 '현지인'으로서, 저 호텔 문 밖의 거리문화를 비웃는 듯한 그런 곳에 가서 대체 무엇을 찾을 수 있겠니? 게다가 안드레아, 너는 지나치게 민감하게 반응한다고 생각할지 모르겠지만, 아시아의 호텔에 있으면 엄마는 21세기를 살면서도 여전히 조계지租界地나 식민지 같은 분위기가 느껴져. 무엇보다 계급의 냄새가 아주 짙게 맡아지지.

그날 엄마는 어디로 가야 할지 몰라 오랫동안 길 위에서 서성거렸어.

우리가 지금 얘기하고 있는 '카페'가 물론, 단순히 커피를 파는 곳만을 의미하진 않겠지. 사장이 어디에 있는지 또 누구인지도 모를 그런 곳이 아니라, 한 '개인'이 운영하는 그런 카페는 가게 구석구석 주인의 스타일과 개성이 넘쳐흐르게 마련이야. 그런 카페는 지역사회에서 공동의 '거실'이자 황량한 대도시에서 가장 온기 넘치는 작은 거점이 되지. 커피를 마시러 오는 사람들은 서로 낯이 익고, 주인의 별명 같은 것도 모르는 사람이 없겠지. 인연이 인연을 불러와 그곳에 들락거리는 손님들이 작가나 감독, 학자, 저항 운동가 같은 사람들이라면 그 카페는 그야말로 도시의 문화가 창출되는 무대가 될 거야.

네가 아직 모르는 게 있어. 타이베이 문인들이 '곤경에 처할 때 미약하나마 서로 돕는' 관계라면, 홍콩 문인들 사이에는 그런 문화가 없어. 홍콩의 문인들이 한자리에 모이는 건 어떤 목적이 있어서지. 함께 상의할 일이 있다거나 누군가의 환영회를 열어준다거나 하는. 일이 끝나면 그들은 곧 뿔뿔이 흩어져. 마치 '플래시몹'이라도 하는 것처럼.

쇼핑센터에도 사람들이 편히 앉아 쉬면서 잠깐이라도 얘길 나눌 만한 장소가 거의 없다는 거, 눈치챘니? 쇼핑센터는 이 매장에서 저 매장으로 쉬지 않고 움직이도록 설계돼 있지. 공간 구성을 통해 소비를 이끌어내야 하는데, 사람들이 앉아 쉴 수 있는 공간이 있으면 그 목적을 달성하기가 어려울 테지.

죽치고 앉아 있을 수 있는 공간이 허용되는 사람들은 관광객이나 잠시 머물다 가는 이들뿐이야. 란콰이펑에 즐비한 술집이나 호텔의 라운지를 봐. 하지만 그들은 잠시 스쳐 지나가는 이들일 뿐이야. 이 도시에 뿌리를 내리고 생활하는 사람한테는 오히려 그렇게 쉴 수 있는 공간이 없어. 집은 좁아터져서 손님을 초대할 수가 없고, 식당은 식사가 끝나면 곧장 일어나야 해. 클럽은 회원들만 갈 수 있고, 호텔은 비싸서 엄두도 못 내고. 사람들이 대체 어디에서 '미약하나마 서로 도우며' 지역사회의 정서를 함양할 수 있겠니? 문제는 지역사회가 공유하는 정서가 없는 상황에서는 문화적 동질감이 나올 수가 없다는 거야.

안드레아, 좀더 볼까. 홍콩엔 길고 긴 해안선이 있는데도 해변문화라는 게 없어. 그렇게 눈부신 빅토리아 항구가 있는데도, 친구들과 삼삼오오 모여 별이 총총한 밤하늘 아래 바닷바람을 쐬고 파도 소리를 들으며, 시간 가는 줄도 모르고 먹고 마시고 노래하고 또 속마음을 털어놓다가 밤을 새우고 마는 그런 장소가 한 군데도 없어. 프랑스, 스페인, 영국은 물론 싱가포르에도 그런 해안이 있는데 말이지. 그래, 침사추이尖沙咀*에 '스타의 거리星光大道'**가 있지. 그런데 안드레아, '스타의 거리'는 관광객을 위해 설계된 곳이야. 모두 돈벌이를 위해서지, 그곳에서 일상을 살아가는 현지인을 붙잡아두고 뿌리내리게 하기 위한 건 아닌 거야.

* 홍콩 주룽반도 남쪽에 있는 야침몽지구의 번화가 지역. 중국어로 모래 입구를 의미하는 침사추이는 향나무를 수출하던 항구다. 빅토리아 항구로 향하는 주룽반도 끝에 위치한다.

** 침사추이 바닷가를 따라 난 해안 산책로에 '할리우드 스타의 거리'를 모델로 하여 조성한 거리로, 이연걸, 홍금보, 임청하, 양조위, 오우삼, 서극 등 한국에서도 친숙한 홍콩 스타들의 손도장과 사인이 찍힌 명판名板을 구경할 수 있다.

홍콩에는 사람들이 모여 시위할 만한 광장조차 없어. 시위 역시 지역사회의 공감대를 형성하고 문화적 정체성을 고취시키는 데 굉장히 중요한 일이야. 카페나 바에서 밤새도록 이야기를 나누는 것만큼 말야. 시위행진은 절대적으로 중요한 '죽치고 문화'의 한 부분이야. 하지만 홍콩은 '죽치고 있지 마시오'라고 명령하는 도시지. 한가한 사람도 없지만 말야.

넌 홍콩에는 아예 문화가 없는 것 같다고 말했지만, 좀 다르게 보면 홍콩에도 당연히 문화는 있어. 통속문화, 상업문화, 관리문화, 법치문화에서부터 전통서민문화에 이르기까지 전부 풍부하고 활발해. 그런 부분들을 생각하면 그 어떤 중화권 도시보다 풍부한 문화를 지녔다고 할 수 있지. 하지만 '문화'의 의미를 제한해서 인문사상과 관련된 심층적인 활동으로만 본다면 홍콩의 문화적 결핍은 현저해지지.

유럽에서 카페는 '시인의 작업실'이고 '예술가의 은둔처'이며 '지혜의 산실'이지. 파리의 카페 드 플로르Café de Flore*는 시몬 드 보부아르Simone de Beauvoir가 글을 썼던 아지트였고, 르 프로코프Le Procope**는 몰리에르Molière와 그의 극단이 밤마다 드나들고 백과전서파***가 술을 마시던 곳이었어. 센 강의 레 뒤 마고Les Deux Magots와 브라

• 명실공히 프랑스 카페를 대표하는 곳. 카뮈, 에디트 피아프 등 많은 예술가의 아지트였던 카페로, 관광객은 물론 현지인들에게 여전히 많은 사랑을 받고 있다.

•• 1686년 문을 연 르 프로코프는 프랑스 최초의 카페라고 전해진다. 랭보, 볼테르, 루소 등 유명 인사들이 단골로 드나들었던 곳으로, 이후 다양한 문학카페와 철학카페가 생겨났다.

••• 1751년~1781년에 간행된 《백과전서 : Encyclopédie》의 집필과 간행에 참여한 계몽사상가의 집단.

스리 리프Brasserie Lipp는 초현실주의파와 실존주의 철학자들의 아지트였지. 조너선 스위프트Jonathan Swift가 늘 죽치고 있던 런던의 윌리스Wili's는 17세기 영국 문학을 주무른 문학살롱이었고, '옛 그리스 카페'라는 뜻의 안티코 카페 그레코Antico Caffe Greco는 리하르트 바그너Wilhelm Richard Wagner, 바이런Lord Byron, 셸리Mary Wollstonecraft Shelley의 아지트였지. 비엔나의 커피하우스는 프로이트Sigmund Freud와 트로츠키Leon Trotsky가 늘 죽치고 있던 곳이고. 취리히의 카바레 볼테르Cabaret Voltaire*는 예술가들이 다다이즘 예술운동을 발전시켜나간 곳이야. 프라하에서도 지식인들은 카페에 모여 1830년대의 정치 계몽운동을 일으켰지.

문화는 아지트에서 '죽치고' 있어야만 침전되고 누적되고 또 배양될 수 있어. 그런 공간이 없으면 그럴 만한 문화가 생길 수가 없고, 그런 문화가 없다는 건 어떤 의미에선 아예 문화가 없다고 할 수 있을 거야.

하지만 안드레아, 유럽을 생각하며 홍콩을 평가해서는 안 될 것 같아. 가령 1천 명의 예술가와 작가들이 홍콩에서 1천 개의 아름다운 카페를 연다고 하면 어떻게 될까? '아지트 문화'가 만들어질까?

아마 한 달 내에 모두 문을 닫고 말걸. 손님이 없을 테니까. 넌 홍콩 사람들의 평균 노동시간이 주 48시간이지만, 그중 60시간 넘게 일하는 사람이 75만 명으로, 노동인구의 23%를 차지한다는 사실은 모르고 있지? 홍콩은 세계에서 노동시간이 가장 긴 나라야. 그 시간

---

* 다다이즘의 발상지로, 아방가르드 예술가들의 작품을 선보이는 복합 문화공간이다. 미술품 전시를 비롯해 각종 행사 및 퍼포먼스, 시 낭송회 등의 장소로 활용되고 있다.

에는 길에서 허비하는 시간은 포함되어 있지 않아. 그 시간은 1년에 자그마치 3000시간이나 돼. 과로로 너덜너덜해진 홍콩 사람들이 카페에서 죽치고 앉아 한가하게 이야기하며 사상과 영감과 상상력을 발전시킬 수 있겠니?

사상은 경험의 누적이 필요하고, 영감은 고독의 침전이 필요하고, 가장 황홀한 체험은 적막 속에서의 처절한 관조가 필요하지. 누적과 침전, 적막한 관조, 그 어느 하나 쫓기듯 살아가는 삶에서는 건져올릴 수가 없어. 분주함 속에서 작가는 글을 쓸 수 없고, 음악가는 곡을 쓸 수 없고, 화가는 그림을 그릴 수 없고, 학자는 연구를 할 수 없어. 분주한 사상가는 말만 많게 되고 그렇게 되면 그는 곧 예능인이 되는 거지. 거슬릴 정도로 시끄러운 어릿광대가 되는 거야. 한가하게 죽치고 있는 것은 안드레아, 분명 창조력의 바탕으로, 없어서는 안 되는 거야.

하지만 홍콩 사람이 이룬 경제성장은 '근면'과 '죽기 살기의 분투' 정신에서 이루어진 거야. '분투'정신은 분초를 다투고, 효율성이 최고고, 돈벌이가 제일인 것을 뜻하지. 안드레아, 이것이 홍콩이 처한 현실이야. 이렇게 딱딱한 토양에서 경제성장 외에 그 어떤 과실이 맺혀 자랄 수 있을까.

엄마가

2005. 10. 17.

사랑하는 안드레아,

저는 당신과 룽잉타이의 대화를 너무나 즐겁게 읽고 있습니다. 당신이 어머니와 이렇게 허심탄회하게 소통할 수 있다는 게 너무나 부럽고 부럽습니다. 당신과 당신의 어머니처럼 '외부인'의 시선이어야 홍콩의 숨겨진 면모를 더 잘 볼 수 있는 것 같습니다. 감독 리안李安이 미국인들은 오히려 보지 못하는 미국문화의 속살을 보여줄 수 있는 것처럼 말이죠. 그건 어쩌면 당연한 이치겠죠.

당신과 어머니의 관계가 정말로 부럽습니다. 제 어머니는 저를 사랑한다는 이유로 오히려 저와 소통하려 하지 않습니다. 어머니는 경영학을 포기하고 예술을 공부하는 제가 타락했다고, 그리고 당신을 배신했다고 생각합니다. 제가 국제전화를 걸면 어머니는 일 분쯤 듣다가는 곧장 끊으려고 합니다. 올해 서른일곱인 저를 어머니는 열일곱 살짜리로 취급합니다.

안드레아, 당신이 어머니와 대화하는 지금의 이 일분일초를 소중하게 여기라고 말해주고 싶습니다. 저와 어머니는 찬바람이 쌩쌩 부는 사이가 되어버렸습니다. 저는 압니다. 어머니의 시간이 그렇게 많이 남지 않았다는 것을요. 이 자각이 저를 아주 많이 고통스럽게 합니다. 하지만 단지 어머니를 기쁘게 하기 위해 어머니가 원하는 인생을 살 수는 없습니다.

홍콩에서의 일분일초를 즐기길 기원합니다.

캐나다에서 위이餘意가

홍콩에 문화가 없다고 누가 그래?

― 필립이 안드레아에게 보내는 편지

안드레아 형,

홍콩에서 2년 지내다 독일로 돌아오니 아직도 적응이 안 되네. 홍콩은 초대형 도시고 크론베르크는 아름다운 작은 마을이니 당연히 차이가 크겠지. 그중에서도 가장 큰 차이는 사람들의 태도인데, 그 차이가 너무 큰 것 같아.

형은 홍콩에 카페도 없고 조용히 죽치고 있을 장소도 없다며 문화가 없는 것 같다고 했지. 그건 아직 형이 홍콩을 제대로 이해하지 못해서인 것 같아. 그래, 홍콩에는 확실히 카페가 별로 없어. 특히 오후 내내 죽치고 있을 만한 카페는 거의 없다시피 하지. 하지만 그렇다고 '홍콩에는 문화가 없다'고 단정지을 수 있을까.

독일로 돌아온 뒤 주말은 늘 이런 식이지. 학교 수업이 끝나면 우선 집으로 돌아와 점심을 먹고 친구들 두세 명과 마을 카페에서 만나기로 약속을 하는 거지. 조용한 카페에서 열여섯 살짜리 패거리가 잡담을 하고 일상을 나누는 모습은 형도 알 거야. 캐러멜마키아토를 다 마시고 나면 날이 꽤 어두워진 다음이고, 그러면 우리는 아지트를 옮겨. 맥주를 마시러 바에 가는 거야. 독일 작은 마을의 바라면, 형도 알잖아. 역시 조용하고 집처럼 아늑하지.

홍콩에 있을 때는, 주말에 수업이 끝난 후에 곧장 집으로 가는 날은 절대 없었어. 우리 일당은 열 명 정도였는데 우선 와자지껄한 분식집에 들러 새우만두를 먹지. 죽이나 국수 같은 걸 파는 분식집은 정말 시끄러워 죽을 맛이야. 그래, 모든 사람들이 고래고래 소리를 지르며 얘기를 하니까. 하지만 즐겁잖아. 친구들과 신나게 떠들 수 있고 말야.

이것저것 먹고 난 뒤엔 떼지어 시내로 나가 거리를 어슬렁거리지. 이리저리 쇼윈도를 구경하다가 더 어두워지면 술집으로 숨어들어.

그래, 우린 '숨어들어'. 독일에서는 열여섯 살이면 합법적으로 술을 마실 수 있지만 홍콩에서는 열여덟 살부터니까. 하지만 우리는 독일 아이들이고, 그러니까 홍콩 술집에 드나드는 게 '합법'은 아니어도 합리적이라고 생각해. 술집 입구에서 우리를 안 잡느냐고? 형, 모르나본데, 그냥 못 본 척 슬쩍 들어가면 거의 붙잡지 않아. 홍콩 사람들 눈에 우리 같은 유럽 아이들은 열여섯 살도 스무 살처럼 보이는 것 같아. 언제나 나한테 어느 대학에 다니느냐고 물어보더라고. 엄마가 청스城市대학교에서 가르칠 때는 청스대학교에 다닌다고 하고 홍콩대학교로 옮겼을 때는 홍콩대학교라고 둘러댔지.

보통은 콜라를 주문하지만 몇몇은 맥주를 마시기도 해. 나도 가끔은 맥주를 마셔. (엄마한테 이를 필요는 없어, 형!)

(형, 선수이완深水灣에 가본 적 있어? 거기 가면 늘 고기를 구워 먹는 사람들을 볼 수 있어. 오후 내내, 저녁 내내, 홍콩 사람들은 거기서 고기를 구워 먹으며 웃고 떠들고 신나게 놀아.)

엄마는 책을 잔뜩 사들고는 카페를 찾고 또 찾았지만 찾을 수가 없었다면서 타이베이에는 유럽처럼 카페가 많다고 했지. 난 되묻고 싶어. 독일은 어떻지? 형, 오후 네시쯤 밥 먹을 식당 한 번 찾아봐. 먹을 수 있어? 독일 식당들은 대부분 오후 두시에서 여섯시까지는 영업을 안 하잖아. 쉬어야 하니까.

한밤중에 친구랑 야식이라도 먹으려고 나가봐도 아무리 운이 없어도 그렇지, 거리는 쥐 죽은 듯 조용하잖아.

형, 내가 독일과 홍콩에서 보낸 주말만 비교해봐도 양쪽의 문화는 확연히 달라. 하지만 난 홍콩에 문화가 없다고는 절대 생각하지 않아.

솔직히 나는 독일보다 홍콩이 좋아. 홍콩은 스물네 시간 살아 있는 도시야. 언제나 무슨 일인가 일어나고 있지. 그리고 홍콩에서는 친구들 사귀기도 정말 쉬워. 홍콩 사람들은 독일인들보다 훨씬 유쾌하거든. 홍콩에선 겨우 2년간 살았지만 14년이나 살았던 독일에서보다 훨씬 더 많은 친구들을 사귀었어. 어제 마침 한 이탈리아 사람과 이야기를 하게 됐는데, 독일에서 수년을 살았지만, 그녀는 독일이 너무 조용해서 못 견딜 정도래. 독일인들은 자기만 옳다는 듯 폐쇄적인데다 작고 사소한 일도 하늘이 무너질 것처럼 크게 생각한대. 나도 그녀랑 생각이 같아. 중국인들과 이탈리아인들은 정말 비슷해. 이탈리아인들이 독일인들보다 수다스럽고 시끄러운 건 그들이 더 유쾌하고 개방적이어서일 거야.

내가 홍콩에서 싫었던 유일한 한 가지는 바로 사회가 지나치게 양극화되어 있다는 거야. 예를 들면, 내 친구들은 전부 국제학교에 다니는 아이들이었어. 다들 비싼 학비를 감당할 수 있는 부잣집 아이들이란 얘기지. 홍콩은 권력과 이익에 철저히 반응하는 곳이고 계급이 뚜렷한 곳이야. 나는 그게 싫어.

형은 반년 동안 사귄 친구들이 유럽 학생들뿐이고 본토 학생은 거의 없다면서, 그 이유가 언어와 문화의 차이가 초래한 장벽 때문이라고 했잖아. 하지만 내가 경험하고 느낀 바로는, 진짜 중요한 건 돈이 있느냐 없느냐의 문제인 것 같아. 홍콩에서 2년을 살면서도 나는 공공주택에 사는 사람은 한 명도 사귀지 못했어. 우리가 지내는 사완징의 홍콩대학교 기숙사가 '호화저택'들에서 겨우 오 분 거리밖에 안 되니까. 그에 비해 독일은 계급 차가 그렇게 두드러지지 않지. 계급이 달라도 모두 함께 어울려서, 부잣집 친구들도 있고 가난한 친구들도 있잖아.

홍콩에서 좀더 생활하다보면 홍콩의 좋은 점과 나쁜 점을 더 명확하게 인식하게 될 거야.

필립이

2005. 11. 08.

룽 교수님께,

교수님과 안드레아가 주고받는 편지들을 좋아합니다. 특히 홍콩에 대한 두 분의 토론이 아주 흥미롭네요. 저는 홍콩 경찰로 일한 지 20년이 됐습니다. 두 분이 홍콩에 문화가 부족하다고 이야기할 때 타이완에 대한 제 인상이 떠올랐습니다.

1. 타이베이에서 거리를 걷는 건 아주 위험한 일이었습니다. 많게는 다섯 사람까지 태운 오토바이가 사람이 걷고 있는 인도로 언제 돌진해올지 모르니까요. 캄캄한 밤중에 불빛 없이 달리기도 하고요.

2. 불량배가 길에서 난동을 부리는 걸 봤는데, 제복을 입은 경찰은 완전 속수무책이더군요.

3. 타이완 대통령은 거짓말쟁이라고 누군가 제게 일러주었습니다.

4. 타이완 중부에서 대지진이 발생했을 때, 홍콩 구조대가 달려갔지만, 아주 냉담한 대접을 받았다고 합니다. 타이완에서는 홍콩이 중국의 일부라서 부러 그랬다는군요. 저는 이해할 수가 없었습니다. 사람 목숨이 경각에 달렸는데 어떻게 그 순간조차 정치적인 문제가 더 중요할 수 있을까요? 생명을 대하는 태도에서 타이완은 중국 공산당과 달라야 하지 않을까요?

5. 무엇보다 저는 홍콩이 자랑스럽습니다. 제 아이들이 홍콩에서 자라는 것이 안심이 됩니다. 홍콩은 제도적으로 잘 정비되어 있을 뿐 아니라 개인의 가치를 가장 소중하게 생각합니다. 언젠가 길을 잃은 등산객 한 명을 찾기 위해 경찰은 수색대 5백여 명을 파견해 몇 날 며칠을 찾았습니다. 그렇지만 누구도 이것이 낭비라고 생각지 않았습니다. 뿐만 아니라 법 앞에서는 모두가 평등합니다. 우리는 신분이 귀하든 그렇지 않든 죄를 지으면 법 앞에서 공정하게 처벌

을 받는다고 믿습니다. 게다가 싱가포르 같은 곳과 비교해 언론 자유도 더 많이 보장되고요. 지금은 깊은 밤이고 저는 야간 당직을 서고 있습니다. 그래서 더는 쓸 수가 없네요. 홍콩에 대한 제 변호를 양해해주시기 바랍니다.

홍콩의 한 경찰이

룽잉타이 선생님과 안드레아 선생님께,

두 분 안녕하세요. 저는 말레이시아에서 왔습니다. '죽치고 있지 않은데 어디서 문화가 나오겠니?'라는 글을 읽고 두 분과 나누고 싶은 의견이 있어서요. 두 분은 반복해서 카페를 언급하면서 유럽의 카페에서는 적지 않은 유명 인사를 배출했다고 하셨지요.

저는 중국 역사 속의 수많은 문인, 학자들 가운데 카페에서 대작을 완성한 사람이 있는지 이리저리 머리를 굴려봤습니다. 역시나 한 사람도 떠오르지 않더군요. 하지만 그들이 카페에서 사색하지 않았다는 것이 두 분의 인정을 받지 못할 이유가 될까요? 지금도 또 앞으로도 동양의 카페는 서양의 카페와는 비교가 안 될 테지요. 하지만 그런 이유로 동양의 문화가 현재까지 성취한 것을 인정받지 못하고, 또 그 미래가 형편없는 것으로 생각되어야 할까요?

카페가 없어서 고급문화가 자생할 수 없다면 그럼 산에 사는 원주민들에겐 어떠한 문화도 없는 걸까요? 우리가 그들의 문화를 이해하지 못하는 것은 아닌가요? 우리가 이해하고 인정하는 문화만 문화인가요? 그게 아니면 모두 수준 미달의 문화인가요? 그 기준은 누가 정하는 거죠? 왜 우리가 모두 이 기준에 따라야 하는 거죠?

열대지역에서 커피숍 특히 노천카페는 버티기가 힘들죠. 무더운 날씨와 강한 햇볕, 잦은 비 때문에 살아남기가 어렵습니다. 태양이 내리꽂히는 카페에 앉아 있으면 틀림없이 정신병자 취급을 받을 거예요. 더위 먹지 않는 게 이상할 테니까. 유럽, 특히 영국처럼 가뭄에 콩 나듯 해가 나는 곳이라면 노천카페는 더없이 좋겠죠. 모처럼 얼굴을 내미는 태양은 그만큼 소중할 테고, 의사들도 환자에게 아프리카로 가서 햇볕을 쬐라고 권유할 정도니까요. 유럽인들이 여행을 좋아하고 강렬한 태양을 즐기러 열대의 나라로 떠나는 건 그런 이유도 있을 거예요.

중국인들의 성실함은 전통적인 미덕입니다. 게다가 동양의 복지제도는 아직 서양과는 달라서 부지런히 일하지 않으면 먹고살 수가 없습니다. 열 배나 비싼 커피를 마시지 않는 것도, 길가에 죽치고 앉아 '사색'하고 '회의'하고 '잡담'을 나누지 않는 것도, 삶을 대하는 태도가 달라서일 뿐입니다. 서양 사람의 문화와 다르다고 그게 비난할 이유가 될까요? 두 분의 글에서 저 높은 곳에 앉아 있는 듯한 우월감과, 다른 사람들의 문화를 부정하는 느낌을 받지 않을 수가 없었습니다.

R·S

룽잉타이와 안드레아에게

두 분이 홍콩에 대해 얘기하는 서신을 읽었습니다. 두 분의 견해에 십분 동의합니다. 홍콩 사람들의 생활이라는 건 일과 자기 개발의 연속입니다. 정부는 자기 개발을 멈춰서는 안 된다고, 끊임없이 강조합니다. 지식인들은 더 높이 올라가려고 죽기 살기로 애를 쓰고, 저소득층은 하루 열 시간이 넘는 노동의 스트레스를 견딥니다. 야근수당도, 최저임금이라는 보호망도, 최장 노동시간 제한도 없습니다. 이게 바로 홍콩 사회의 초라한 현실입니다. 이런 구조 속에서 문화가 제대로 뿌리내릴 수 있겠습니까?

무기력한 홍콩 사람이

엄마 룽잉타이에게,

홍콩 사람들에겐 대대로 오직 한 가지 목표밖에 없습니다. 그것은 생존과 돈입니다. 홍콩 정부 역시 식민지 때나 지금이나 오직 한 가지 생각밖에 없습니다. 발전과 돈이죠. 홍콩은 정상적인 도시가 아닙니다. 국가라고도 할 수가 없죠. 홍콩은 어쩌면 '홍콩 회사'에 지나지 않습니다.

고용인들이 모이는 건 사회적인 어떤 이상을 위해서가 아니라 개인의 생계를 위해서입니다. 사장들이라면 더더욱 그들의 호주머니를 불리기 위해서겠죠. 정부의 정책 역시 고용인과 피고용인의 생계를 만족시키기 위한 것일 뿐입니다.

어떤 문화가 자리를 잡으려면 각자가 개인과 소아小我를 넘어서서 생각하고, 꿈과 이상을 가지고 더 높은 차원의 목적을 위해 고군분투해야 할 것입니다. 하지만 홍콩에서는 그런 모습을 찾아볼 수가 없습니다. 홍콩이라는 회사에서 추상적 이념과 사회 공헌의 열정을 이야기하면 웃음거리가 되고 말겠지요. 카페가 없는 것은 원인이 아니라 결과입니다.

저는 중국에서 태어나 여덟 살에 홍콩에 와서 20년 넘게 살고 있습니다. 그런데 여전히 이렇게 '모든 것이 상업화'된 '회사'에는 적응하지 못하고 있습니다. 저는 싫지만, 그것을 바꿀 힘도 없습니다.

루펑廬風이

결석한 대학생

엄마,

이따금 홍콩이 앞으로 어떤 식으로 변할지 생각해보곤 해요.

저는 홍콩에 대해 비판적인 시각이 없지 않지만 그래도 이 도시가 좋아요. 홍콩의 발전에도 관심이 많고요. 그래서 12월 4일에 있을 시위행진에 엄마랑 함께 참여하기도 했고요.

시위가 끝난 뒤 현장을 떠나올 때 엄마가 택시기사에게 물었죠. 서른이 조금 넘은 듯한 그 기사에게 엄마가 왜 시위에 참여하지 않느냐고 물었을 때 저는 정말 당황했어요. 엄마 정말 너무해요. 어떻게 그런 바보 같은 질문을 할 수 있어요? 당연히 갈 수 없지요. 택시를 몰아 돈을 벌어야 하니까요. 무슨 질문이 그래요.

그런데 그 기사의 대답에는 더욱 놀랄 수밖에 없었어요.

"시위를 왜 합니까? 민주체제든 아니든 나랑 무슨 관계가 있다고. 다들 배부르고 할 일들이 없으니 그러는 거죠."

25만 명이 시위에 참여하자—경찰 추산 6만 명—주최 측에서는 아주 기뻐했죠. 엄마도 괜찮은 편이라고 했고요. 하지만 엄마, 그게 뭐가 '괜찮은' 거죠? 2003년 이라크전쟁에 반대해서 일어난 시위 기억해요? 로마에서 3백만 명, 바르셀로나에서 1백3십만 명, 런던에서 1백만 명이 거리로 뛰쳐나갔어요. 게다가 이 도시들 인구가 얼마인가요?

로마가 6백만, 바르셀로나는 4백6십만, 런던은 7백4십만이에요.

물론 시내 중심가로 모여든 시위자들 중에는 로마나 런던 시내에 사는 사람들뿐 아니라 시 외곽이나 근처 다른 도시에 사는 사람들도 포함되었겠죠. 그렇지만 엄마, 생각해보세요. 로마 사람, 바르셀로나 사람, 런던 사람이 무엇을 위해 거리로 나섰나요? 그들은 자기들이 살고 있는 도시에서 몇천 킬로미터 떨어져 있는, 가본 적도 앞으로 갈 일도 없는 멀고 먼 나라를 위해 시위행진을 했어요. 자신의 도시, 자신의 문제, 자신과 직결된 미래를 위해서가 아니었다고요. 하지만 홍콩 사람들은 무엇을 위해 나왔죠? 자신과 직결된 문제를 위해서, 자기 자신의 자유를 위해서, 자기 아이들의 미래를 위해서가 아닌가요? 자신을 위한 것임에도 불구하고 겨우 25만 명이 일어났는데 '괜찮은' 거라고 말할 수 있나요?

제가 무지해서인지 유럽적 시각이라는 편견 때문인지는 모르겠지만, 정말이지 또 이해할 수가 없었던 게, 시위행진의 필요를 두고 회의하는 사람들이 있다는 거였어요.

시위행진이 있기 며칠 전 신문에서 후잉샹胡應湘이라는 사업가를 인터뷰한 기사를 읽었어요. 그는 앞으로 있을 시위행진을 '폭민暴民정치'라 칭하면서 톈안먼의 유혈 사건과 비교하더군요. 항의시위가 민주주의를 쟁취하는 데 전혀 도움이 안 된다고요. 그의 말들이 제 머릿속에서 떠나지 않았어요. 후씨 성을 가진 그 사람은, 1989년 1백만의 동독 사람들이 거리로 뛰쳐나가 시위행진을 벌인 끝에 결국 베를린 장벽이 무너진 사실을 전혀 모를까요? 간디가 독립을 쟁취하기 위해 엄청난 시위를 조직했다는 것, 그런 과정을 거쳐 인도가 독립했다는 사실을 들어본 적도 없는 걸까요? 1963년 마틴 루터 킹이 워싱턴에서 일으켰던 시위행진으로 흑인들의 인권이 대대적으로 개선된 사실을 정말 모르는 걸까요? 설마 이 사업가가 베를린 장벽에 대해, 간디에 대해, 마틴 루터 킹에 대해 아는 게 하나도 없는 건 아니겠죠?

정부가 소통하려 하지 않고 일방적으로 나올 때 항의시위는 보통 사람들이 할 수 있는 유일한 표현방식이잖아요. 모든 사람들이 시위행진에 나서야 한다는 게 아니에요. 하지만 적어도 문제를 정확하게 파악하고 거리로 나선 사람들이 말하는 게 무엇인지 제대로 들어본 다음 자신의 입장을 결정해야 하는 거 아닌가요.

택시기사 얘기로 돌아가서요. 그 사람이 라디오를 틀어놓은 걸 듣고 엄마가 물었잖아요.

"시위행진에 참여한 사람들이 얼마나 되죠?"

그때가 오후 다섯시 정도 됐을 거예요. 그가 대답했어요.

"대략 십만 정도랍니다."

엄마가 말했죠.

"나쁘지 않네요."

그런데 순간 기사가 승리라도 한 듯 미소를 띠며 말했어요.

"하하, 하지만 대부분 어린아이들이죠!"

네, 시위행렬 속에는 어린아이들이 유난히 많았어요. 유모차를 끌고 나온 사람들이 많았으니까요. 노인들도 많았고요. 그 기사는 그러니까, 십만이라는 숫자가 워낙 크지 않을뿐더러 그 속에 포함된 어린아이들의 숫자는 빼야 한다는 거였죠.

시위행진에 참여한 사람들을 인터뷰해서 기사를 쓰는 것이 저한테 주어진 기사 작성 과목 숙제였어요. "왜 시위행진에 나섰느냐" 묻자, 그들은 하나같이 "나의 다음 세대를 위해서"라고 답했어요.

저는 진짜 감동했죠. 엄마, 그들의 요구는 민주주의에 대한 시간표를 달라는 것이었어요. 자신들이 홍콩의 민주주의를 볼 수 있을지 없을지 장담할 수 없지만 그들은 일어섰어요. 자기 자신이 아니라, 아이들이 홍콩에 민주주의가 들어서는 것을 볼 수 있는 그날을 확보하기 위해서요. 그들은 자신들에게 민주주의가 주어지지 않는 것은 견딜 수 있지만, 다음 세대의 미래에 대해서만은 그냥 넘길 수가 없었던 거예요. 애초 많은 사람들이 공산주의를 피해 이 섬에 왔는데, 이제 다시 그때의 검은 그림자가 쫓아온 것 같았어요.

시위행진 속 수많은 아이들을 셈에 넣지 않는다고요? 이 아이들이야말로 사람들이 투쟁해야 할 가장 큰 이유가 아닐까요.

집을 나서기 전 미국과 유럽에서 온 교환학생 친구들에게 시위행진에 참여하지 않겠느냐고 물어봤어요. 다들 기말시험 준비 때문에 안 간다고 하더라고요. 저는 조금 놀랐어요. 이런 역사적인 일들에 어떻게 저렇게 무관심할 수가 있지? 1940년대 스페인전쟁이 일어났을 때 유럽과 미국의 대학생들은 앞다투어 전장에 뛰어들어 스페인 사람들의 자유를 위해 싸웠는데 말이에요. 친구들의 처지를 이해 못하는 건 아니에요. 기사 작성 숙제가 아니었다면 저 역시 가지 않았을 수도 있고요. 어쨌거나 손님일 뿐인 이곳에 진지한 관심을 기울이기가 쉽지는 않죠.

하지만 진짜 의아했던 건 현장에 도착해서였어요. 현장에는 중년과 노년들, 아이들이 대부분이고 청년들은 유달리 적었어요. 얼핏 봐도 대학생들은 형편없이 적었어요. 그들은 모두 어디에 있었을까요? 보통 제일 먼저 일어나 현실을 비판하고 권위에 저항하는 이들이 대학생들이잖아요. 전 세계적으로 커다란 사회 변혁은 모두 대학생들의 분노에서 시작됐잖아요. 19세기 독일에서도 1960년대의 유럽과 미국에서도요. 엄마, 중국의 5·4운동은 어땠나요. 가르쳐주세요. 어쨌든, 빅토리아 공원을 대학생들이 가득 메우고 있을 줄 알았는데 현실은 완전히 딴판이었죠.

그러고 보니, 그래요, 홍콩대학교 교내에서도 학생들이 시위에 대해 관심을 기울이는 건 보지 못했어요. 포스터는 서너 장 붙어 있었지만, 교내에서 이 사회의 발전이라든가, 그런 것들에 관심을 기울이는 '분위기'는 찾아볼 수 없었어요. 그러니 '행동'은 말해 뭐하겠어요. 기말시험이 무엇보다 중요하겠죠.

알았어요, 엄마. 이번 시위에서 어떤 느낌을 받았느냐고요? 첫째, '어린아이'가 거리로 나서서 투쟁하는 것은 원래 그 아이들의 권익에 해당한다. 둘째, 자신이 어떤 제도 안에서 살아가는지 개의치 않는 사람이 많다. (돈만 있으면 된다고 생각하죠.) 셋째, 대학생들은 정치 —모두의 일 아닌가요?—에 무관심하다. 넷째, 대학생들은 지식을 쌓는 것에만 집착하고 인격을 기르고 사상을 확립하는 데는 무관심하다.

이게 제가 본 2005년 12월의 홍콩이에요.

이런 홍콩은 앞으로 어떻게 될까요?

안드레아

2005. 12. 07.

티타임 식 교양

사랑하는 안드레아와 필립,

12월 4일 홍콩에서 시위행진이 있기 하루 전날 마침 타이완에서는 현과 시의 장長을 뽑는 선거가 있었어. 선거 결과, 집권당인 민진당民進黨이 대부분의 지역에서 민심을 잃었음을 확인하게 되었지. 수치스러울 정도였어. 이튿날 홍콩 시위대 속 어느 깃발에 써 있던 문구 기억나니?

"타이완 동포여, 투표할 수 있는 당신들이 부럽습니다."

엄마는 필립과 7·1* 가두시위에 두 번, 6·4** 기념집회에 한 번 참여했단다. (필립, 네가 그리워하는 홍콩의 한 부분이니? 프랑크푸르트에 이라크전쟁에 반대하는 시위가 일어나면 넌 참여할 거니?) 타이완 사람들은 익숙하지만 홍콩 사람들은 흐름을 선동하고 의지를 북돋는 정치운동기술이 서툴러. 만약 4킬로미터나 되었던 이번 행진을 타이완 사람이 기획했다면 상황은 완전히 달랐을 거야. 청각적인 것과 시각적인 것을 최대한 활용해 '분위기'를 한껏 띄웠을걸. 북을 이용한

---

* 1997년 이후 매년 주권반환일인 7월 1일에 시민단체 주관으로 민주주의 강화를 요구하는 시위행진을 벌인다.

** 1989년 발생한 톈안먼 사건을 기념하기 위해 1990년부터 매년 6월 4일이면 어김없이 기념집회를 열어 희생자들을 추모한다.

행렬이 있었겠지. 북소리는 사람의 마음을 건드리고 힘을 응집하니까. 하지만 홍콩 사람들은 말없이 조용히 걷기만 하잖아.

엄마 역시 아이들이 많은 데 크게 감동받았어. 유모차를 미는 사람들, 활짝 웃는 아이를 목말을 태우고 가는 사람들이 참 많더라고. 다들 "다음 세대를 위해 거리로 나왔다"고 했지. '나를 딛고 올라서라'는 부모의 심정이 그 사람들을 통해 그대로 체현되고 있었어.

시위를 하는 그들은 너무 사소해서 난처할 정도의 요구를 외치고 있었어. 민주주의 그 자체를 달라는 게 아니라, 그저 시간표를 제시해달라는 거였잖아. '모년 모월 전에 보통선거를 시행하라'는 식도 아니고 그저 '시간표를 제시해달라'는 거였어!

제삼자 입장에서 보면 이건 '너무나 고분고분한 저자세'인데다 그렇게 소리 높일 가치도 없는 요구인 것 같은데 홍콩의 많은 사람들은 그것이 너무나 '지나친 요구'라고 생각해.

어떤 상황에 직면했을 때 홍콩 사람들은 일단 이성적이고 온화한 태도로 대응해. 그들은 이성적인 자신들의 태도를 자랑스럽게 여기지. 그래서 쉽게 흥분하고 다소 감정적인 타이완 사람들을 비웃기도 해. 사실 엄마 역시 시민의식과 법치정신을 갖춘 홍콩 사람들이 일단 민주제를 시행하면 타이완보다 훨씬 훌륭한 민주주의를 이룩해내리라 생각해왔어. 시민의식과 법치정신이야말로 민주주의를 지탱하는 두 축이라고 할 수 있으니까. 하지만 12월 4일의 시위행진을 보며 엄마는 새로운 의구심이 늘더구나.

온화하고 이성적인 태도는 시민의식과 법치정신의 외재적 체현이자, 민주주의를 실천하는 데 시민들이 갖추어야 할 중요한 품성이야.

타이완 사람들은 홍콩 사람들처럼 그렇게 '온화하고 이성적이지' 못해. 그들은 오랜 세월 '폭정에 맞서 싸우며' 걸어왔으니까. 일본 식민지하의 '폭정'에 맞서 싸워야 했고, 국민당의 강압통치에 맞서 싸워야 했고, 또 지금은 민진당의 무능과 부패, 권력 남용이라는 '폭정'과 싸워야 하니까. 타이완에도 '온화하고 이성적'인 시민이 점점 늘어나고는 있어. 하지만 그들의 '온화와 이성'은 한 번도 멈춘 적이 없이 '폭정에 맞서 싸우는' 과정에서 조금씩 빚어진 거야. 아픔을 겪은 뒤에야 얻게 된 평온인 거지.

하지만 홍콩 사람들의 '온화와 이성'은 어디서 왔을까? 그건 '폭정에 맞서 싸우면서' 나온 게 아니야. 그들은 영국 식민지하의 '폭정'에 저항한 적도 공산당의 '폭정'에 저항한 적도 없어. 역사의 운명 속에서 홍콩 사람들은 '달아나거나' '이민'을 갔을 뿐, '폭정에 맞서 싸운' 적은 한 번도 없었어. 그들의 '온화와 이성'은 영국 사람들이 오후에 갖는 티타임 식의 '교양'과, 파란만장하고 포학무도한 현실 앞에서 중국인이 받아들였던 '운명 순응'의 태도가 뒤섞인 것이지.

홍콩 사람과 타이완 사람의 '온화와 이성'은 그렇게 달라. 특히 그 본질에서 완전히 다르지. 타이완 사람에게서 쉽게 보이는 거칠고 사나운 모습과, 홍콩 사람에게서 흔히 볼 수 있는 '정도를 벗어나지 않는 교양'은 그렇게 다른 이유에서 온 것이야.

이렇게 따져보니, 사랑하는 아들들아, 이런 문제에까지 생각이 미치네. 홍콩 사람의 시민의식과 법치정신은 민주주의를 실천하는 과정에서 틀림없이 아주 유용한 것이야. 하지만 아직 그것을 쟁취해야 하는 순간에, 그것도 도무지 뒤흔들기 힘든 거대한 권력 앞에서, 영국의 티타임 식 '교양'과 고난 앞에 내재화된 중국 식 '운명 순응'이 얼마나 쓸모가 있을까?

엄마도 처음 생각해본 문제야. 안드레아, 필립, 너희는 어떻게 생각하니?

대학에 대한 생각이라면, 안드레아 네가 말했잖아.

"대학생은 지식을 쌓는 데만 집착하고 인격을 기르고 사상을 확립하는 데는 무관심하다"고.

솔직히 엄마는 네 말에 깜짝 놀랐어. 기술자 양성소로 변질된 대학에서 성적에만 집착하고 인문학적 관심과 사회적 책임에는 전혀 무관심한 추세는 홍콩만의 문제는 아니야. 중국과 타이완, 싱가포르에서도 나타나는 현상이지.

그렇다면 아들들, 엄마에게 말해주지 않겠니? 너희가 유럽에서 받은 교육은 다르다는 거니? 구체적으로 말해줄 수 있니?

더 쓸 수가 없네. 머리를 자르러 가야 해서. 필립, 맥주가 약하다곤 해도, 너무 많이 마시지는 마. 엄마한테 알려주지 않은 비밀이 더 있니?

타이베이에서
엄마가
2005. 12. 10.

감자포대를 뒤집어쓰다

엄마,

독일에서 이 주간 방학을 보내면서 집에 온 기분에 푹 빠져 지냈어
요. '집에 돌아온' 듯한 느낌이 참 좋더라고요.

이번에 집에 와서 문 안으로 들어선 순간 현관에 낯선 그림 두 점
이 걸려 있는 게 눈에 들어왔어요. 둘 다 커다란 유화였는데, 한 그림
에는 공중에 나는 천사 아래로 지옥의 전형적인 모습이 그려져 있고,
또다른 그림에선 마리아가 예수를 품에 안고 있었죠. 게다가 거실 기
둥에는 목각 천사가 걸려 있더라고요.

우리 집에 이렇게 종교적 색채가 짙었던 적은 없었어요. 저는 비종
교적이고 자유로운 분위기 속에서 자랐잖아요.

아빠한테 물었죠.

"아빠, 어떻게 된 거예요? 여자친구가 아빠를 신자로 만든 거예
요? 그래요?"

엄마도 알다시피 아빠의 여자친구 블라이스는 매주 교회에 나가고
식사 때마다 기도부터 하는 사람이잖아요. 아빠는 늘 그렇듯 대충 얼
버무리며 자신이 '악마'와 함께 산다는 걸 다른 사람들에게 알리려
는 거라고 하더라고요. 그러니까, 아빠는 천사고 저와 필립은 '악마'
라는 거죠. 당연히 저는 반격을 했죠. 아빠야말로 우리의 '지옥'인 것

같다고 말이에요.

아빠가 제대로 답을 할 리가 없겠죠. 하지만 전 답이 뭔지 알 것 같았어요. 아빠와 저 사이에는 근본적인 차이가 있어요. 우린 취향이 너무 달라요. 아빠는 고전적인 것을 좋아하죠. 언젠가 아빠와 함께 조각 전시회를 보러 갔었는데, 작품들이 모두 종교와 관련된 것들이었어요. 전 지겨워 죽겠는데, 아빠는 아주 흥미진진하게 감상하더라고요.

며칠 전 베를린 디자인학교에 들어가고 싶어하는 친구가 찾아왔었어요. 학교에 입학신청서를 내려면 작품 서너 점을 준비해야 했죠. 우리는 고성古城들을 좀 돌아다녔는데, 그녀는 카메라를 들고 다니며 내내 사진을 찍더라고요. 재밌는 건 그 친구가 오래된 마을의 교회나 성을 찍을 줄 알았는데, 오후 내내 그녀가 찍은 것은 뜻밖에도 전신주나 맨홀 뚜껑 아니면 주차장의 시멘트 바닥 같은 것들이었어요.

며칠 후 그 친구 집에 가서 완성된 작품을 봤어요. 검은색의 커다란 종이상자 위에 사진 세 장이 붙어 있었어요. 사진에는 세 각도에서 바라본 전신주가 찍혀 있었는데, 붉은 명주실 한 가닥이 나타나 전신주 사이를 이리저리 움직이며 돌아다니더니 마지막에는 비뚤비뚤한 글자가 나타났어요.

'Modernity'

네, 알았어요, 엄마. 엄마의 취향을 알려주세요.

저는 지금 컴퓨터 앞에 앉아 엄마에게 편지를 써요. 음악을 들으면서요. 지금 제 모습은 이래요. 청바지에 빨간 폴로셔츠를 입고, 암홍색 운동화를 신었어요. 신발과 셔츠가 은근히 잘 어울려요. 셔츠와 바지는 좀 편한 스타일이에요. 오늘은 뒹굴뒹굴할 수 있는 주말이니까요. 주방에서는 친한 친구 둘이서 저녁을 하고 있어요. 그전에는 베란다에서 같이 햇볕을 쬐었고요.

오늘은 부담 없고 편안한 날이라 아침에 일어나 그런 편안한 옷들을 골랐죠. 아침에 일어나면 보통은 삼십 분 정도 시간이 필요해요. 십 분은 욕실에서, 이십 분은 옷을 고르는 데 쓰죠.

엄마는 어떨까요. 엄마도 삼십 분 정도가 필요하겠죠. 하지만 아마 저와는 딱 반대일 거예요. 욕실에서 머리 감고 세수하고 화장품 바르는 일에 이십 분, 옷 입는 데는 십 분이면 될 거예요.

작가 엄마, 그렇죠? 맞죠?

옷을 사는 것도 그래요. 엄마 옷장은 가득 찼지만, 그에 비하면 제 옷장은 텅텅 비었죠. 그건 엄마와 저의 소비형태가 전혀 달라서예요. 엄마는 기분에 따라 옷을 사죠. 길 가다 엄마 취향의 옷이 보이면 그냥 사버리잖아요. 어쩌면 영원히 입을 일이 없을 수도 있는데 말이에요. 하지만 저는 어떤 옷을 어떻게 맞춰 입을지 충분히 고민한 뒤 저에게 필요한 게 명확해지면 그때 옷을 사러 나가죠. 뭐 엄마와 제가 옷을 구매하는 데 드는 돈과 시간은 비슷할 거예요. 차이라면 저는 심사숙고해서 옷을 고르지만—게다가 제 스타일이 엄마보다 백 배는 멋질걸요—엄마는, 흠, 이따금 감자포대나 카펫을 두른 듯하다는 거죠.

두 달 전 아빠가 절 보러 홍콩에 왔었어요. 도착한 첫날, 아빠는 홍콩에서 아빠가 제일 좋아하는 술집으로 절 데려갔죠. 'Ned Keely's Last Stand'라는 곳인데, 고풍스런 목제가구로 채워진 좁은 바 안에

서양인 몇몇이 맥주를 마시고 있었어요. 중앙의 작은 무대에는 악기들이 다닥다닥 붙어 있었는데, 실수로 하나만 잘못 건드려도 줄줄이 쓰러질 것 같았어요. 밤 열시 반이 되자 밴드가 연주를 시작했어요. 딕시랜드dixieland* 재즈였어요. 잠깐 사이에 바 안은 손님들로 가득찼어요. 그곳이 당신의 '옛 시절'을 떠올리게 한다며, 아빠는 점점 분위기에 취해갔죠.

이튿날에는 제가 아빠를 '저의 술집'으로 데리고 갔어요. 제가 선택한 곳은 그 이름도 유명한 'Dragon-I'예요. 전날 갔던 곳과는 정반대인 곳이라 할 수 있죠. 오래된 목제가구 따위는 찾아볼 수 없을뿐더러 시커먼 테이블에, 의자에는 새빨간 쿠션이 놓여 있어요. 천장에는 용이 그려진 등롱燈籠들이 매달려 있고요. 밴드가 재즈를 연주하는 대신 DJ가 주로 힙합과 R&B 음악을 틀어줘요. 전날 저녁에는 맥주를 마셨지만 그날은 마티니와 진을 마셨어요. 그곳을 찾는 사람들은 모두 젊은 친구들이었고, 아빠는 확실히 좀 불편해했어요. 다 보이더라고요.

엄마, 이제 제가 무슨 말을 하려는지 눈치채셨겠죠? 엄마, 두 가지 질문을 던질 테니 받아주세요. 첫째, 엄마와 저의 '취향'은 달라도 어쩜 그렇게 다를까요? 세대가 달라서요? 문화가 달라서요? 아니면 계급 때문에?

두번째 질문이 더 중요한데요, 엄마는 왜 저의 세대나 우리의 문화 그리고 '계급'적 취향을 이해하려 하지 않죠? 엄마의 패션 철학, 아

• 19세기 말~20세기 초에 생겨난 초기의 재즈 형식. 행진곡의 리듬으로 즉흥적으로 연주한다.

빠의 종교적인 미학과 추억의 술집 모두 제 취향이 아니에요. 그래도 전 즐길 수 있어요. 조각전시회에 갈 수도 있고 이따금 추억의 술집에 앉아 있는 것도 나쁘지 않아요. 저는 옥스퍼드 스타일을 입을 수도, 그냥 편하게 헐렁한 바지에 후드티를 입을 수도 있어요. 그리고 또 엄마가 듣는 1960년대 노래들도 싫지 않아요.

그런데 엄마는 왜 저의 현대, 저의 네트워크, 저의 세계로 들어와 보려 하지 않죠? 엄마는 왜 자신을 '꾸미는 일'에 대해 좀더 고민하고 더 좋은 옷을 사보려 하지 않죠? 엄마는 왜 가지 않던 술집에 이따금 가보려 하지 않죠? 요즘 노래들은 왜 들어보려 하지 않죠? 새로운 것을 받아들일 수 없을 만큼 늙은 건 아니겠죠? 아니면 이미 규격화되어버린 건가요? 아니면, 그렇다면 더 심각하지만, 엄마 자신이 변하지 않으려는 것조차 모를 만큼 완전히 굳어버린 건가요?

안드레아가
2006. 08. 19.

아들, 넌 어느 병의 우유를 먼저 마실래?

사랑하는 안드레아,

엄마가 너의 세계에 흥미가 없다고? 무슨 말도 안 되는 소리를! 기억 안 나니? 너희를 이해하려고 엄마가 일부러 힙합을 찾아 들었던 거. 그것도 가사까지 일일이 찾아가며 말이야. 힙합의 변천사를 이해하려고 지금 유행하는 것들은 물론 1980년대 전의 것들까지 찾아 들었지. 그러다보니 힙합이 저항정신, 비판정신에서 나왔다는 사실뿐 아니라 좋은 가사는 좋은 시에 버금간다는 사실도 알게 됐지.

안드레아, 중년 부모들의 좌절은 대체로 한창 자라는 아이가 더이상 자신의 세계에 부모를 들여놓지 않으려 하는 데서 기인할 거야. 문을 열어주지 않는 거지. 자식의 세계로 들어가길 원하지 않는 부모는 없어. 너도 막상 엄마가 네게 시도 때도 없이 전화한다면 싫어할 거잖아.

오늘 타이베이에 도착했어. 양밍陽明산에 있는 집으로 돌아가는 길에 2리터짜리 우유 한 병을 샀지. 그런데 집에 도착해서 냉장고를 열어보니 리사麗沙 이모가 엄마가 올 줄 알고 미리 냉장고를 채워놓았더구나. 그 안에는 이미 2리터짜리 우유가 들어 있었어.

그래서 지금 엄마한테는 2리터짜리 우유가 두 병이나 있어. 유통기한을 확인해보니 한 병은 오늘까지로 신선도가 떨어지고 있었고,

다른 한 병은 사흘이 남았네.

너는 어느 병의 우유부터 마실래, 안드레아?

칭다오靑島에 사는 친구가 엄마한테 해준 얘긴데, 누군가 사과 한 상자를 보내와서 열어보니 대부분 신선하고 새파란 것들이었지만 몇 개는 이미 변색되기 시작했더라는 거야.

엄마 친구는 일 초도 망설이지 않고 조만간 썩을 사과를 덥석 집어 들었는데, 열일곱 살 난 친구의 아들은 곧장 가장 새파란 것을 집어 아삭아삭 베어먹더라는 거야. 엄마가 아들에게 다급하게 말했지.

"어머나, 안 좋은 것부터 먹어야지. 내일이면 못 먹게 될 텐데."

아들이 엄마를 이해하지 못하겠다는 듯 말했어.

"하지만 내일이면 그만큼 좋은 것도 조금씩 상할 거예요. 결과적으로 엄마는 언제나 안 좋은 것만 뒤쫓게 되는 거고, 그럼 엄마는 영원히 싱싱한 사과는 못 먹게 될걸요. 왜 가장 좋은 것을 먼저 누리려 하지 않죠?"

아들의 말을 들은 친구는 이미 반은 상한 사과를 손에 쥔 채 할 말을 잃고 멍하니 서 있었다는구나.

자, 안드레아. 엄마는 지금 문이 열린 냉장고 앞에 서 있어. 너라면 어느 병의 우유를 먼저 마실래?

엄마는 이제 베란다에 앉아 온통 뿌연 타이베이 분지를 내려다보고 있어. 독수리 한 마리가 홀로 바람을 가르며 오르락내리락하네. 혼자 스케이트보드를 타는 소년처럼 말이야. 문득 왜 날갯짓하는 파드득거리는 소리가 들리지 않을까 싶더구나. 귀를 쫑긋 세우고 들어보니 산과 골짜기가 온통 매미 소리에 뒤덮여 있더구나. 여름의 양밍

산은 매미부대에 점령당해버리곤 해.

편지에서 네가 나를 그렇게 '심하게' 묘사했던 게 떠올라 고개를 숙여 내 모습을 훑어보았단다. 오늘 어떤 옷을 입었게? 푸른빛과 잿빛이 감도는 얇은 면 원피스를 입었어. 스트레이트 스커트야. 커다란 비닐봉지 위쪽을 반원으로 오려내고 양옆에 소매 구멍을 내면 되는 그런 스타일이지. 맨발에, 매니큐어를 칠하지 않은 손톱과 화장하지 않은 얼굴에 아무 장신구도 걸치지 않았어. 오늘은 혼자 있는 날이거든.

엄마도 외출할 때는 '치장'이라는 걸 해, 안드레아. '미니멀리즘'이라도 추구하는 사람처럼 늘 흰색이나 검은색의 단순한 스타일이지만. 하지만 그렇게 다니는 건, 첫째, 엄마가 왜 화장하고 옷차림에 신경쓰느라 시간을 써야 하는지 모르겠어. 그리고 둘째, 솔직히 말하면 '미니멀리즘'을 내세워 '미'와 '취향'을 제대로 배우지 못하고 또 드러낼 줄 모르는 스스로를 감추려는 뜻도 있어.

네가 열네 살쯤 되었을 때야. 그때 벌써 너만의 스타일과 취향이 생기고 있다는 걸 느낄 수 있었지. 네 동생 역시 그때쯤 '아이' 티를 벗고 알게 모르게 품위 있는 소년의 신중함을 드러내더구나. 너희들에게 말한 적은 없지만, 옆에서 말없이 지켜보면서 '성장'이 그렇게 섬세하고 복잡한 것인지, 엄만 새삼 놀랐었어. 키가 훌쩍 자라고, 아직은 부드러운 수염이 돋고, 목소리가 돌연 변하고, 통통했던 볼살이 사라지며 날카로운 라인이 살아나는 모습은 누구라도 알아볼 수 있어. 하지만 다른 사람들은 아이의 눈에서 치기가 사라지고 용맹한 기개가 빛나는 것은 쉽게 알아차리지 못해. 또 옷매무새와 주위의 시선, 스스로에 대해 어찌나 예민한지 높디높은 소프라노의 음역이 크리스털 잔 가장자리를 맴도는 것처럼 아슬아슬하다는 것도 다른 사람들은 알 수가 없지.

셔츠 칼라를 세울지 접을지, 청바지 벨트를 어느 높이쯤에 맬지, 티셔츠를 입을지 남방셔츠를 입을지, 셔츠 자락을 넣어 입을지 내놓을지…… 그 모든 사소한 일들에도 두근거리는 게 느껴졌어.

그래, 안드레아, 너와 엄마 사이에는 분명 거리가 있어. 세대 차이일 수도 있고, 문화와 계급이 달라서일 수도 있겠지.

언젠가 얘기했지만 네 엄마는 '제3세계'에서 자란 소녀였어. 엄마가 태어난 1952년, 타이완의 평균국민소득은 200달러도 채 되지 않았지. 다들 못살았지만, 중국을 떠나 유랑하던 난민 가정 출신의 소녀는 더 찢어지게 가난했어. 1970년대가 되어서야 엄마 집에는 냉장고와 텔레비전이 생겼어. 당연히 1969년에 아폴로가 달에 착륙했다는 소식도 열일곱 살 소녀는 접하지 못했단다.

타이완은 1965년까지도 미국의 원조를 받았던 구제대상국가였어. 미국의 원조가 타이완 소녀에게 남긴 기억은 세 가지야. 첫번째는 금가루가 뿌려진 성탄카드야. 시골 성당의 미국인 신부가 준 그 카드에는 마구간과 아기, 긴 날개를 가진 통통한 천사가 그려져 있었어. 두번째는 깡통에 든 탈지분유, 세번째는 밀가루포대였지. 기지를 발휘한 엄마들은 포대를 재단해서 아이들의 윗옷과 반바지를 만들어 입혔어. 크건 작건 아이들은 모두 밀가루포대 옷을 걸치고들 있었지. 가슴 앞에는 마주 잡은 두 손 위로 '중미합작, 20kg'이라고 쓰여 있었어.

안드레아, 네 엄마는 감자포대가 아니라 '밀가루포대' 세대였어.

열여덟 살이 될 때까지 밀가루포대 옷 말고는 교복만 입었어. 영국의 학교들처럼 신분과 지위를 드러내는 넥타이에 구두까지 맞춰 신는 그런 교복이 아니란다.

우리는 흰 셔츠에 검은 치마를 입었어. 엄마의 '미니멀리즘'이 어디서 나온 것인지 알겠지? 치마 길이가 무릎 위로 올라가도, 머리카락이 귓불을 덮어도 벌을 받아야 했어. 남동생들은 카키색 바지에 흰 윗도리를 입고 머리에는 커다란 군경모를 썼지. 모자를 벗으면 빡빡 깎아 푸르스름한 머리통이 드러났어. 타이완에 온 외국인들은 깜짝들 놀랐지. 거리마다 사병과 경찰이 넘쳐났으니까. 타이완을 경찰국가로 생각했을 거야. 그런 차림의 사람들이 죄다 학생이라고는 생각도 못했겠지.

너는 이런 것들이 '가난'과는 무관하다 하겠지. 맞아. 이런 단순함의 미학과 통일된 취향은 가난보다는 권위주의 정치와 밀접한 관계가 있어. 하지만 엄마가 말해주고 싶은 건, 권위적인 정치와 가난이 한데 뒤얽혀 숨통을 조이면 취향이 살아날 틈은 없어진다는 거야.

취향이란 건 바로 미세한 차이, 톡톡 튀는 개성, 독립된 개체의 표현이 아니니? 그런데 이 세 가지가 모두 가난 때문에 쩨쩨해지고, 권위주의 정치에 의해 박탈당하는 거지.

안드레아, 이렇게 자란 엄마가 '불쌍하게' 생각되니? 그렇다면 네가 틀렸어. 언젠가 편지에도 썼는데, 가난 때문에 엄마는 물질적인 것들에 무딘 편이고 그것들을 제대로 누리지도 못하지만, 가난 때문에 오히려 약자를 더 잘 이해할 수 있게 됐어. 권위주의 통치 때문에 내 개성을 제대로 발휘하진 못했지만 권력의 본질에 대해 더 잘 인식하게 됐고, 그만큼 자유에 대한 신념도 더 굳건히 지켜올 수 있었지. 그래서 엄마가 더 용감해질 수 있었는지도 몰라. 자유를 잃는다는 게 무슨 의미인지 누구보다 잘 알기 때문에.

엄마는 한 마디로, 견뎌야 했어.

혹시 '견뎌야만 했던' 너의 과거가 있니? 그게 뭐지? 네가 성장한 나라는 일인당 평균소득이 3만 579달러나 되고, 너를 길러낸 사회는 민주적이고 개방적인데다 다양한 문화가 섞여 있는 곳이지. 네 부모는 둘 다 박사학위가 있고—박사라는 게 100% 바보 놈팡이에 지나지 않는다 하더라도 말이야—너는 열다섯 살도 되기 전에 이미 지구의 반을 거쳐온 '국제인'에 속해. 그야말로 너무나 좋은 환경에서 응석받이로 길러진 현대판 왕자라 할 수 있지. 그런 네게 너만의 취향을 기르는 건 식은 죽 먹기가 아니었을까?

그렇다면 엄마는 궁금하구나. 이처럼 지나치게 좋은 환경 덕택에 네가 뛰어난 미적 감각과 취향을 갖게 됐다면 그 반대로 그것이 너에게서 앗아간 것은 뭘까? 너희 세대는 어떤 의미에서 또다른 '가난한 사람'은 아니니?

엄마가
2006. 08. 23.

스물한 살의 세계관

엄마,

쉰넷의 엄마는 조만간 스물한 살이 될 저를 도통 모르겠다며 제가 무슨 생각을 하는지, 무엇을 보고, 무엇이 보이는지—엄마가 이렇게 말할 때 저는 엄마와 제가 다른 종인 것만 같아요—물었죠. 그럼 우리 각자 '인물 탐구' 좀 해볼까요.

좋아요. 하지만 엄마가 제게 준 '안드레아 인물 탐구 10' 중에서 첫번째 질문은 그냥 넘길게요. '양성평등에 대해서 어떻게 생각하느냐?'고 했는데, 그 질문은 너무 '후져요'. 독일에서 '양성평등'은 1970년대의 문제였어요. 가장 중요하고 어려운 문제들은 그때 이미 싸워서 얻어냈죠. 엄마, 저는 21세기 사람이에요.

달가워하지 않은 엄마는 또 덧붙였죠.

"결혼을 하면 아이는 누가 돌보고, 집안일과 식사 준비는 또 누가 하지?"

제게는 정말 우스꽝스러운 질문이에요. 시간이 있는 사람이 식사 준비를 하고, 시간이 있는 사람이 집안일을 하고, 시간이 있는 사람이 아이를 돌봐야겠죠. 전적으로 두 사람이 선택한 일의 성격에 따라 결정될 문제잖아요. 성별과는 무관하고요. 한데, 엄마의 질문 자체가 이미 성별분업을 가정하고 있잖아요. 후져요.

'양성평등'이 엄마나 중국 독자들에게는 여전히 중요한 문제라는 건 알아요. 하지만 저나 제 친구들에게는 딱히 얘기할 만한 주제가 아니에요. 다른 질문들로 넘어갈게요. 아래 제 대답이 만족스러울지 모르겠네요.

질문1) 네가 가장 존경하는 사람은 누구지? 왜 그 사람을 존경하니?

친구 집에서 본 책 중에 《세상에 영향을 미친 사람》이라는 책이 있었어요. 그런 책들 있잖아요. 노점에 막 쌓아놓고 싼값에 파는 그런 책. 이름 모를 작은 출판사에서 낸 책이었는데, 예수, 마호메트, 아인슈타인, 마틴 루터 킹, 바흐, 셰익스피어, 소크라테스, 공자 같은 인물들을 소개하고 있었어요. 저는 친구랑 그들이 역사에서 차지하는 위치가 얼마나 신뢰할 만한 것인지에 대해 얘기를 나눴죠.

예수와 공자를 포함해서 인류에 영향을 미친 위인들은 많죠. 하지만 그들을 비교, 평가하는 것이 가능할까요? 제가 본 그 책은 마호메트를 예수 앞에 놓고 있었는데, 그 이유가 예수는 사도 바울의 힘을 빌렸지만, 마호메트는 혼자 힘으로 신앙을 전파했기 때문이라는 거였어요. 정말 웃겨 죽는 줄 알았어요. 어떻게 그런 식으로 점수를 매길 수 있죠? 셰익스피어와 공자가 어떻게 비교 가능하다는 거죠?

제가 무슨 말을 하고 싶은지 이제 아시겠죠. 제가 만약 엄마의 질문에 한 사람의 이름, 하나의 조직을 댄다면 저는 바로 이 '비교'의 오류를 범하게 되는 거예요. 각기 다른 시공간의 역사와 환경에 영향을 미친 그들을 어떻게 비교, 평가할 수 있겠어요. 게다가 제가 아예 그 존재조차 모르는 위인들이 세계사에 얼마나 많겠어요.

그래요, 굳이 말하자면 '비틀스'를 꼽을게요. 그러면 엄마는 이내 반박하겠죠. "바흐가 없었다면 비틀스도 없어!" 제가 바흐를 언급하면 엄마는 또 말하겠죠. "바르톨로메오 크리스토포리Bartolomeo Cristofori가 피아노를 발명하지 않았다면 바흐가 어떻게 있을 수 있었겠니!"

엄마, 그래도 제 답에 만족하지 못하고 한두 사람을 꼭 꼽으라고 하면, 어쩔 수 없죠, 말할게요. 저는 정말로 엄마와 아빠를 '존경'해요. 두 분은 저 같은 아들을 참아주시니까요. 두 분께 허리 굽혀 경의를 표해요.

질문2) 넌 '자유파'니 '보수파'니? 아니면 '뭐든 상관없다'는 시민이니?

저 자신은 '자유파'라고 생각해요. 하지만 좌파니 우파니 하는 정치적 꼬리표와 그 스펙트럼은 상대적인 거 아닌가요.

선거 때마다 독일의 한 방송국에서는 인터넷 설문조사를 해요. 수많은 질문에 찬반 선택을 하면 그에 따라 점수를 내서 '보수파'에 속하는지 '자유파'에 속하는지 분석해주죠. 저는 매번 독일 자유당 쪽이더라고요. 하지만 독일 자유당에 대한 제 지지도는 언제나 60점을 넘지 못해요. 무슨 말이냐면, 전체적으로는 자유주의 쪽이지만, 자유당이 내세우는 수많은 정책들 중에서 찬성할 수 없는 것들이 항상 40%를 왔다갔다한다는 거죠.

정치경제에 대한 자유당파의 입장은 지지해요. 간단히 말해 경제적으로는 자유시장제를, 정치적으로는 작은 정부와 큰 국민, 시민사회의 절대권력을 지지하죠. 하지만 이런저런 사회 문제에 대한 자유당파의 태도에는 강력히 반대해요. 여성의 낙태권과 사형, 그리고 환경보호정책 같은 것들 말예요. 이런 문제들은 자유주의자들은 그다지 중시하지 않지만, 저한테는 중요해요. 그래서 저는 정치경제와 관해서는 자유주의에 속하지만, 사회 문제들 앞에서는 좀더 급진적이죠.

정당에 투표할 때, 많은 사람들은 습관적으로 특정 당에 표를 던져요. '당성黨性'이라는 게 있잖아요. 하지만 저는 각각의 문제에 각 정당이 임하는 태도와 그들이 제시하는 정책을 하나하나 따져봐요. 그래서 투표 때마다 제 선택은 달라지죠. 그러니 저는 자유파라고도, 보수파라고도, 또 사회주의자라고도 할 수 있어요. 왜 그렇게 변덕스럽냐고 하실 수도 있지만, 그렇다고 저는 '뭐든 상관없다'는 부류는 절대 아니에요. 민주주의사회에서 살아가면서 '참여'와 '관심'은 시민이 마땅히 가져야 할 기본적 태도니까요.

질문3) 배신이라 할 만한 일을 겪은 적이 있니? 있다면 언제?

제 유년은 행복하고 즐거운 추억들로 가득해요. 어렸을 때부터 저는 서로 신뢰하고 의지하는 좋은 친구들과 함께 자랐어요. 그건 어쩌면 제가 자란 환경이나 계급과도 관련이 있겠죠. 그 아이들은 기본적으로 솔직하고 열려 있는데다 다른 사람을 신뢰해요. 한마을에서 자랐고, 유치원부터 초등학교, 중고등학교를 같이 다니고 함께 졸업했어요. 서로의 모든 것을 너무나 잘 아는 친구들이죠.

저는 친구에게 배신당한 적이 한 번도 없어요.

엄마가 묻고 싶었던 건 그런 거겠죠. '배신'을 당한 적이 있다면 그때 어떻게 대처했는지, 반격하고 보복했는지 아니면 그저 마음을 다치고 말았는지, 혹시 여자친구가 배신을 하면 어떻게 할 건지……

모르겠어요. 아마 그래도 용서하고 잊어버리고 말겠죠?

질문4) 앞으로 뭘 하고 싶니?

여러 가능성이 있겠죠. 엄마에게 저의 10대 희망 직업을 알려드릴
게요.

10. 《GQ》의 자유기고가—미녀, 미주美酒, 첨단 패션

9. 프로 축구선수—미녀, 축구, 상한 몸과 거금

8. 세계적인 패션모델—미녀, 미주, 미식

7. 영화배우—미녀, 미주, 열성 팬

6. 떠돌이—미녀도 미주도 미식도 팬도 없지만 전 세계가 눈앞에
활짝 펼쳐짐

5. 엄마 아들—미녀도 미주도 미식도 팬도 없고 무료해 죽음

4. 배트맨—미녀, 나쁜 놈, 기상천외한 허리띠

3. 007—미녀, 미주, 미식, 넘치는 쿨함

2. 카우보이—브로크백 마운틴Brokeback Mountain, 미녀는 없지만
미주는 넘쳐나고 전 세계가 눈앞에 활짝 펼쳐짐

1. 우주 카우보이—상상해봐요!

어때요? 이 정도면 세상의 엄마들이 가장 듣고 싶어하는 '성공한
아들의 희망 직업'인가요?

질문5) 너는 무엇을 가장 동정하니?

이 질문 재밌어요.

자신을 표현할 줄 모르는 사람요. 가난 때문이든 자유롭지 못해서든 아니면 마음을 닫아버려서든 자신을 표현할 줄 모르는 사람을 저는 가장 동정해요.

왜 그렇게 답하느냐고요? 왜냐하면, 인생의 가장 중요한 '목적'은 ―감히 이렇게 말해도 된다면― 자기표현이라고 생각하니까요.

세상에는 온갖 악한 것들이 판을 치고 있어요. 어느 누구를 동정해야 할지 모를 정도로 사악하죠. 굶주리는 아프리카의 아이들? 억압당하는 이슬람의 여성들? 사악한 정권에 의해 갇혀 있는 저항자? 이들에게는 공통된 특징이 있어요. 자신의 꿈을 추구할 수 없고, 자기 생각을 표현할 수 없고, 자신이 바라는 생을 살 수 없다는 거요. 가장 중요한 건 자기표현의 권리를 박탈당한 거죠.

저는 이들을 마음 깊이 동정해요. 하지만 저는 또 이렇게 자백할 수밖에 없어요. 기승을 부리는 사회악과 다반사로 일어나는 재난 앞에서 저는 무감각하게 살아가요. 그런 자신을 발견하면 죄책감이 들죠. 피자를 먹으며 텔레비전 뉴스를 보고 있다고 해봐요. 텔레비전 화면에 굶주린 아프리카의 아이가 나오는 거예요. 다섯 살쯤 되어 보이는 아이의 배는 북처럼 불룩하게 부풀어올랐고, 눈 주위로는 파리떼가 윙윙거리며 들러붙고 있어요―아프리카의 아이들을 이런 식으로 말하는 것은 '정치적으로 상당히 올바르지' 않아요. 하지만 제가 '정치적 올바름' 따위에는 관심 없다는 거, 엄마도 아시니까요.

엄마라면, 기름기로 번들거리는 피자를 계속해서 먹을 수 있을까요? 아니면 섬뜩한 광경과 구역질나는 죄책감에 텔레비전을 아예 꺼 버리나요?

저는 곧장 텔레비전을 꺼버리는 바로 그런 인간이에요.

악이 만연하고 고통이 아우성치는 이 세계에서 언제나 변함없이 동정할 수 있다면 그건 타고난 자질일 거예요.

질문6) 너, 최근에 진짜 고통스럽게 울어본 적은 언제니?

운 적 없어요. 다 큰 남자아이는 울지 않아요, 엄마.

그럼, 엄마, 이제 제가 엄마한테 물을 차례예요.

질문1) 엄마는 '늙음'을 어떻게 받아들이나요? 유명한 작가로서, 서서히 예순으로 접어들면서…… 인생의 끝에 뭐가 있는지 생각하실 텐데요.

질문2) 늘 플래시 세례를 받는 사람으로서, 사람들이 엄마를 어떻게 기억해주길 바라세요? 그러니까, 사후에요. 특히 엄마의 독자들과 엄마 국가의 사람들, 그리고 저에게요.

질문3) 인생에서 가장 번뇌스럽고 가장 후회스러운 한 가지는요? 다시 원점으로 되돌렸으면 하는 일이나 결정이 있나요?

질문4) 최근 나를 호되게 패줬으면 싶었던 적이 있다면 언제, 무슨 일이었어요?

질문5) 엄마에 대한 다른 사람들의 기대에 어떻게 부응하나요? 사람들은 늘 엄마의 말과 글에서 지혜롭고 의미 있는 엄마만의 깊은 사유를 발견하길 바라잖아요. 하지만 엄마도 '하늘이시여, 저도 모르겠어요. 정말 모르겠다고요' 뭐 그런 마음이 될 때도, 또 장난치며 막무가내로 굴고 싶을 때도 있을 거잖아요. 엄마만의 사상과 지혜를 바라는 사람들의 기대에 어떻게 대처하는지 알고 싶어요.

질문6) 세상에서 누구를 가장 존경하나요? 유명하지 않은 사람과 유명한 사람을 한 사람씩 말해주세요.

질문7) 타임머신을 타고 다른 시공간으로 갈 수 있다면 어디로 가고 싶은가요? 미래? 아니면 과거? 왜요?

질문8) 엄마가 두려워하는 건 뭐죠?

안드레아가
2006. 09. 20.

하마의 이를 닦아주다

사랑하는 안드레아,

'앞으로 뭘 하고 싶니?'라는 질문에는 대답할 가치조차 못 느끼는 모양이구나. 딴소리만 잔뜩 늘어놓는 걸 보니.

너희 세대는 미래에 대해 자신만만한 걸까? 그래서 젊었을 때의 우리처럼 살 필요가 없다고 여기는 거니? 우리는 살얼음 위를 걷듯 전전긍긍, 성실하게만 살았거든. 혹시 오히려 미래에 대해 너무 두렵고 자신이 없어서 부러 거들먹거리고 비꼬면서 엄마의 질문을 피하는 거니?

엄마가 보기에 너는 확실히 대범한 척하고 있어. 오늘날의 젊은이들이 미래에 대해 대범할 수 있을까? 프랑스 젊은이들이 거리로 뛰쳐나와 구호를 외치는 화면이 전파를 타자 전 세계가 깜짝 놀랐지. 그건 1960년대 젊은이들이 꽃다발과 기타를 안고 거리로 나와 노래하며 외쳤던, 낭만적인 이상과 혁명을 위한 것이 아니었어. 그건 그저 자신의 현실에 대한 고뇌와 미래에 대한 불안에서 비롯된 발버둥이었지. UN이 2005년에 발표한 청년실업률을 좀 봐.

홍콩의 15세~24세의 청년실업률은 9.7%, 타이완은 10.59%야. 정확한 수치는 알 수 없지만 중국은 대략 9%고. 네 연령대의 실업률이 평균실업률을 훨씬 웃돌지. 파리 일부 지역에서는 학교를 졸업한 뒤 일자리를 찾지 못하는 청년이 40%나 된다는구나.

여기에 청년자살률까지 생각한다면 아마 세상의 모든 부모가 좌불안석일 거야. 미국에서 자살은 이미 15세~24세 청년의 사망 원인 1위가 됐어. 타이완에서도 자살률이 높아지고 있어서, 우발사고 다음으로 사망 원인 2위야. 세계보건기구가 발표한 통계를 보면, 전 세계 삼분의 일의 국가에서 다른 세대보다 청년층의 자살률이 가장 높아. 핀란드와 아일랜드, 뉴질랜드가 청년자살률이 가장 높은 국가 1위에서 3위를 차지했지.

네가 내 질문에 아예 딴청을 피우는 게…… 스물한 살의 네가, 대학교에 다니고 있는 네가, 역시 현실에 부담을 느끼기 때문이니?

1970년대, 우리가 스물한 살이었을 때는 대부분의 국가들이 경제적으로 급성장하던 시기였어. 좁디좁은 진흙바닥에 발을 딛고 서 있으면서도 저 멀리 하늘을 바라보면 미래는 하늘만큼 땅만큼 크게 열려 있는 것 같았지. 뭐든 다 할 수 있을 것 같았어. 그리고 정말 그렇게 되었고. 우리 두 눈으로 똑똑히 보았지. 빈농의 아들이 대통령이 되고, 어부의 딸이 명의名醫가 되고, 국수 노점상의 아들이 국제변호사가 되고, 부두 노동자의 딸이 대학교수가 되고, 바나나 재배 농민의 아들이 첨단과학기술을 선도하는 CEO가 되는 것을 말이야. 물론 뜻을 이루지 못해 실의에 빠진 사람이 없었던 건 아니야. 그렇지만 우리는 어쨌든 '신데렐라'가 될 수 있었던 세대였어. 안드레아, 그때 우리는 호박이 금마차로 변해 덜커덩덜커덩 소리를 내며 달려나가는 것을 우리 눈으로 직접 보았어.

엄마 친구들만 해도 교수, 국회의원, 작가, 편집장, 변호사, 의사,

벨기에	21.5%
핀란드	21.8%
그리스	26.3%
폴란드	41%
스페인	27.7%
미국	12.4%
오스트레일리아	22.6%
프랑스	20.2%
이탈리아	27%
슬로바키아	32.9%
영국	12.3%
독일	10.1%

2005년 청년실업률

CEO, 과학자, 출판인 같은 사람들이 많지. 그들은 모두 사회에서 두
각을 드러내며 왕성하게 활동하고 있지. 한데, 많은 친구들이 마음속
깊숙한 곳에 작은 마을과 한 뼘 진흙땅을 품고 있어. 촌스럽고 비천
하고 소박한 고향 말이야. 겉으로는 치열하고 격렬하게 살아가지만,
속으로는 풋내 나고 유약했던 어린 시절, 그 순박했던 모습을 굉장히
애지중지하지.

이른바 이 사회의 '엘리트'들이 한날한시에 그 부모들을 국립극장
으로 초청해 공연을 관람한다면, 자식들의 손을 꼭 붙잡고 에메랄드
빛 조명 아래 레드 카펫 위를 비틀거리며 걸어오는 이들은 대부분 연

로한 바나나 재배 농민, 노점상, 어민, 노동자의 얼굴일 거야. 온갖 고생으로 얼룩진, 거칠고 투박한 얼굴들이겠지. 그분들은 낯설고 쑥스러워 안절부절못할 거야. 공연중에 불쑥 말을 꺼내거나 목소리가 높아지는 바람에 사람들의 눈총을 받기도 하겠지. 그분들은 옆자리에 앉은, 여유로워 보이는, 이 사회를 이끌어가는 자신만만한 중년의 자식들과는 다른 계급, 다른 세계의 사람들이야.

안드레아, 네 스무 살은 21세기 초에 시작되었지. 오늘날 미국의 청년들은 네 군데쯤 직장을 전전한 뒤에야 겨우 적성에 맞는 일자리를 찾는다고 해. '해방' 후의 동유럽, 구소련의 크고 작은 공화국의 청년들은 궁지에 몰린 상태야. 서유럽 선진국의 청년들은 자신의 일자리를 인도나 중국에 빼앗기지 않을까 걱정하지. 엄마가 스무 살이었던 그때보다 네가 스무 살이 된 지금 안드레아, 전 세계의 자살률은 60%나 늘었어.

문득, 디모가 생각나는구나.

안드레아, 디모 기억하니? 어렸을 때부터 그림 그리기를 좋아했던 디모는, 경쟁과 순위를 따지지 않는 자유로운 분위기의 독일 교육 시스템 속에서 번역을 공부하면서 열쇠 수리와 목공 일도 배웠지. 졸업 후 일자리를 구하지 못한 채 1년이 지나고, 다시 2년이 지나고 또 3년이 지났어. 이제 몇 년이나 지난 걸까? 정확하진 않지만, 처음 실업상태였을 때가 겨우 열여덟 살쯤이었는데, 올해 벌써 마흔하나가 됐어. 그런데 여전히 실업상태고, 그래서 어머니랑 같이 살아. 할 일이 없을 때는 거리 쪽 창가에 앉아 기린을 그려. 기린이 버스 천장을 뚫고 나가기도 하고 공항을 가로지르기도 해. 또 영화가 한창 상영되는 극장에 들어가기도 하고, 눈썹이 길고 긴 커다란 눈으로 세발자전거를 타는 어린아이를 뚫어지게 쳐다보기도 해. 기린은 입맛을 다시고 또 다시고 또 천천히 다시지.

직장이 없는 디모는 결혼도 하지 않았어. 당연히 아이도 없지. 디모 자신이 여전히 어린아이 같은 생활을 하지. 한데 디모의 어머니는 곧 여든이야.

엄마는, 나의 안드레아도 앞으로 디모처럼 되는 게 아닐지 걱정하지 않아도 될까?

솔직히 말하면…… 그래 맞아, 엄마도 걱정돼.

그날 밤 우리가 베란다에서 나누었던 이야기가 생각나는구나.

정말 아름다운 밤이었지. 안드레아, 세월이 더 많이 흘러 엄마가 완전히 노쇠한 뒤에, 그때도 아직 기억이 완전히 엄마를 떠나지 않는다면, 엄마는 그 밤을 기억할 거야. 별도 달도 없고 칠흑 같은 어둠만이 바다를 뒤덮고 있었지. 어둠 속에서 해안을 때리는 파도 소리가 바람과 함께 덮쳐왔어. 한차례 또 한차례, 거칠게 불어오는 바람에 목련의 넓은 잎사귀가 사각거렸지. 새벽 세시, 귀뚜라미 한 마리가, 천지간 혼자인 듯 고독하게 울기 시작했어.

네가 말했지.

"엄마, 한 가지 확실하게 해둘 게 있는데요, 그건 바로 엄마가 지극히 평범한 아들을 두었다는 거예요."

바다를 등지고 앉아 너는 담배에 불을 붙였어. 새벽 세시에.

내 중국인 친구가 그 모습을 봤다면―그러니까 네가 내 앞에서 담뱃불을 붙이는 모습 말야―믿을 수 없다는 눈으로 나를 쳐다봤을 거야. 아니 저저저, 저 녀석, 어떻게 엄마 앞에서 담배를 피울 수 있지? 그리고 너너너, 넌 또 어떻게 아들이 네 앞에서 담배를 피우게 내버려두는 거야? 그런 뜻으로 말이야.

엄마는 그 문제를 진지하게 생각해봤어.

엄마는 누구든 담배 피우는 게 싫어. 담배연기가 싫거든. 내 아들이 담배 피우는 건 더더욱 싫어. 폐암을 일으킬지도 모르잖아.

하지만 내 아들은 벌써 스물한 살, 독립적이고 자주적인 성인이지. 성인이라면 자신의 행동에 책임을 지는 것은 물론이고 잘못에 따른 대가도 치러야 해. 그 사실을 받아들이고 나면 이렇게 생각할 수밖에 없어. 저 아이가 담배를 피우겠다는데 내가 어떻게 '허락하지 않겠다'는 거지? 내가 무슨 권리로, 무슨 권위로 저 아이를 구속하지? 한 공간에 있는 사람을 좀더 배려해달라고, 그러니 실내에서는 담배를 피우지 말아달라고 부탁할 수는 있겠지. 저 아이가 실내에서 담배를 피우지 못하게 하는 것 외에 내가 무엇을 관리하고 통제할 수 있을까?

담뱃불을 붙이고 자세를 고쳐 앉은 다음 담배를 피우다가 시퍼런 가래를 내뱉는 네 모습에 엄마는 울화통이 터지는 줄 알았어. 당장이라도 네 입에서 담배를 빼앗아 바다에 던져버리고 싶었지. 하지만 속으로 다짐하고 다짐했어.

'안드레아 엄마, 제발 기억해. 네 앞에 앉아 있는 아이는 이미 성인이라고. 이 세상의 모든 다른 성인을 대하듯 저 아이를 대해야 해. 네 친구나 낯선 사람이 물고 있는 담배를 빼앗진 않잖아. 그러니 안드레아의 담배도 빼앗아서는 안 돼. 안드레아는 벌써 오래전부터 너의 '아이'가 아니야. 한 사람의 개인이자 '타인'이라고.'

엄마는 속으로 세 번 되뇌었어.

안드레아, 청년으로 성장하는 게 쉽지 않은 일이라는 건 잘 알아. 네가 자랄 때까지 너를 안아주고, 네게 젖을 물리고, 너를 보호했던 엄마도 이제 너를 '놓아주는' 법을 배우고 있어. 너를 한 사람의 '타인'으로 대할 수 있도록 말이야. 하지만 젠장, 그게 쉽지가 않아.

"네 어디가 '평범'해?" 내가 물었어. "'평범하다'는 게 무슨 뜻이야?"

"아마도 저는 틀림없이 엄마를 따라가지 못할 테고 아빠처럼도 못 될 거예요. 두 분은 다 박사학위를 가지고 있잖아요."

엄만 널 쳐다보았지. 그래, 안드레아, 엄마는 조금 놀랐어.

"그건 확실해요. 아빠가 이룬 것들은 물론이고 엄마가 이루어낸 것들도 저에겐 당연히 없을 거예요. 저는 지극히 평범한 사람이 되겠죠. 그만그만한 학력에, 그저 그런 직업, 돈도 별로 없을 테고, 명예도 마찬가지예요. 저는 그냥 보통 사람이겠죠."

너는 담배를 비벼껐어. 별도 달도 없이 파도 소리만 들리던 베란다에 순간 정적이 감돌았지.

잠시 후에 네가 말했어.

"실망하셨죠?"

파도 소리가 바람에 섞여 어느 것이 파도 소리고 어느 것이 바람 소린지 분간할 수가 없었어. 멀리 구름 속에서 답답하게 윙윙거리던 비행기 소리도 사라지고 없었고, 귀뚜라미 역시 잠든 것 같았어. 네 말소리가 가벼웠어. 그런 밤과 새벽에 우리의 영혼은 유난히 맑아지지. 한낮의 가식들로 뒤덮이기 전이니까.

너한테 뭐라고 했는지 기억이 안 나. 멋진 말로 실망하지 않았다고 했는지, 네가 무슨 일을 하든 널 사랑하니까 괜찮다고 했는지, 대수롭지 않게 너와 '평범함'에 대해 이야기했는지. 아니면 너는 절대로 평범하지 않다고, 아직 진정한 너 자신을 찾지 못했을 뿐이라고 진지하게 설득하려 했을까.

지금 기억이 안 나는 건 아마 그날 밤 포도주를 너무 많이 마셔서일 거야. 하지만 지금 엄마는 대답할 수 있어. 네가 '평범해서' '실망'했냐는 그 질문에 말이야.

엄마에게 가장 중요한 건, 안드레아, 네가 성공하고 못하고가 아니라 네가 행복한가 어떤가 하는 거야. 지금과 같은 생활구조에서 그래도 너를 즐겁게 할 수 있는 건 어떤 일들일까? 먼저 네가 의미를 부여할 수 있어야 하고, 다음으로 네 시간을 확보할 수 있어야 해. 네가 의미있는 일이라 생각할 수 있고, 또 그 일이 너를 옭아매어 일의 노예가 되지 않고도 충실히 살아갈 수 있다면 너는 비교적 즐거울 수 있을 거야. 돈과 명성이라면, 그것들이 즐거움을 주진 않지. 가령 말이야, 네가 지금 월스트리트의 어느 은행 매니저와, 사자와 하마를 돌보는 동물원의 관리원 중에서 하나를 선택할 수 있다고 쳐볼까. 그런데 너는 동물을 좋아하는 사람이야. 그렇다면 엄마는 절대, 은행 매니저가 더 성공한 삶이라고, 사자와 하마를 돌보는 관리원은 '평범'하다고 생각하지 않아. 매일같이 돈으로 환산되는 숫자들과 씨름하는 일보다 코끼리를 씻기고 하마의 이를 닦아주는 일이 훨씬 나아.

너에게 의미 있는 일을 할 때 너는 성취감을 느낄 거야. 네 일이 너를 구속하지 않고 네 생활을 빼앗지 않을 때 너는 존엄해질 수 있어.

그런 성취감과 자존감이 널 즐겁게 할 수 있을 거야.

네가 기린을 그리는 디모가 되지는 않을까 사실 엄마는 겁이 나. 디모가 돈이 없고 유명하지 않아서가 아니라 의미를 찾지 못해서야. 엄마는 네가 열심히 공부하길 원해. 네가 다른 사람보다 더 성공하길 원해서가 아니라, 네가 선택권을 가질 수 있게 되길 바라서야. 생계에 쫓겨 마지못해 하는 일이 아니라 의미 있고 여유 있는 일을 선택할 수 있도록 말이야.

돈과 명예를 남들과 비교하며 쫓기보다는 마음의 평안을 줄 수 있는 것을 추구한다면 '평범'이라는 단어는 의미가 없어져버려. '평범'하다는 건 남들과 비교했을 때 느끼는 감정이지만, 마음의 평안은 자기와 비교하는 것이지. 우리가 최종적으로 책임져야 할 대상은 안드레아, 멀고도 험한 이 길의 마지막 종착지는 역시 '자기 자신'이야. 네 앞 세대와 비교할 이유도 없고, 앞 세대의 바람에 너를 맞출 필요도 없어.

마찬가지야. 담배를 피우고 안 피우고는 너 자신이 판단해서 결정할 일이지.

엄마가

2006. 12. 01.

룽 선생님께,

저는 처음에 안드레아가, 당신이 만들어낸 가상의 인물인 줄 알았어요. 선생님 칼럼을 볼 때마다 안드레아의 '실재'를 의심하곤 했죠. 오늘도 예외는 아니었어요. 한데 이젠 그가 저보다 1년 늦은 1985년에 태어나 지금은 대학교에 다니고 있는, 실제 인물이라는 걸 어느 정도는 믿어요.

안드레아가 집에 대해 이야기했을 때, 저는 곧장 공감할 수 있었어요.

저는 지금 대학교 4학년이에요. 졸업을 앞두고 있고, 취업 문제에 직면해 있죠. 이틀 전, 엄마가 전화를 하셨어요. 가정형편이 그리 어려운 것도 아니니 너무 조급해하지 말라고요—제가 돈을 벌어 가족을 부양해야 하는 건 아니라는 뜻이죠. 엄마 얘길 듣고 저는 북받쳐오는 눈물을 참을 수가 없었어요. 설날에 집에 갔을 때 엄마는 제 취업 때문에 걱정이 많으셨어요. 저는 미안해서 어쩔 줄을 몰랐죠. 제 취업 문제만 아니라면 가족들이 이렇게 걱정할 필요가 없을 테니까요. 하지만 엄마는 또 그렇게 말씀하셨어요. 부모가 자녀를 대신해 마음을 졸이는 것도 행복이라고, 자식을 대신해 걱정하지 않으면 누구를 위해 걱정하겠느냐고요. 그래서 오늘 선생님이 "안드레아, 엄마에게 가장 중요한 것은 네가 성공하느냐가 아니라 네가 즐거운가야"라고 쓰신 글을 읽고 엄마를 더욱 이해하게 되었어요. 그동안 저는 늘 어떻게 출세할 수 있을지, 어떻게 부모님에게 효도할 수 있을지만 생각해왔거든요. 그런데 오늘에야 깨달았어요. 저 자신이 즐겁게, 행복하게 지내는 것이 곧 부모님을 행복하게 해드리는 일이라는 것을요.

오늘날, 중국 대학생들의 취업 문제는 굉장히 심각해요. 일자리가 아예 없는 건 아니에요. 다만 우리가 만족할 만한 일자리가 아닌 거죠. 하지만 저를 포함해 많은 친구들이 일자리만 주어지면 열심히 일할 거예요. 그 일이 내가 정말 좋아하는 일인지, 나에게 정말 어울리는 일인지 모두 따지기는 힘들어요. 우리는 가족들을 책임져야 하고, 부모님들이 그랬던 것처럼 잘 참아낼 줄도 아니까요.

물론 모두가 이런 상황인 건 아니에요. 가정형편이 좋은 친구들은 이런 고민은 하지 않을 테죠. 우리와 같은 생각은 하지 못할 거예요—이렇게 말하고 보니 조금 무책임한 것도 같네요. 제가 본 한두 친구들 예만 가지고 얘기한 셈이니까요. 분명 가정형편이 좋은 친구들 중에서도 자기 역할과 책임을 적극적으로 해내려는 이들도 많을 거예요.

선생님이 〈나는 이렇게 광저우를 알게 됐다〉라는 글에서 묘사한 것처럼, 작업복을 입은 노동자들에겐 앞이 보이지 않죠. 임금은 매우 낮고요. 중국의 상황은 아주 복잡해요. 다른 나라들 역시 중국이 직면한 이런 문제들이 있는지 알고 싶어요.

오늘은 여기까지 쓸게요. 그다음에 무슨 얘길 해야 할지 잘 모르겠어요.

S·Y

룽 교수님, 안드레아,

저는 홍콩 사람입니다. 지금은 미국의 한 대학교에서 경제학을 가르치고 있어요. 서른몇 살은 아주 난감한 나이예요. 새벽 세시처럼 너무 이르거나 너무 늦어서 이러지도 저러지도 못하는 나이거든요.

저는 두 분의 편지를 굉장히 좋아합니다. 편지 하나하나가 마치 저를 위해 쓴 것만 같아요.

어제는 어머니의 전화를 받았습니다. 첫 마디가 이랬죠.

"아들, 내 연봉 400만 위안은 어디 갔어?"

400만 위안은 골드만 삭스Goldman Sachs의 올해 연봉이에요. 어머니는 물론 농담을 하신 거죠. 제가 학위를 막 마쳤을 때 골드만 삭스에서 스카우트 제의가 들어왔었거든요. 저는 거절했습니다. 공부하고 연구하는 것이 정말로 제가 좋아하는 일이라고 생각했거든요. 제 분야에서 연구자로 이름을 날리고 싶었고, 또 언젠가는 홍콩을 위해 크게 공헌할 것이라는 꿈도 있었고요. 어머니의 농담은 그래서 나온 것이었어요.

저는 알고 있습니다. 어머니는 그저 저를 놀리는 것일 뿐, 저를 자랑스럽게 여기고 있다는 걸요. 그런데 정작 저는 돈에 연연할 때가 있습니다. 지금의 저는 학교에서 아이들을 가르치는 평범한 선생인데다, 미혼에, 매일같이 논문을 쓰느라 허덕이죠. 학교는 명망이 있지만 제 선택이 올바른 것일까요?

저는 모르겠습니다.

미국에서 K가

엄마 룽잉타이에게,

안드레아의 흡연 문제를 언급한 당신의 글을 보고, 수년 전 제 두 아들과 함께 담배를 피우던 장면이 떠오르더군요. 그날은 봄이 막 여름에게 계절을 내주려는, 그런 맑고 화창한 날이었습니다. 그날 아침 저는 앞뜰에서, 누군가 지나가다 함부로 버린 담뱃갑 하나를 주웠습니다. 그대로 쓰레기통에 버리려다 안에 아직 온전한 담배 한 개비가 있는 것을 보았죠. 저는 옆에서 장난치며 놀고 있던 네 살, 다섯 살 두 아들에게 불쑥 말했습니다.

"이 안에 담배 한 개비가 남아 있어. 우리 한번 피워보자."

두 아들이 눈을 반짝였습니다. 성냥갑을 찾아와 우리 셋은 나란히 대문 계단참에 앉았습니다. 마치 뒷골목 크고 작은 불량배들이 올망졸망 모여 담배연기를 내뿜으며 거드름을 피우는, 그런 영화의 한 장면에서처럼 말이에요.

성냥 네댓 개를 써가며 담배에 불을 붙이고, 담배연기에 몇 차례 사레들리고, 야단법석을 떨다 겨우 한 모금을 빨아들였습니다. 저는 옆에 앉아 간절히 바라보던 큰아들에게 담배를 넘겼죠.

"힘껏 빨아들여야 해. 안 그러면 담뱃불이 꺼져서 다시 붙여야 하니까."

큰놈은 있는 힘껏 빨아들이더니 곧장 콜록거리며 숨을 헐떡였죠.

"동생도 피우게 해줘."

옆에서 눈이 빠지게 기다리던 작은아들 역시 긴장 반 흥분 반으로 담배를 받아 세차게 빨더니 곧장 콜록콜록 기침을 하더군요.

아이들이 잠시 고삐를 늦추려 할 때마다 저는 불이 꺼지면 처음부터 다시 해야 한다고 다그쳤죠. 담배가 서너 번 돌자 두 아들은 그만두고 싶어했어요.

"구역질나요."

제가 말했죠.

"끝까지 다 피우지도 않고 버리면 아깝잖아. 이렇게 많이 남았는데. 자자자, 다시 피우자. 네 차례야."

결국 두 놈은 완강히 거부하며 도망가버리더군요.

저녁에 남편이 돌아와 아침에 담배를 주워 피웠던 일을 얘기해주는데, 두 녀석이 갑자기 아빠에게 난처한 질문을 던졌어요. 전혀 예상치 못한 일이었죠.

"아빠는 진짜 멍청해요. 어떻게 담배를 좋아할 수 있어요?"

한때 남편은 10년이나 담배를 피웠거든요.

사랑스러운 제 두 아들이 이 잊지 못할 '즐거운' 흡연을 경험한 지 어느새 30여 년이 흘렀습니다. 그후로 두 아들이 담배를 피우며 연기를 내뿜는 모습은 한 번도 보지 못했어요. 제 이 '야인헌폭野人献曝'* 의 글이 17년이나 늦게 도착했네요. 사랑스러운 안드레아는 이미 스물한 살이니 이 '재래식 금연 처치'는 어쩌면 당신 미래의 며느리에게 참고가 될지도 모르겠어요.

저는 당신과 안드레아가 주고받는 편지들, 그리고 당신의 모든 글들을 빼놓지 않고 읽고 있어요. 늘 오매불망 기다리죠. 특히 안드레아의 편지를요. (질투하지

• '촌사람이 따뜻한 햇볕을 바친다'라는 뜻으로, 송나라의 한 농부가 웃통을 벗어던지고 봄날의 따스한 햇볕을 쬐면서, 아내에게 사람들이 이 따스함을 모르는데, 이를 나라님에게 바치면 후한 상을 내릴 거라 한 데서 나온 말이다. 《열자·양주列子·楊朱》에 나오는 고사에서 유래한 이 말은 '소박한 성의' 혹은 '미약한 공헌'을 뜻한다.

마세요.) 이렇게 참을성 있게 엄마와 긴 글로 토론을 하는 아들은 정말이지 흔치 않습니다. 룽잉타이 당신은 두 손 모아 하늘에 감사라도 해야 할 거예요. 아들의 고등학교 졸업을 앞두고 과 선택에 대해 제 의견을 말했더니 아들놈이 제 어깨를 두드리며 웃더군요.

"엄마, 엄마는 엄마의 인생을 살아요. 저는 제 인생을 살게요. 우리 그러자고요."

아이들 하나하나가 곧 한 권의 '경經'인 것 같습니다. 엄마가 평생 두 손 받들고 읽어야 할…… 이 경을 잘 읽어낼 수 있을지 그렇지 않은지는 모두 엄마의 인내와 사랑, 운에 달려 있습니다. '연'은 손을 놓으면 날아가버리지만, 이 경은 늘 엄마의 손안에 있어서, 계속 읽어나가야 하고, 계속 마음을 써야 합니다. 엄마로 살아가는 우리가 서로 격려하고, 각자 건강을 챙기고, 언제나 용기를 잃지 않았으면 합니다.

미국에서 마리馬力가

엄마 룽잉타이와 안드레아에게,

저는 그전에는 독자 편지를 써본 적이 없습니다. 하지만 두 분의 편지는 정말이지 감동적입니다. 앞부분만 읽어도 바로 느낌이 오죠. 제가 룽잉타이 당신의 나이가 되면 제 큰아들은 열여섯 살이 됩니다. 그때 제가 아이와 이처럼 솔직담백한 대화를 할 수 있을까요? 최근 우등반 시험에 떨어진 큰아들이 울며 말하더군요.

"저는 그냥 보통 사람인 걸까요?"

안드레아, 당신이 평범한 사람이 된다고 해서 어머니가 실망할까요? 편지를 읽다가 문득 제 아들이 생각나더군요.

사실 더 마음이 쓰이는 건 올해 일곱 살인 둘째아들입니다. 며칠 전 저녁식탁에서 아이가 불쑥 그러더군요.

"인생은 아무 의미가 없어요. 영원히 반복되니까요."

너무나 '실존주의'적이죠. 그날 저녁 저는 침대에서 결국 울음을 터트렸습니다.

중국인들은, 아이가 너무나 조숙하면 하늘이 질투할 거라고 생각하잖아요.

안드레아, 당신은 엄마의 마음을 이해할 수 있나요? 저는 솔직히 아이가 너무 똑똑하고 뛰어난 것도 두려워요. 그저 아이가 아무 일 없이 평온한 나날을 보냈으면 좋겠어요. 이래도 걱정 저래도 걱정, 끝이 없네요…… 안드레아, 당신은 세심하고 생각이 깊은 사람이에요. 제 아이들도 당신처럼 삶에 대해 깊이 성찰하고, 엄마와 소통해준다면 저는 너무너무 자랑스러울 것 같아요. 당신들을 축복합니다.

미국에서 JK가

두번째 눈물

사랑하는 안드레아,

안드레아, 혹시 모스타르Mostar라는 도시를 아니? 아마 잘 모를 거야. 보스니아 내전이 발발한 후 이 도시 이름이 매일같이 국제 뉴스에 오르내릴 때, 너는 겨우 일곱 살이었으니까. 3년간 계속된 이 전쟁으로 10만 명이 목숨을 잃었어. 전쟁이 끝나도 갈기갈기 찢어진 마음의 상처는 쉽게 아물지 않지. 닭 우는 소리, 개 짖는 소리까지 공유하며 이웃으로 지내던 사람들이 하루아침에 서로를 죽이고 노략질하고 강간하는 적으로 돌변했었어. 공동묘지가 되어버린 폐허를 뒤져 사람들은 가족의 유골을 찾아냈지. 이 끔찍한 경험들이 어떻게 잊히겠니? 21세기를 코앞에 두고, 그것도 오랜 문명과 문화를 자랑하는 유럽에서, 어떻게 민족 문제를 두고 잔인하게 서로를 죽이는 원시적인 원한전쟁이 가능했을까. 당시 많은 사람들이 의아해했지.

그전에 이미 문명이 크게 후퇴하는 두 사건—12년간의 나치와 10년간의 문화대혁명—을 겪은 터라 사실 엄마는 보스니아 민족분쟁 때는 크게 놀라지는 않았어. 엄마는 생각했지. 전쟁이 휩쓸고 지나간 뒤에도 태양은 여전히 찬란하게 떠오르고, 같은 사람들이, 같은 땅에서 살아갈 텐데, 그 땅의 어른들은 어떻게 다시 눈을 들어 서로를 바라볼 것이며 아이들은 또 어떻게 같은 학교에서 수업을 받고,

노래를 부르며 놀 수 있을까 하고 말이야.

이 의혹에 대한 답은 나중에 '공표'되었어. 1995년, 네가 열 살이
된 그해에 평화협정이 체결됐지. 하지만 모스타르라는 도시는 결국
둘로 나누어졌어. 원래 그곳에 살던 세르비아인들은 쫓겨나고 도시
중앙의 광장을 중심으로 가톨릭교도인 크로아티아인들은 서쪽에, 이
슬람교도인 보스니아인은 동쪽에 살게 되었지. 민족에 따라 사람들은
각기 다른 시장에서 아침 장을 봤고, 아이들도 각기 다른 학교에 다녔
어. 우연히라도 길에서 마주칠까 피해 다녔고, 저녁에는 자기 민족의
텔레비전 채널을 시청했어. 광장을 중심으로 나누어진 두 세계에서
그대로 늙어 죽을 때까지 서로 왕래하지 않을 듯했지. 그래서 엄마는
정말 놀랐었어. 모스타르 사람들이 그 중앙 광장에 리샤오룽李小龍 동
상을 세운다는 소식을 듣고 말이야. 리샤오룽이 보스니아와 무슨 관
계가 있지?

한 현지 작가가 머리를 쥐어짰던 모양이야. 광장을 중심으로 동서
로 나누어진 사람들이 다시 대화의 물꼬를 트려면, 그래서 다시 도시
가 정상적으로 돌아갈 수 있게 하려면 어떻게 해야 할지 말이야. 그
는 일단 가톨릭과 이슬람 모두에게 사랑받고 존경받는 인물을 찾아
냈어. 그러고는 모스타르의 한 예술가에게 부탁해 그의 동상을 만들
어 광장 중앙에 세운 거지. 이 인물이 불러일으키는 집단적 기억과
정서를 통해 도시 양쪽 사람들의 꽁꽁 언 마음을 서서히 녹이고 서로
에게 손을 내밀게 하겠다는 거였어. 그 인물이 바로 리샤오룽이었던
거지. 그즈음 보스니아인들의 유년 시절엔 가톨릭이든 이슬람이든
리샤오룽에 대한 추억이 많았나봐. 게다가 그는 보스니아인들의 마

음속에 '충성'과 '우애' '정의' 같은 아름다운 가치를 대표하는 사람으로 자리잡고 있었지. 제막식 때 그들은, 같은 추억을 공유하고 있는 리샤오룽에 대한 사랑을 통해 보스니아인들이 서로 화해하길 바란다고, 또 이후에 누군가 '모스타르'라는 도시를 떠올릴 때면, 무시무시한 학살의 현장이나 공동묘지가 된 폐허의 도시가 아니라, 광장에 서 있는 세계 최초의 리샤오룽 상을 먼저 떠올릴 수 있게 되기를 바란다고 했어.

이거야말로 공공예술인 거지. 리샤오룽 상은 도시의 한가운데 우뚝 서 있어. 안드레아, 너는 언젠가 그렇게 물었지.

"벽에 걸린 목각 천사가 예술일까요, 키치일까요?"

이번엔 엄마가 한번 물어볼게. 모스타르에 세워져 있는 리샤오룽 상은 예술이니, 키치니?

그러고 보니 비슷한 고민을 하게 만들었던 또다른 경험이 떠오르네. 작년에 뮤지컬 〈사운드 오브 뮤직Sound of Music〉 같이 보러 갔던 것 기억하지? 그 뮤지컬은 홍콩에서는 '신선의 노래가 곳곳에서 울려퍼지네'라는 제목으로, 타이완에서는 '진선미眞善美'라는 제목으로 번역되었어. 전 세계적으로 유명한 그 뮤지컬은 아시아에서도 큰 인기를 끌었지. 사람들의 입가에서 〈도레미〉가 떠나지 않았고 〈에델바이스〉도 누구나 흥얼거리는 노래가 되었어. 영국에서 그 뮤지컬이 어느 정도로 유행했는지 아니? 냉전 시절, 영국 정부의 '긴급 전시 조치에 관한 지침서'에 핵전쟁 발발 시에는 BBC에서 〈사운드 오브 뮤직〉의 음악을 틀어 '인심人心을 안정시킨다'는 규정이 있었을 정도였대.

그런데 말이야, 엄마는 줄곧 〈사운드 오브 뮤직〉이 '전 세계적으로'

유행했다고 알고 있었는데, 유럽에 와서야 그게 아니었다는 걸 알게 되었어. 독일의 근현대사와 함께 오스트리아를 배경으로 펼쳐지는 이 작품에 대해, 독일어권 세계의 사람들은 전혀 모르고 있더라고. 제목조차 들어본 적 없는 사람들이 대다수였지. 게다가 오스트리아 전통 민요인 줄 알았던 〈에델바이스〉도 오직 이 작품을 위해 새롭게 만들어진 창작곡이었고. 오스트리아인들은 당연히 들어본 적도 없는 노래였지. 하하, 엄마가 알고 있던 '전 세계'는 그저 '영어권'의 세계 였던 거야.

30년 전 영화로는 이미 보았고, 이번에 뮤지컬이 홍콩 무대를 찾았 지. 그래, 엄마는 보고 싶었어. 30년이 지난 지금도 여전히 그 작품을 좋아할지 어떨지 확인하고 싶었어. 그리고 또, 너와 필립이라는 두 독일 청년과 우리 집에 손님으로 와 있던 오스트리아 대학생 요한이 이 브로드웨이 뮤지컬을 어떻게 볼지도 정말 궁금했거든.

아트센터는 많은 사람들로 북적이고 있었지. 엄마 같은 중년의 부 모들이 아이들을 데리고 뮤지컬을 보러 왔었어. 너는 잘 몰랐을 거 야. 엄마가 그런 모습들을 눈여겨보고 있었던 걸 말야. 아마 그 부모 들의 마음속엔 아이들에게 말하지 않은 어떤 기대가 있었을 거야. 아 이들이 아주 조금이라도 엄마아빠를 이해해주기를 바라는 어떤 마 음 말이지. 부모가 어떤 영화에 감동하고 어떤 노래에 매혹되는지 아 이들이 알게 되면 두 세대는 아마 한 뼘쯤은 더 가까워질 거야. 그만 큼은 좀더 이해하고 받아들일 수 있을 테니까. 들뜬 마음에 공연장으 로 들어가기도 전에 벌써 익숙한 멜로디를 흥얼거리던 부모들은 막 이 올라가자 갑자기 이상하리만치 조용해졌어. 아이들은 이상하다는 듯 고개를 갸웃거렸지. 엄마아빠도 한때 소년이고 소녀였다는 사실을 처음으로 알게 되기라도 한 것처럼 말이야. 비지스Bee Gees와 브라더스 포Brothers Four의 콘서트에서도, 양산박梁山泊과 축영대祝英臺*의 무대에서도, 엄마는 세대와 세대 사이의 어떤 암호가, 보이지는 않지만 골목 안을 맴도는 꽃향기처럼 그렇게 서서히 풀려나가는 것을 보았어.

엄마는 너희 세 사람 뒤쪽에 앉아 있었고, 그래서 너희 머리 사이로 무대를 보고 있었지. 막이 오르자 우레와 같은 박수가 터져나왔지만, 너희는 밀가루포대처럼 꿈쩍도 하지 않았어. 노랫소리가 귓가에 울리고, 흥분한 관객들이 〈You are sixteen, going on seventeen〉을 따라 부르는데, 세 개의 밀가루포대는 고개가 아래로 떨어지더구나. 높낮이가 다른 음표들처럼 크고 작은 귀여운 아이들 일곱이 무대에 나타나자 홍콩의 관객들은 열화와 같은 박수로 화답했지만, 이제 아주 턱을 괴고 있던 너희는 곧 옆으로 쓰러질 듯한 모습이었어. 일곱 명의 아이들이 구령에 맞추어 제자리걷기를 할 때쯤 너희는 '골치가 아파' 더는 못 견디겠다는 듯했지. 무대 위에서 브로드웨이 식의 오스트리아 '가곡'을 부를 때 너희가 앓는 소리를 하는 걸 들은 것 같아. 필립이었는지 요한이었는지, 아무튼 조용히 내뱉더구나. "Oh, My God."

중간 휴식시간이 되자 너희 모두가 곧장 공연장을 나갔어. 왜 그러느냐고 엄마가 미처 입을 떼기도 전에 너희가 선수를 쳤지.

---

* 중국판 로미오와 줄리엣으로 불리는 사랑 이야기.

"우리 2막은 안 볼래요."

하지만 엄마도 가만있지 않았어.

"왜? 나치를 배경으로 한 내용이어서 불편한 거야?"

"그런 거 아니에요."

셋이서 이구동성으로 말했어. 그러고는 네가 말을 이었어.

"엄마, 설마 못 느끼는 건 아니겠죠? 이건 취향의 문제예요. 너무 달아서 도저히 삼킬 수가 없어요. 참을 수 없는 키치예요. 이런 예술을 우리가 어떻게 참아낼 수 있겠어요?"

오스트리아에서 온 요한은 옆에서 줄곧 고개를 끄덕였고, 필립이 덧붙였지.

"나가요, 나가."

그렇게 우리는 공연장을 빠져나왔어. 정말 비싼 표였는데, 솔직히 엄마는 좀 아까웠어.

그러니까 엄마가 네게 묻고 싶은 건 말이야, 안드레아. 네가 말하는 키치가 대체 어떤 거니? 네 아버지 세대의 독일인들이 벽에 걸어놓은 마리아나 목각으로 만든 천사는 예술이니, 키치니? 네 예술가친구가 전신주와 하수도를 찍어서 새롭게 작업한 그것은 예술이니, 키치니? 리샤오룽 동상이 용이 그려진 티셔츠와 함께 홍콩의 기념품점 앞에 잔뜩 진열돼 있다면 그건 아마 전형적인 키치로 보이겠지. 그렇다면 전후戰後 보스니아의 광장에 세워진 그 동상이 그 나라에서 역사적인 의미를 담고 민족의 상흔을 기억하는 매개체가 될 때, 그때도 그건 여전히 키치인 거니? 아니면 새로운 의미가 새겨지고 전혀 새로운 뜻을 담은 예술이 된 거니?

너희 세 녀석이 〈사운드 오브 뮤직〉에 보인 반응에 깜짝 놀라기도 했지만, 미국 뮤지컬이 왜 이제껏 유럽 대륙에서 성공하지 못했는지도 알겠더구나. 네 말을 빌리자면, 미국 뮤지컬은 '설탕'을 너무 많이 쳐서 지나치게 '달콤한' 거지. 더 깊이 생각해보면 단 것도 문제지만, 문화를 '지나치게 단순화'한 데 대한 반작용이 아닐까 싶어. 솔직히 엄마는 정말이지 한 번도 푸치니의 〈투란도트〉나 〈나비부인〉이 좋았던 적이 없거든. 그건 '너무 달아'서라기보다는, 동양의 문화를 지나치게 '단순하게' 그리고 있기 때문일 거야. 동양 문화권에서 살아가는 사람들에겐 그런 식의 '단순화'는 정말이지 받아들이기가 힘이 들어.

하버마스의 스승인 프랑크푸르트학파의 아도르노는 그렇게 말한 적이 있어. 키치는 가짜의 느낌을 꽉 움켜쥐고 오리지널리티를 희석해버리는 것이라고 말이야. 밀란 쿤데라의 말은 더욱 신랄하지.

"키치는 백발백중 두 방울의 감동적인 눈물을 흘리게 한다. 첫번째 눈물은 이렇게 말한다. 잔디밭을 뛰어가는 어린아이, 저들은 얼마나 아름다운지! 두번째 눈물은 이렇게 말한다. 잔디밭을 뛰어가는 어린아이를 보고 모든 인류와 더불어 감동하는 것은 얼마나 아름다운가! 키치가 키치다워지는 것은 오로지 이 두번째 눈물에 의해서다."•

풀밭에서 뛰어노는 어린아이의 머리카락이 바람에 흩날리며 한 올 한 올 햇빛에 반짝거리는, 그런 모습을 지켜보는 게 엄마는 너무 즐거워. 너와 필립이 어렸을 때 엄마는 글을 쓰다 고개를 들어 창밖을 내다보곤 했어. 너희 둘은 정원에서 오이를 심거나 귀뚜라미를 잡고

• 《참을 수 없는 존재의 가벼움》에서 — 원주

있었지. 그런 너희 모습을 보면서, 그 앳된 목소리를 들으면서 엄마는 아무 이유 없이 눈물이 흐르곤 했어. 나는 그야말로 키치의 화신化身인가봐. 다행스럽게도 밀란 쿤데라는 첫번째 눈물이 아니라 두번째 눈물이야말로 키치라고 말했지만.

엄마가

2007. 01. 24.

서른번째 편지

Kitsch

엄마,

힘겨운 한 학기를 마치고 저는 드디어 독일 집으로 돌아와 3주간의 겨울방학을 보냈어요. 집이란 언제나, 늘어질 대로 늘어지고 한없이 정신을 놓을 수 있는 안락한 곳이죠. 홍콩으로 돌아가기 전에 친구와 차를 몰아 뮌헨에 갔었어요. 거기서 학교에 다니는 루카스는 수업을 들으러 가고, 심심해진 저는 혼자 현대미술관을 돌아다녔죠. 마침 미술관에서는 '댄 플래빈Dan Flavin'이라는 예술가의 개인전이 열리고 있었어요.

사실 루카스가 미술관 따위는 절대 가지 말라고, 전시회가 하나같이 '지루하기 짝이 없다'고 했었거든요. 그래도 뭐 딱히 할 일도 없어서 들어갔는데, 두 시간이나 돌아다녔지만, 결국 루카스의 말만 확인하고 나왔어요. 정말 숨 막혀 죽는 줄 알았어요.

작품들은 열 개의 전시실에 나뉘어 있었는데, 전시실마다 형형색색 다양한 모양의 네온사인관들로 잔뜩 채워져 있었어요. 처음에 전시실에 들어갔을 땐 그 네온사인들이 다른 작품들을 위한 장치인 줄 알았는데, 그게 아니었어요. 전시실 안에는 그 네온사인 말고는 아무것도 없었어요. 그 네온사인이 바로 작품이었던 거죠. 붉고 푸르고 흰 네온사인들이 어찌나 환한지 눈이 부셔서 제대로 눈을 뜰 수 없을 지경이었죠. 다음 전시실까지는 벽을 더듬어 가야 할 정도였어요. 전시실 벽마다 길고 짧은 네온사인이 걸려 있었죠. 복도마저 빨갛고 파란 등들 차지였고요. 난사되는 빛줄기들 속에서 막 정중앙의 전시실 쪽으로 다가갔어요. 그런데 거기는 다른 전시실과 완전히 격리되어 있더라고요. 순간 호기심이 일었죠. 안으로 들어가보니, 세상에, 거기에 뭐가 있었는 줄 아세요? 어두컴컴한 '검은 등'이 방 전체를 뒤덮고 있었어요. 란콰이펑의 술집에나 달려 있을 법한 그런 조명이 은은한 어둠을 만들어내고 있었죠. 그게 다였어요. 그것 말곤 아무것도 없었어요.

미술관을 빠져나온 뒤 예술적인 영감을 받았다거나, 제 영혼이 '흔들렸다'거나 하는 느낌은 전혀 없었어요. 예술은 그것을 '보는 눈'에 따라 달라진다고 하죠. 맞아요. 제 '눈'은 사방으로 난사되는 빛에 어찌나 시달렸는지 눈만 감으면 진짜 그것들이 다시 보이더라고요. 진짜 '보는 눈'이 생겨버렸다니까요!

엄마는 모스타르에 세워진 리샤오룽 동상이 예술인지 키치인지 물었죠. 거꾸로 엄마한테 물어볼게요. 리샤오룽 동상과 뮌헨 현대미술관의 그 전시 중에 어느 쪽이 예술인가요? 그 많은 네온사인들을 최고의 미술관에 공식적으로 그렇게 전시해놓았으니 그건 '예술'이 맞겠죠? 하지만 그 전시를 보고 저는 눈이 따갑고 머리가 아프기만 했어요. 리샤오룽 동상은 도금한 것이라고 했죠. 한데 그렇다고 그게 키치인가요? 그 동상에 감화되어 상대를 치려고 뻗었던 손을 거꾸로 악수하는 손으로 바꾼다면 그거야말로 예술이 아닌가요?

엄마, 〈사운드 오브 뮤직〉이라면 맙소사, 당연히 기억하죠. 뮤지컬에는 워낙 관심도 없지만 '신선의 노래가 곳곳에서 울려퍼지네'든 '진선미'든 그 뮤지컬은 독일에 있을 때는 들어본 적도 없었어요. 우리가 중간 휴식시간에 공연장을 떠나려고 고집을 부렸던 건, 진심으로 참을 수 없어서였어요. 오스트리아의 '전통 의상'을 입은 배우들이 나타나 '민간 가곡'을 부르더니 또 '민요'라며 〈에델바이스〉를 부르고는, 급기야는 나치까지 등장하더군요. 더는 못 참겠더라고요. 한계에 도달했죠. 엄마가 '왜'냐고 물었던 거 저도 기억나요. 우리가 뭐라고 대답했는지도 떠오르고요.

"한 사람이 받아들일 수 있는 키치의 양에는 한계가 있다고요! 이 브로드웨이 뮤지컬은 독일과 오스트리아에 대한 고정관념을 최대한으로 이용한 것도 모자라 미친 듯이 '설탕'까지 쳐대요. 정말 '느끼해' 죽을 것 같아요!"

엄마도 아주 이해 못하진 않을 거예요. 엄마, 생각해보세요. 중국인을 연기하는 배우들이 무대에 섰어요. 삿갓을 쓰고, 염소수염도 두 가닥 붙이고요. 그러고는 바짓단을 둘둘 말아올린 채 논 한가운데 서서 솰라솰라 뭐라고 노래를 불러요. 미국인들 귀에는 중국 노래처럼 들리겠죠. 엄마라면 무려 두 시간이나 이런 공연을 보고 있을 수 있겠어요? 중간에 자리를 박차고 나가지 않는다고 장담할 수 있어요?

예술과 키치의 경계는 확실히 모호해요. 제가 무슨 자격으로 그걸 판단하겠어요. 그만할게요. 구렁이 담 넘어가듯 둘러대지 않을게요. 그래요, 타협할게요. 제가 생각하는 '키치 Top 10'을 속 시원히 공개할게요.

1. 뮤지컬 〈사운드 오브 뮤직〉. 이 뮤지컬은 절대 다시 안 볼 거예요.

2. 자기로 만든 인물상. 특히 날개 달린 천사요.

3. (아시아에 온 뒤부터) 마오 주석과 관련된 제품들. 붉은 별이 달린 군모와 '인민을 위해 복무하라'고 쓰인 책가방, 특히 마오 주석의 팔뚝을 시곗바늘로 만든 각종 시계요.

4. '애국'을 상징하는 모든 것. 특히 미국 것들. 독수리, 펜타곤, 제복 입은 사병 같은 거 말이에요.

5. 종교적인 모든 것. 엄마, 걸핏하면 초인종을 눌러 얘기를 늘어놓던 무슨 무슨 '증인'의 여자들 기억해요? 맞아요, 그들이 가지고 다니던 선교 책자 말이에요. 거기 보면 예수는 언제나 피부색이 제각각인 '다인종 문화그룹'의 아이들에 둘러싸여 있었죠.

6. 도저히 봐줄 수 없는 '웃긴' 티셔츠. 'Smile if you are horny, Fill beer in here' '귀찮아 죽겠네, 대중은 언제나 멍청해' 뭐 그런 것들이 씌어 있는 티셔츠 말이에요. 경찰도 아니면서 경찰 셔츠를 입기도 하잖아요. 그런 사람들은 정말 피하고 싶어요.

7. 사람들을 격려하는 포스터나 카드. 이런 포스터에는 꼭 아름다운 풍경이 등장하죠. 조용한 바다나 산이나 숲이 있고, 오솔길이 있고…… 검은 테두리 위로는 이렇게 쓰여 있죠. 지혜, 성실, 의지, 인내, 애심……

8. 텔레비전 연속극과 연속극의 바깥에 실재하는 사람들. 아마 대부분은 연속극일 뿐이라고 생각하겠지만. 엄마, 〈The OC〉라고 혹시 들어봤어요? 세계에서 가장 유행하는 청소년 드라마 중 하나예요. 거기에 나오는 연기자들은 실제로 돈이 많아요. 하지만 그들은 모르죠.

자신들이 드라마 속 바로 그 겉만 번지르르한 캘리포니아의 소년, 소녀라는 걸 말이에요.

9. 미국의 컨트리송. 어찌나 달달한지, 정말 못 들어주겠어요.

10. 저와 필립에 대한 엄마의 사랑. 모성애는 절대적인 키치……죠.

안드레아가

2007. 01. 30.

룽 선생님,

저는 중국의 《남방주말南方周末》에서 선생님이 아들 안드레아에게 쓴 편지를 읽었습니다. 〈사운드 오브 뮤직〉에 대해 안드레아가 커다란 반감을 표시하자 선생님은 이렇게 말했습니다.

"더 깊이 생각해보면 단 것도 문제지만, 문화를 '지나치게 단순화'한 데 대한 반작용이 아닐까 싶어. 솔직히 엄마는 정말이지 한 번도 푸치니의 〈투란도트〉나 〈나비부인〉이 좋았던 적이 없거든. 그건 '너무 달아'서라기보다는, 동양의 문화를 지나치게 '단순하게' 그리고 있기 때문일 거야. 동양 문화권에서 살아가는 사람들에겐 그런 식의 '단순화'는 정말이지 받아들이기가 힘이 들어."

하지만, 그건 선생님한테만 해당되는 이야기 같습니다. 지금 우리는 푸치니의 '단순화'를 좋아할 뿐 아니라—푸치니는 중국의 종묘에까지 초대됐지요—때로 스스로를 '단순화'하기도 합니다. 다들 잘 아는 예를 한번 들어볼까요. 올해 CCTV의 춘지에 완후이春節聯歡晩會° 프로그램에 호리호리하고 아름다운 장난江南 아가씨들이 우산을 받쳐들고 우전雨前, 우중雨中, 우후雨後를 지나가며 교태를 부리고 아양을 떠는 내용이 있었습니다. 고관대작들, 돈 좀 있다는 사람들은 하나같이 좋아했죠. 최근 모스크바에서는 '중국문화의 해' 프로그램의 하나인 '동방' 패션쇼가 열렸는데, 거기에 호리호리하고 아름다운 그 아가씨들이 또 나타났어요. 이번에는 러시아 사람과 중국 사람이 똑같이 환장을 하더군요.

베이징에서 한 독자가

• 중국 중앙방송국이 해마다 방송하는 설 전야제 프로그램. 중국에서는 설 전날 밤 가족들이 모여서 '한 해의 마지막 저녁밥'을 먹고 이 프로그램을 보면서 새해를 맞는 것이 하나의 명절 풍습으로 자리잡았다. 화제성이 크고 영향력이 막강한 프로그램이라 연예인이나 예술인 누구나 이 무대에 서고 싶어한다.

룽선생님,

안녕하세요. 선생님과 키치에 대해 얘기하고 싶어서요.

4월 20일, 부담 없는 주말 저녁이었습니다. 큰딸은 여느 때처럼 저녁밥을 먹고 책상에 앉아 숙제를 하고 있었고, 설거지를 끝낸 저도 서재로 가서 신문을 뒤적이다가 선생님의 〈두번째 눈물〉이라는 글을 보게 되었습니다. 보다가 불쑥 웃음이 빵 터졌어요.

딸이 고개를 들고 물었죠.

"엄마, 왜 웃어요?"

"홍콩에서 〈사운드 오브 뮤직〉을 어떻게 번역했는지 아니?"

"어떻게요?"

"신선의 노래가 곳곳에서 울려퍼지네."

"맙소사! 홍콩 사람들이란 정말!"

"타이완에선 진선미."

"너무하잖아요!"

딸아이도 궁금했는지 다가와 글을 읽었어요. 그러고는 그 뮤지컬을 좋아하지 않는 안드레아와 필립을 의아하게 여기더군요.

"왜요? 저는 너무 재밌던데요. 그건 그렇고, 진짜 재밌네요. 〈에델바이스〉는 또 '작고 하얀 꽃小白花'이라니, 대체 번역을 어떻게 한 거죠? 중국에서 번역한 '음악소리' '눈털꽃雪絨花'이 훨씬 좋아요. 아이고, 홍콩 사람들이란! '신선의 노래가 곳곳에서 울려퍼지네'가 뭐예요. 너무 웃겨요!"

우리는 터져나오는 웃음을 참지 못하고 신나게 웃어댔습니다.

딸아이가 영어사전을 가지고 와서 'Kitsch'와 'Edelweiss'를 찾더니 말했어요.

"남 욕할 때 쓸 수 있는 '키치'라는 단어를 배웠네요."

"똑똑히 봐. 예술작품을 가리키는 거라잖아."

"젠체하는 사람, 위선자, 새침데기, 가식, 허위…… 같은 것들이 결국 다 키치죠, 뭐."

하지만 딸아이는 여전히 안드레아와 필립이 왜 〈사운드 오브 뮤직〉을 싫어하는지는 이해를 못하겠다고 했어요.

"그들에게 영화를 보여줘야 해요. 뮤지컬은 너무 시끄럽고, 지나치게 화려하고 복잡하거든요. 사람들을 공연장으로 끌어들여야 하니까요."

답답하고 느끼하다는 안드레아의 이야기에 딸아이가 말했어요.

"안드레아의 나이 때문이기도 할 거예요. 세상의 모든 불합리에 일일이 분개하고 증오할 나이잖아요. 실은 저도 그래요. 하지만 저는 고민할 시간조차 없어요. 진짜 불쌍하죠!"

우리가 웃고 떠들자 아이의 아빠가 옆에서 큰소리로 저를 나무랐어요.

"애 숙제하는데 그만 방해해. 당신과 놀 시간이 어디 있어."

딸아이는 정말 한시라도 긴장을 놓을 수가 없어요. 이튿날에는 영어회화 중간시험도 있었죠. 노동절 전에 회화시험을 끝내야 하고, 그걸 통과하고 나면 체육 중간시험도 있어요. 1차 중간 모의시험이죠. 5월 말에는 2차 모의시험이 있고, 그 다음에는 대학 원서를 내야 하고 6월 18일, 19일, 20일에 정식 시험을 치러야 해요. 아이는 날마다 끝이 없는 숙제에 시달리고 있어요.

이튿날 함께 마트에 가면서 제가 물었어요.

"네게 가장 '키치'한 것은 뭐니?"

"저요? 그건 당연히 공산당이죠. 우리 학교의 무슨 3년 계획이라는 것만 봐도 그래요. 말도 안 돼요! 늘 그렇게 사람을 기만하잖아요. 그리고 또 있어요. 일본!"

순간 멈칫하더니 딸아이가 다시 말하더군요.

"엄마, 제가 편협한 민족주의자일까요?"

아이의 입에서 그런 단어—'편협한 민족주의자'—가 나올 줄은 정말 몰랐어요. 아이에게 저는 말했어요.

"그래, 지나치게 편협해."

"어쩔 수 없어요. 그렇지만 일본에 대해서만이에요."

두 마리 호랑이, 느리네, 느리네

사랑하는 안드레아,

네가 교환학생 선발에 떨어졌다는 소식을 이메일로 확인하고 엄마는 순간 멍해졌었어. 뭐라고? 네가 '실패했다'고?

무엇보다, 네가 교환학생으로 공부할 좋은 기회를 놓친 게 몹시 안타까웠지. 그러고는 한 가지 의문이 들더구나. 네가 이미 인생의 트랙 위에 올라섰다는 것, 그리고 충분히 빨리 달리지 않으면 뒤떨어지고 만다는 사실을 스물한 살의 네가 알까, 하는. 그리고 마지막으로, 말은 하지 않아도, 네가 많이 상심해 있겠다, 싶었지.

그러고는 '인생의 트랙 위에서 충분히 빨리 달리지 않으면 뒤떨어지고 만다'라는, 불쑥 떠오른 그 말을 곱씹어봤어. 시험지를 펼쳤는데 한 번도 본 적 없는 낯선 문제를 마주한 것처럼 순간 어디서부터 말을 해야 할지 난감하더구나.

한 사건이 떠올랐지. 네가 열 살 때였는데, 네가 초등학교에 들어간 후 엄마는 학교에서 보낸 편지 한 통을 받았어. 너를 데리고 와서 음악 테스트를 받아보게 하라는 거였어. 엄마는 곧장 널 데리고 학교로 갔지. 음악교실에서 쿵쾅거리는 피아노 소리가 들려왔어. 우리는 교실 밖에 앉아 기다리고 있었지. 너는 수줍어하며 엄마에게 칭얼댔어. 곧 문이 열리고 주근깨투성이의 남자아이 하나가 그때까지도 손에 악보를 든 채 제 엄마를 따라 나오더구나.

이제 우리 차례였지. 교실 안으로 들어가니 키가 크고 빼빼 마른 음악선생님이 피아노 옆에 앉아 있었어.

선생님이 네게 피아노를 칠 거냐고 물었어. 너는 바닥을 내려다보며 고개를 저었지.

피아노를 배우긴 했지만 네 실력이 형편없다는 건 너도 알고 있었던 거야.

선생님이 다시 그럼 바이올린을 켤 거냐고 물었어. 너는 그때도 역시 바닥을 내려다보며 고개를 저었어.

선생님이 물었어.

"그럼…… 노래할 수 있어?"

너는 또 고개를 저었지.

선생님은 참을성 있게 다시 말했어.

"그러면…… 〈두 마리 호랑이〉* 한 번 불러볼까?"

선생님이 피아노 쪽으로 돌아앉았지.

네 작디작은 얼굴은 발갛게 상기되어 있었어. 구해달라는 듯 너는 애원의 눈빛으로 엄마를 돌아보더구나.

피아노 반주가 시작되자 너는 마지못해 입을 열어 노래를 웅얼거렸어. 두 마리 호랑이…… 열 살 아이였던 너는 너무 긴장한 나머지, 너무 자신이 없던 나머지, 손톱으로 칠판을 긁어대는 듯한 소리를 냈

• "두 마리 호랑이, 두 마리 호랑이 빨리 달리네, 빨리 달리네, 한 마리는 귀가 없고 한 마리는 꼬리가 없네. 정말 이상해"라는 가사의 동요로, 중국에서 거의 모든 아이가 아는 노래 중 하나다.

어. 온몸에 소름이 돋게 하는 그런 소리였지. 소리가 제멋대로 높아졌다 낮아졌다 하더니 갑자기 그마저 뚝 끊겼어. 그렇게도 익숙한 노래인데 가사마저 잊어버린 거였지. 정말이지 전대미문의 참상이었어.

결국 피아노 뚜껑을 닫고 천천히 뒤돌아 우리를 보는 선생님의 표정이 조금 이상했어.

작고 여리고 가냘픈 네가 넓고 휑뎅그렁한 교실 한가운데 고개를 푹 숙이고 서 있었지.

집에 돌아온 후 엄마는 학교에서 보낸 편지를 꺼내 다시 자세히 읽어보았지. 편지에는 아이가 "특별히 음악적 소질이 뛰어나다"고 생각되거든 와서 테스트를 받고 합창단이나 관현악단에 참여시키라고 쓰여 있었어. 맙소사, 내가 대체 무슨 짓을 한 거니?

안드레아, 엄마에게 알려주지 않겠니? 그때 엄마의 실수 때문에 혹시 너는 열 살 때부터 이미 '실패'가 무엇인지, '패배'의 맛이 얼마나 쓴지 알아버렸니? 지혜로운 실패자가 되는 법을, 사정없이 나자빠지고 여지없이 참패한 그 자리에서 아무렇지 않게 일어나 당당하게 걸어나가는 법을 그때 터득한 거니?

엄마는 언제부터 '실패를 통해' '깨우치게' 됐을까?

타이완 시골에서만 자라다가 처음으로 대도시의 이른바 '좋은' 학교에 들어갔을 때, 엄마는 열네 살이었어. 그해에 먀오리苗栗 현에서 타이난台南 시로 전학을 갔지. 먀오리 현 위안리苑裏 진鎭은 크지도 작지도 않은 농촌이야. 그곳의 중학교 옆으로는 온통 질펀한 짙푸른 논과 빽빽한 대숲과 맑은 연못 천지였지. 우리는 날이면 날마다 맨발로 논두렁 사이를 뛰어다니고, 바짓단을 걷어올리고 급류에서 물고기를 잡으며 놀았어.

　체육수업은 농구와 피구, 운동장 돌기가 전부였지. 피구는 두 팀으로 나뉘어서, 상대 팀의 선수에게 공을 날려서 맞히는 게임이야. 공을 맞는 사람이 아웃되는 거지. 운동장을 뛰어다니다가 곁눈질을 하면 저 너머로 물빛이 반짝이고 새하얀 백로가 다리가 긴 발레리나처럼 우아하게 논 위를 날고 있었어. 아득하게 펼쳐진 하늘 아래 산은 아주 작고 낮아 보였지. 시큼한 냄새를 풍기며 촉촉이 젖어 있는 싱그러운 풀숲과, 구구거리며 부드럽게 울어대는 산비둘기 소리가 언제나 체육수업의 배경이 되어주었어.

　그런데 갑자기 타이난 시에서 가장 좋은 학교라는 타이난 중학교로 전학을 가게 된 거야. 교정은 작았고 나무도 적었지. 운동장은 다닥다닥 붙은 건물들에 둘러싸여 있었고, 첫 체육시간에 엄마는 처음으로 그 괴상망측한 '기구'들을 보았어. 길고 긴 대나무 장대, 무겁디무거운 금속으로 만든 공, 물고기를 잡는 작살 모양의 창 같은 것들 말이야. 엄마가 아는 사람도, 엄마를 아는 사람도 없었어. 갑자기 엄마의 이름이 불렸고, 엄마는 어리벙벙해서는 앞으로 나갔어. 뭘 어떻게 해야 할지 막막하기만 했어. 체육선생님이 땅바닥에 그려진 하얀 원을 가리키며 그 안에 들어가 서라고 하더구나. 뭔지 모르지만 그 원 안에서 해야 한다는 뜻이었지. 선생님은 바닥에 있던 공 하나를 들어서 던지라고 했어.

　허리를 굽혀 공을 집어들었지. 들 수 있을 만한 무게더라고. 엄마는 있는 힘껏 공을 던졌어. 순간 반 친구들이 한바탕 깔깔거리며 웃어댔지.

"틀렸어. 한번 더."

선생님이 말했지만, 엄마는 뭐가 잘못됐는지 알 수가 없었어. 공을 던지라며? 엄마는 다시 원 안으로 들어가 허리를 숙여 공을 집어들고 힘껏 던졌지. 또다시 시끄러운 웃음소리가 터져나왔어.

선생님이 이번엔 버럭 소리를 질렀어.

"틀렸다고. 한번 더!"

울컥하는 눈물을 꾹 참았는지 어땠는지는 기억이 안 나. 하지만 다른 아이들이 그렇게 좋아라 할 만큼 웃긴 체육시간이 될 줄은, 엄마는 상상도 못했었지. 그것만은 지금도 기억나.

엄마는 또다시 원 안으로 들어가 공을 들어 힘껏 던졌어. 더는 못 참겠는지 선생님이 노발대발했지.

"틀렸잖아! 어느 학교에서 온 바보길래 포환던지기도 못하는 거야!"

선생님이 원 안으로 뛰어들어와 내 어깨를 잡고 말했어.

"이 바보야, 몸이 원 밖으로 나가면 안 된다고! 알겠니?"

도시의 아이들은 한 사람도 예외 없이 웃고 있었어. 투포환을 할 줄 모르는 사람은 본 적이 없다는 듯 말이야.

그때 그 열네 살의 엄마가 '인생의 트랙 위에서 충분히 빨리 달리지 않으면 뒤떨어지고 만다'는 사실을 깨달았다고는 할 수 없을 거야. 하지만 도농격차, 빈부격차가 무엇인지는 확실하게 깨달았지. 그때 그 기분은 아마 영원히 잊지 못할 거야.

재밌는 건, 그때 그 '실패를 통해' 엄마가 '깨우친' 것은, '너는 앞으로 반드시 그 도시의 사람이 되어야 해'가 아니라 '너는 앞으로 반드시 도농격차와 빈부격차에서 비롯된 불평등을 참아서는 안 돼'였어. 그건 다시 말하면 '성공한 사람'의 대열에 들기보다는 '성공한 사람'의 정의定義에 도전하고 질문하라는 것이었지.

엄마는 독자들이 보낸 수많은 편지를 받았단다. 어떤 편지에는 큰 의미는 없지만 한두 마디 답신을 보냈어. 더 많은 편지 앞에서는 감사하다는 말뿐, 겸손과 침묵을 지킬 수밖에 없었고. 삶의 무게는 때때로 우리의 상상을 훨씬 뛰어넘고, 그 앞에서는 무슨 말이든 괜한 투정이나 독이 되어버리기 십상이지. 하지만 이런 편지들은 너와 나누고 싶구나.

_ 엄마가 조금이나마 답을 한 편지들

존경하는 룽 선생님께,

미래는 뭘까요? 전 뭘 해야 할까요? 답을 모르겠어요. 저는 타이완 대학교*를 졸업하고 미국에서 유학했고, 석사학위도 있고, 직업도 있어요. 겉으로 보기에는 모든 게 순조롭죠. 하지만 제 마음속 두려움은 아무도 몰라요. 매일같이 정시에 출근하고는 있지만 일에서 그 어떤 성취감도 느낄 수가 없습니다. 그 사무실은 제가 있으나 없으나 아무 차이가 없을 것 같아요. 퇴근하고 집으로 돌아가는 길이면 이 사회에 제가 있든 없든 달라지는 것은 없다는 생각도 들죠.

• 타이완에서 가장 좋은 대학이다.

저보다 나이가 많은 분들은 자신감도 있어 보이고 무슨 일에든 노련한데다 자신이 뭘 하고 있는지 잘 아는 것 같아요. 또 저보다 어린 친구들은 제자리에 안주하지 않고 늘 새롭게 시도하고 추진력 있게 일을 끌고 나가요. 그들 역시 자신이 뭘 하려는지 잘 아는 것 같아요. 그런데 저는 철저히 '평범'해요. 뭘 하고 있는지 물어주는 사람도 없고, 관심을 가져주는 사람도 없고, 친구 하자고 다가오는 사람도 없어요. 사장에게는 제가 보일 리 없고 동료들은 절 없는 사람 취급하죠. 저들은 마치 저를 아예 모르는 것 같아요. 저 스스로가 저들이 다가와서 저를 알 기회를 아예 차단하고 있는 것도 같고요.

어렸을 때도 '나의 희망'이라는 제목으로 글을 쓰라고 하면 뭘 써야 할지 도무지 알 수가 없었어요. 저는 벌써 서른 살이 되었어요. 제 '희망'이 뭐냐고 묻는 사람은 더이상 없지만, 무엇이 진정으로 의미 있는 인생인지 저는 여전히 모르겠어요. 새벽에 놀라 잠을 깨면 온몸에 식은땀이 흐르고, 어둠 속에 일어나 앉아 있다보면 막막함과 공포가 몰려와요.

다른 스트레스가 없는지 물으셨죠? 있어요. 다른 사람들은 죽기 살기로 능력을 발휘하고 발전해나가는 것 같아요. 인생이란 확실히 적응한 사람만 살아남는 트랙 위의 경쟁일 텐데 저는 늘 두렵기만 해요. 저는 아직 젊고 가야 할 길이 아주 먼 것 같은데, 모두가 쏜살같이 달려나가는 그 길 위에서 혼자만 천천히 걸으려니 외롭고 당황스러워요. 뒤처지더라도 지금 당장 그만두고 싶다는 생각이 들곤 해요. 저 역시 무리의 일원이 되고 싶어요. 모두가 달리는 속도로 달리고 싶어요. 하지만…… 저는 너무나 평범하고 자신감도 없고…… 지금 이 편지를 쓰는 것조차 저한테는 덜덜 떨리는 일이에요.

타이베이에서, PM이

PM에게,

한 트랙 위에서도 누군가는 5천 미터 장거리를 달리고, 누군가는 전력 질주로 단거리 스퍼트를 내고 있고, 또 누군가는 새벽 산책을 하고 있다고 생각해봐요. 온몸에 힘이 들어간 채 얼굴이 시뻘게지도록 달려나가는 단거리 주자를 보면서, 장거리 선수가 속으로 벌벌 떨까요? 그렇지 않아요. 그는 자신이 5천 미터 장거리 선수라는 걸 알고 있으니까요.

개를 데리고 새벽 산책을 나온 사람이 숨을 헐떡거리며 지나가는 그 장거리 선수를 마주치면 두려워질까요? 그 선수 때문에 자신이 도태된 것처럼 느낄까요? 역시 그렇지 않아요. 그 사람은 자신이 산책을 나왔다는 걸 알고 있으니까요.

당신은 진짜 '평범'한가요? 당신이 스스로를 어느 트랙 위에 올려놓았는지 살펴봐야 하지 않을까요? 만약 새벽 산책을 나온 사람이 되겠다고 마음을 먹었다면 '평범'하다는 그런 게 왜 문제가 되겠어요? 당신의 느긋함과 차분함, 세심함과 온화함, 평온함과 겸손함이야말로 오히려 가장 훌륭한 개성이 아닐까요?

안드레아 엄마가

룽 박사님께,

저는 홍콩 사람으로, 올해 스물다섯입니다.

최근 박사님이 안드레아에게 보낸 편지 〈하마의 이를 닦아주다〉
를 읽었습니다. 그 글이 저를 흔들어놓아 저는 좀체 마음을 진정
할 수가 없습니다. 안드레아에게 들려주신 그 말들은 마치 저한테
하는 말처럼 들렸습니다. 몽둥이로 머리를 한 대 얻어맞은 것처럼
혼란스러운 가운데 정신을 차려 저 자신을 돌아보았습니다. 갑자
기 맥이 풀리더군요. 좌절감에 인생을 포기하거나 하지는 않았지
만, 가면 갈수록 잘못된 방향으로만 나갔던 제 과거가 반복될 것
만 같았습니다.

"엄마는 네가 열심히 공부하길 원해. 네가 다른 사람보다 더 성공
하길 원해서가 아니라, 네가 선택권을 가질 수 있게 되길 바라서
야. 생계에 쫓겨 마지못해 하는 일이 아니라 의미 있고 여유 있는
일을 선택할 수 있도록 말이야."

그 말은 제 안에 숨어 있던 상처를 아프게 건드렸습니다. 저야말
로 날마다 '생계에 쫓겨' 살아가는 사람이니까요. 고통 속에서 날
마다 발버둥을 치면서요.

가정형편이 어려워 저는 열여덟 살이 되기 전에 학교를 중퇴하고
작은 회사에서 일을 시작했습니다. 일을 하면서도 조금씩 공부를
해서 몇 년이 지나서는 한 대학에 합격을 했습니다. 그해에 엄마
가 돌아가셨죠. 하지만 결국 포기하고 말았습니다. 일하면서 공부

하기가 쉽지 않았습니다. 스물셋에 결혼을 했습니다. 사랑해서 한 결혼이었죠. 저만의 가정을 꾸리고 싶었고, 고정적인 일만 있으면 한 가정을 꾸리는 데는 문제가 없을 거라고 생각했습니다. 하지만 이제 저는 현실의 무게가 얼마나 무거운지 절실하게 느끼고 있습니다. 너무 무거워서 그야말로 숨이 막히고, 고개를 들 수 없을 지경입니다. 생활을 위해 꿈들은 어쩔 수 없이 포기해야겠지요. 다시 공부하고 싶지만, 헛된 꿈인 것만 같습니다. 저 자신이 하찮기만 하고, 제 인생은 이미 실패한 듯한 기분입니다. 앞으로도 영원히 실패할 것만 같습니다.

오늘 제 미래에 더이상 아무 희망도 없다는 사실을 새삼 다시 발견합니다. 제가 어떻게 저 자신과 대면해야 할까요? 제게 아직도 희망이 있을까요? 희망은 어디 있을까요?

SS가

SS에게,
큰 나무에는 큰 나무가 자라는 법이 있고 작은 풀에는 작은 풀이 자라는 법이 있습니다. 이 세상 대부분의 사람들이 작은 풀이랍니다. 당신은 고독한 사람이 아닙니다.

안드레아 엄마가

엄마 룽잉타이에게,
저는 〈하마의 이마를 닦아주다〉라는 글을, 울면서 읽었습니다. 한참을 울었죠. 제가 날마다 무슨 생각을 하는지, 무슨 일을 하는지,

무슨 말을 하는지, 무엇을 꿈꾸는지, 저는 제 영혼을 살펴보았습니다. 저의 모든 분노와 좌절, 저 자신에 대한 상심과 실망……은 오래되었습니다. 지금껏 저는 저 자신을 표현하거나 마음을 짓누르는 감정들을 풀어낼 언어를 찾지 못하고 있었어요. 그리고 언제나 저 자신의 절대 고독 속에서 허우적대고 있었죠. 〈하마의 이마를 닦아주다〉를 읽기 전까지 말이에요.

'평범'에 대한 당신의 설명에 제 마음속에서 고통스러운 감격이 솟구쳤습니다. 저는 결혼을 한 서른 살의 여자입니다. 결혼생활은 제게 행복을 가져다주기보다는 긴장과 조바심, 그리고 불안을 안겨주었습니다. 자질구레하고 복잡한 집안일을 하다보면 문득, 아이가 있으면 더욱 공포스럽겠다는 생각을 하게 돼요. 퇴근 후 집으로 돌아온 남편은 지쳐 쓰러져 잠들기 일쑤고, 일상의 모든 문제는 저 혼자 감당해야 합니다. 저는 남편의 아내가 아니라 모든 무거운 짐을 져야 하는 그 사람의 엄마 같다는 생각이 듭니다. 날마다 긴장과 혼란, 무기력과 충동적인 감정에 시달리다가 남편에게 으르렁거리지 않으면 울어버리는 저 자신을 발견합니다. 진짜 우스꽝스러운 건, 제 직업이 사회복지사라는 거예요. 정서가 불안정한 아이들이 자신의 감정을 이해하고 감정을 조절할 수 있게 돕는 사람이지만, 정작 저 자신의 좌절에 대해서는 너무나 무력합니다.

아주 간절히 알고 싶어요. 저보다 나이가 많은 여성으로서, 당신에게도 이런 시절이 있었나요? 서른 살을 살아가는 21세기의 신여성은 인생의 갖가지 결정 앞에서 어때야 하나요?

팅팅婷婷이

팅팅에게,

제 얘기라면, 맞아요. 저 역시 그런 고통과 막막함을 겪었어요. 그
것들을 견뎌낼 역량이 있다고 느끼느냐 묻는다면 역시 그래요. 저
는 겪어냈어요. 그리고 저뿐만 아니라 수많은 여성들이—어떤 '성
공'을 거둔 사람이든 상관없이—모두 그런 터널을 지나왔어요.

안드레아 엄마가

엄마가

2007. 04. 04.

룽 교수님,

우리는 어디로 가야 할까요? 우리 자신이 평범하거나 실패해서가 아니라 젊은 우리에겐 아예 현실의 출구가 보이지 않습니다. 교수님이 자란 시대에는 타이완에서든 홍콩에서든 성실하게 노력만 하면 그리 나쁘지 않은 결과로 보상받을 수 있었습니다. 중고등학교만 나오고도 겸손하게 배우고 과감하고 자신있게 기회를 잡는다면 사장도 관리자도 될 수 있었고, 사회적인 신분상승도 가능했습니다. 그건 모든 사람의 출발점이 저 밑바닥인 시대였기 때문이겠지요.

하지만 지금 우리 세대는 도도하고 거센 세계화의 흐름 속에서 전 세계의 젊은 이들과 경쟁해야 합니다. 브랜드와 스타일을 따지는 요즘의 시장에 뒤늦게 뛰어든 사람은 그저 무기력할 뿐 할 수 있는 일이 별로 없습니다. 과거를 발판으로 떵떵거리며 사는 전문가들은 중국이나 인도로 눈길을 돌리고 있죠. 우리는 점차 우리의 목소리를 낼 용기를 잃어가고 있습니다.

우리에게 자유와 진리, 평등의 권리와 의무가 있다고 배웠지만, 현실의 압박은 선거에서 자신이 속한 업계의 이익을 수호하는 사람을 선택할 수밖에 없도록 만듭니다. 그의 정치적 입장과 다르다 하더라도 어쨌든 그가 우리의 이익을 보호해줄 테니까요. '이기심'이 '평등'을 이기는 거죠. 하지만 우리에게는 선택의 여지가 없습니다.

학교에서 배운 대로 '세상일을 먼저 걱정하는先天下之憂而憂' 것이야말로 우리가 투쟁하고 쟁취해야 할 것이겠지만 먹고살아야 하는 걱정 앞에서 우리는 일찌감치 목소리를 낼 용기를 잃었습니다.

인도나 중국에 일자리를 뺏길까봐 두렵고, 선거에서는 마음속의 가치를 따라 투표하지 못하게 되어버렸습니다. '세상을 위해 뜻을 세우고 민생을 위해 생명을 바친다'는 가치는 잠꼬대가 되어버렸죠. 실패해서도 평범해서도 아니지만, 스스로가 형편없다고 느껴지는 것은 어쩔 수가 없습니다.

요즘 젊은 세대는 아무리 고등교육까지 받았다 해도 다들 막막하기만 합니다. 앞으로 나아갈 수가 없어요.

행복은 아득히 먼 곳에 있는 것만 같습니다. 너무나 막막합니다.

타이베이에서 YP가

정부의 손이 어디까지 뻗칠 수 있죠?

엄마,

저는 담배를 피우죠. 담배 피우는 걸 엄마가 싫어하는 거 알아요. 저 역시 흡연이 나쁜 습관이라는 건 인정하고요. 아마 열일곱 살 때 부터 피우기 시작했을 거예요. 사실 왜 피우기 시작했는지는 저도 잘 모르겠어요. 친구들이 다들 피우니까 그애들을 따라서? 공부에 대한 스트레스가 너무 커서? 너무 심심해서? 아니면 그저 반항하기 위해 서? 어른들이 안 좋은 거라고 하면 더 해보고 싶잖아요. 아마 그 모든 이유들이 크고 작게 영향을 미쳤겠죠. 어쨌든 결과적으로 저는 담배 에 중독됐어요.

담배를 피우는 친구들은 다들 저보다 일찍 시작했어요. 대부분 열 두세 살쯤에 피우기 시작했거든요. 기억나요. 그땐 누가 담배를 피우 면 저도 몹시 싫었어요. 담배연기도 짜증이 났고요. 가장 화가 났던 건, 어딘가 가려고 모여서는 곧 출발해야 하는데 담배 피우는 녀석 때문에 지체되는 거였어요. 녀석이 휴지통 앞에서 한 개비를 다 피울 때까지 모두가 기다려야 했죠. 사실 저는 지금도 담배 피우는 게 그 렇게 좋지는 않아요. 목은 늘 불편하고 걸핏하면 감기에 걸리죠. 옷 에는 영원히 가시지 않을 담배연기가 배어 있고 몸은 쉽게 피곤해져 요. 게다가 언제 폐암이 저를 덮칠지도 모르고요.

그런데도 뭐가 그리 할 말이 있느냐고요? 어쨌거나 흡연은 제 선택이니까요. 해롭다는 걸 알면서도 의지가 부족해서 못 끊은 게 아니라, 담배 한 개비가 주는 소소한 휴식과 해방감 때문에 안 끊는 거예요. 책을 덮고 베란다에 서서는 이어폰으로 좋아하는 음악을 들으며 커다란 배가 느릿느릿 지나가는 바다를 바라봐요. 그럴 때 담배를 한 대 피우죠. 제가 정말로 좋아하는 순간이에요. '식후의 담배 한 대'는 또 어떻고요. 신선의 즐거움에 견줄 수 있을걸요. '섹스 후의 담배 한 대'는 영화에서 빼놓을 수 없는 장면이고요. 저는 담배 한 대로 아름다운 한 순간이 완성된다고 생각해요.

그러니까 담배가 안 좋은 건 너무나 잘 알지만, 그럼에도 불구하고 담배를 피우는 건 저 자신의 자유의지에 의한 선택이라는 거예요.

그런데 최근 그런 제 자유의지가 박탈당했어요. 2007년 1월 1일 0시부터 홍콩의 모든 공공장소가 금연구역이 되었어요. 간접흡연 때문에 비흡연자의 건강이 위협받는 상황을 막겠다는 건데, 공원과 식당, 학교는 물론이고 카페나 바까지 금연구역에 포함됐어요. 제가 다니는 학교도 물론 해당이 되지요.

보나마나 뻔해요. 2년 전 독일에서도 똑같았거든요. 물론 그땐 고등학교였지만, 엄마도 알다시피 독일에서는 16세 이상이면 흡연과 음주가 합법적으로 가능하잖아요. 그래서 대부분의 고등학교에서는 흡연구역을 정해두었고, 학생들은 그곳에서 담배를 피우죠. 하지만 2004년에 헤센 주의 문화부장관이 고등학교 교내에서의 금연정책을 밀어붙였어요. 결과요? 우리는 교정 밖 5백 미터 인도까지 나가서 담배를 피워야 했어요. 하지만 그렇다고 담배를 끊은 친구는 아무도 없었어요. 오히려 학교 주변 길거리는 그때부터 여기저기 널브러진 담배꽁초들 때문에 몸살을 앓아야 했죠.

얼마 지나지 않아 독일 전 지역에서 공공장소에서의 흡연이 금지되었어요. 독일이나 홍콩이나 금연정책 내용은 똑같아요. 하지만 두 나라의 금연정책엔 근본적인 차이가 있어요. 그건 바로, 공공장소 금연령이 떨어지기 전에 독일에서는 먼저 길고 긴 갑론을박이 있었지만, 홍콩에서는 그런 게 없었다는 거예요. 홍콩 정부는 일단 하겠다고 하면 곧장 강행할 뿐 아니라, 무슨 초능력이라도 가진 것처럼 정부가 하는 일이면 그게 뭐든 '모든 사람이 한마음'이라는 모양새를 만들어버리죠. 홍콩 정부는 그야말로 적수가 없는 마징가 제트 같아요.

금연정책에 불만이냐고 묻는다면, 네, 당연히 불만이에요. 이제 담배를 피우려면 아무리 귀찮아도 한참을 걸어나가야 하니까요. 하지만 금연정책이 옳은지 어떤지 묻는다면, 저는 어쩔 수 없이 옳다고 대답하겠죠. 저는 담배연기 자욱한 작은 술집이나 바가 좋아요. 매혹적이잖아요. 하지만 식당을 금연구역으로 지정하는 것은 대찬성이에요. 담배냄새는 확실히 맛있는 음식 냄새를 방해하거든요. 식당에서라면 얼마든지 밖에 나가서 담배를 피울 거예요.

이렇게 말하고 보니 공공장소에서 금연하는 건 큰 문제가 아니네요. 아, 금연정책이나 홍콩의 강한 정부에 대해 얘기하려던 게 아니에요. 홍콩이라면 어차피 보통선거도 없는데다 강한 정부인들 어찌할 수도 없으니까요.

이상한 건, 홍콩의 언론매체들이에요. 네, 당연히 영어신문을 발행하는 그 두 신문사 말이에요. 홍콩에 민주주의는 없다고 해도, 자유는 있잖아요. 언론매체의 독립과 비판정신은 그래도 허용되지 않나요? 공공장소에서의 흡연을 금지할 것인지 어떤지, 독일 언론이라면 짧아도 3, 4년은 갑론을박을 벌이죠. 여러 학자들과 전문가들, 온갖 사회평론가들이 나와서 대국민 토론을 할 거예요. 홍콩 언론에서도 뭐 토론을 하긴 했죠. 그게 너무나 적고 산발적이었다는 게 문제지만요. 게다가, 엄마 그거 알아요? 홍콩에서는 토론을 하다보면 어느새 하나같이 금연의 '집행' 얘기만 하고 있더라고요. 흡연자들은 밖에 나가서 피워야 한다, 술집과 식당에서는 '흡연구역 허가증'을 어떻게 받아야 한다, 공기오염은 어떻게 해결될까 등등, 지엽적인 것들만 따지고 있죠.

'시민의 권리'와 충돌하는 문제에 대한 이야기는 가뭄에 콩 나듯 해요. 공공지역의 사용을 제한할 권력을 정부가 가져야 하는가, 이런 식의 고압적인 태도로 국민의 생활방식을 '지도'할 권리가 과연 정부에 있는가, 다원화되고 열려 있는 사회에서 대다수의 비흡연자들이 생활습관이 다른 소수의 흡연자를 압제할 권리가 있는가 등등, 문제의 핵심을 건드리는 토론은 거의 보지 못했어요.

빈랑檳榔*을 씹는 사람을 왜 정부에서 관리해야 하죠? 그런 논리라면 양치질하지 않는 사람, 변기를 사용한 뒤 물을 내리지 않는 사람, 공공장소에서 방귀를 뀌는 사람 등도 다 정부가 관리해야겠네요?

• 빈랑나무의 열매로 환각 성분이 있어 담배와 같은 기호식품으로 애용된다. 씹을수록 새빨간 물이 나와 치아가 피 묻은 것처럼 착색된다. 타이완에서는 곳곳에 빈랑을 파는 아가씨를 볼 수 있는데, 그들을 빈랑서시라고 한다. 그들의 성을 상품화해서 파는 경우도 많다.

담배를 싫어하는 사람이 많죠. 저도 알아요. 담배가 건강을 해친다는 것도, 금연이 확산되면 공기오염이 줄어든다는 것도 물론 알죠.

하지만 지금 핵심은 그게 아니에요. 중요한 건, 이처럼 개인의 공간이 침범당할 때, 이렇게 약자들—흡연자들이 절대적으로 약자예요—을 무시하는 법이 통과될 때, 이 사회의 자유주의자들이 큰 목소리로 저항하고, 강력하게 반대하고, 토론을 요구할 줄 알았는데, 이상하게도 그런 게 전혀 없다는 거죠. 엄마, 설마 홍콩에 '자유주의 liberal'가 존재하지 않는 건 아니겠죠? 제가 읽은 어느 칼럼은 그야말로 중학생 작문 수준이더라고요. 금연정책의 긍정적인 면을 몇 마디 언급하고는 역시 부정적인 면을 얼마쯤 덧붙이더니 둥글둥글, 애매모호하게 결론을 맺더라고요. 언론의 시퍼런 비판정신은 어디로 간 거죠?

이렇게 쓰고 나니 홍콩 사람들이 들고일어날지도 모르겠네요. 이러저러 독일이 더 좋다고 말하고 싶은 마음은 추호도 없어요. 독일에도 썩어빠진 일들이 얼마나 많은데요. 하지만 언론만은 좀 달라요. 각 신문사마다 자신만의 비판적 입장이 있죠. 공공장소에서의 금연에 대해, 보수적인 '프랑크푸르터 알게마이네 차이퉁'과 급진적인 '베를린 데일리 뉴스'는 극명하게 대비되는 입장을 보여주었어요. 저는 홍콩에서 '사우스차이나모닝포스터(남화조보南華早報)'를 받아보다 몇 주 못 가 끊어버렸어요. 홍콩의 상황에 대해 보다 심층적으로 분석하면서, 개성있고 독립적인 칼럼을 보여주는 신문을 원했는데, 그 신문은 대부분의 사안들에 표면적인 보도로만 그치고 있더군요. 그럴 바에야 그냥 텔레비전 뉴스나 보고 말죠.

엄마는 홍콩이 오랜 세월 식민지하에 있다보니 민주적인 환경과 소양이 부족해서 그런 거라고 할지도 모르겠네요. 그렇다면 다시 묻고 싶어요. 변화의 물꼬는 어디에서 터야 할까요? 가판대에 진열된 형형색색의 잡지와 신문의 내용은 스타 연예인의 사생활 폭로가 대부분이고, 그게 아니면 음식과 경마, 셀러브리티의 패션이 전부죠.

엄마, 언론이 칼날 같은 비판정신을 견지하지 않으면 그 사회는 집단적으로 '멍청'해지지 않을까요? 홍콩의 매체들은 뭘 하고 있는 거죠? 수많은 홍콩인들이 보통선거를 얻어내려고 힘겨운 행보를 이어가는 이 와중에, 홍콩의 언론들은 그 역량과 돈을 연예인들 신변잡기를 파헤치는 데 가장 많이 쏟아붓고 있어요. 그 역량과 돈으로 왜 홍콩의 민주화를 위해 노력하지 않을까요? 좋은 칼럼을 쓰게 해서 독자들에게 공개하고, 대중의 토론을 불러일으키고, 정부의 정책 결정에 도전하고, 젊은이의 독립된 비판정신을 함양하고…… 제발, 더는 금연구역의 적당한 넓이가 어느 정도인지, 흡연구역 허가증을 발급받으려면 얼마를 내야 하는지 등에 대해서는 토론하지 말았으면 좋겠어요. 그것보다 중요한 사안들이 너무나 많다고요.

안드레아가

2007. 06. 20.

안드레아에게,

너무나 멋진 글을 읽고, 좀체 만나기 힘든 친구를 만났다는 느낌을 강하게 받았습니다. 하지만 제가 이렇게 되묻는 것을 용서해주기 바랍니다.

'사람들은 자신의 생활방식을 결정할 자유를 어느 정도 누릴까요?'

제 답은 이렇습니다.

"일정 수의 개인이 자신에게 타인의 생활방식을 결정할 권리가 있다고 생각할 때, 우리는 우리의 생활방식을 결정할 자유를 누리지 못하게 됩니다. 그것이 아무리 사소한 도덕의 문제라 해도 공권력이 개입되는 순간 그 성질이 변하게 마련이고, 그러면 어떤 자유는 실현될 수 없겠지요. 이러한 '참극'을 피하는 유일한 방법은, 생활방식을 결정하는 일이 공권력에 의해 강제되지 않도록 예방하는 것입니다."

몇 년 전, 어머니가 제 대학원 졸업을 축하하기 위해 홍콩에 오셨죠. 외가 가족이 한자리에 모인 자리에서 사람들은 어느 집 누군가의 흡연 습관에 대해 이야기하고 있었습니다. 한창 토론중에 제가 들어갔더니 어머니가 갑자기 저를 끌어들이더군요. 흡연을 못마땅해하는 분위기에서 누군가 제게 담배를 피우는지 물었지요. 답을 기다리는 사람들에게 더는 토를 달 수 없도록 대답했습니다.

"비싸잖아요!"

아무 생각 없이 얼결에 나온 대답이었지만, 아마 한번 더 물어도 같은 답을 했을 겁니다.

제 외가 쪽은 자기 일에 대해 '스스로 책임지는' 분위기가 아니라 '어른들이 끼어들어' 생각하는 대로 흘러가는 분위기입니다. 그 순간 저는 제가 막 손에 넣은 학력이 가족이라는 권위 말고도 제 생활을 간섭하는 무기가 될 수도 있겠다 싶었습니다. 이에 이용당하지 않으려면, 개인의 선택이 주체가 될 수 있는 답을 내놓아야 했죠. 그러니까, 돈을 직접 벌겠다는 거였어요. 다행히 그 난관은 순조롭게 지나갔습니다. 하지만 바로 그 자리에서 스스로 알아서 책임지고 어른들은 간섭하지 못하게 하는 분위기를 확실하게 만들었어야 하는데, 그러지는 못했고, 몇 개월 전 모임에서 그 대가를 치러야 했습니다.

일과 관계된 시험을 막 끝낸 사촌동생은 밤낮이 뒤바뀐 채 컴퓨터에 미쳐 있었습니다. 그의 어머니가 가족들이 모인 자리에서 대놓고 그를 나무랐지요. 밤이고 낮이고 컴퓨터밖에 모른다고 말이에요. 그러고 나자 비교적 나이 많은 사촌동생들이 줄줄이 사탕처럼 엮여 컴퓨터 사용 습관에 대해 억지로 답을 하게 되었고, 다들 컴퓨터에 미친 사람 취급을 당했죠. 마지막으로 행정 일을 하는 제 차례가 되었어요. 컴퓨터가 제 일상에서 큰 부분을 차지하는 것은 사실이었고, '컴퓨터 사용=컴퓨터 오락=밤낮이 뒤바뀜=중독'이라고 생각되고 있는 상황이었지만 저는 그냥 그 분위기에 묻힐 수밖에 없었습니다. 결국, 자발적으로 '스스로가 책임지는' 모습을 보여주지 않으면, 어쩌다 한 번은 몰라도 평생 동안 주류의 억압을 피해갈 수는 없다는 걸 다시 한번 확인하게 되었습니다.

이제 공공장소에서의 금연정책 얘기를 좀 해볼까요. 모든 실내에서 전면적인 금연을 주장하는 사람은 물론 하나둘이 아닙니다. 흡연자와 비흡연자 모두의 권리를 고르게 존중할 수 있는 이상적인 지점을 찾고자 하는 사람도 적지 않고요. 그런데 실제 금연과 관련해서 입법적으로는 다들 알다시피 이들의 권리와는 무관하게 '시민의 건강에 관심'을 기울이는 쪽이 대대적으로 승리했습니다.

안드레아, 당신의 어머니의 의미심장한 말을 저에게 맞게 고쳐보겠습니다. 양해 바랍니다.

'결국 어떤 국민이냐에 따라 그 정부가 결정된다'는 말을 저는 이렇게 고치겠습니다. '당연한 이치를 이유로 다른 사람의 생활을 간섭하는 국민이라면, 정부 역시 이내 이치를 내세워 국민의 생활을 간섭한다. 그 와중에 가장 큰 고통을 당하

는 사람은 언제나 약자다.'

보통선거를 시행하지 않는 정부는 좋은 쪽으로든 나쁜 쪽으로든 국민들이 평균적으로 바라는 간섭의 정도를 벗어나기 쉬울 겁니다. 보통선거를 시행하는 정부는 국민이 바라는 간섭을 더욱 정확하게 집행하겠지요. 금연 문제에서라면 '자유주의'를 행사하는 사람이 없는 게 아니라, 그들이 여러 중국어 신문에, 상대적으로 적게 모습을 드러내기 때문입니다. 안타깝게도, 오랫동안 흡연에 반대하는 선전이 사회의 주류가 됐지요. 간섭이 곧 도덕의 실천이 되어버린 거예요. 이에 반해 흡연자에게도 똑같이 주어져야 할 권리는 이런 거대한 흐름에 역행하는 것이 되었고, 노력에 비해 성과는 언제나 미미했지요.

당신의 독자가 씁니다.

서른세번째 편지

인생 물음

사랑하는 안드레아,

오늘 새 휴대폰을 사러 갔었어. 젊은 판매원이 엄마에게 묻더구나.

"어떤 휴대폰을 찾으세요?"

엄마가 뭐라고 했을까?

"복잡한 기능은 필요 없어요. 글자만 크면 돼요."

판매원은 잠시도 지체하지 않고 아주 익숙하게 삼성의 휴대폰을 판매대 위에 올려놓더구나.

"이게 글자가 가장 큰 거예요."

'글자가 큰' 휴대폰을 요구하는 사람이 적지 않았나봐.

네가 되던진 질문들에 엄마는 정말 깜짝 놀랐어. 네 질문들은 사실 보통 사람들은 상대방의 심기를 건드릴까봐 잘 묻지 않는 것들이니까. 엄마는 한동안 그 질문들을 방치해두었지. 감히 답을 할 수가 없겠더구나. 하지만 어떻게든 답을 해야겠지.

질문1) 엄마는 '늙음'을 어떻게 받아들이나요? 유명한 작가로서, 서서히 예순으로 접어들면서…… 인생의 끝에 뭐가 있는지 생각하실 텐데요.

엄마는 2, 3주에 한 번씩 네 외할머니, 그러니까 엄마의 엄마를 뵈러 간단다. 여든넷인 할머니는 엄마를 볼 때마다 깜짝 놀란 표정을 짓곤 하시지.

"아, 너 왔니? 어떻게 왔어?"

할머니는 아주 좋아하며 그렇게 물어. 엄마는 여느 때처럼 할머니에게 보고를 하지.

"저는 엄마의 딸이고, 엄마는 제 엄마예요. 저 룽잉타이예요, 엄마."

할머니는 더욱 좋아하지.

"그래? 네가 내 딸이구나. 정말 좋구나."

함께 산책을 하고, 외식을 하고, 새 옷과 새 신발을 사주고, 할머니의 손을 꼭 잡고 길을 걷지. 그러다가 잠시 가게에서 신문이라도 사고 다시 할머니 곁으로 돌아오면, 나를 보는 할머니는 다시 깜짝 놀란 얼굴이 되어 있지.

"아, 너 왔니? 어떻게 왔어?"

엄마는 다시 또 보고를 해.

"저는 엄마의 딸이고, 엄마는 제 엄마예요. 저 룽잉타이예요, 엄마."

그러면 할머니는 활짝 웃어.

할머니는 그야말로 엄마의 '노인학'을 그대로 프레젠테이션해주는 파워포인트야. 엄마는 '늙음'이라는 과제에 대해 그래서 더욱 예민하게 관찰하고 또 깨우치곤 해. 엄마에게 노인이 보이지 않은 곳은 그 어디에도 없어.

어느 노작가가 식탁 위에 놓인 긴 약 상자를 열면 형형색색의 알약

이 모습을 드러내지. 흰색은 현기증으로 쓰러질까봐, 노란색은 변비에, 파란색은 관절 통증에, 빨간색은 우울한 마음에 자살이라도 할까봐, 분홍색은 좀더 편히 잠들 수 있게…… 먹는 것들이지.

아흔 살의 어느 늙은 영웅은 무슨 기념식에선가 연설을 하고 있어. 사람들은 그 늙은 영웅이 큰 공적을 세웠다는 걸 알아. 그해 밀림에서 용감히 전쟁을 했거든. 늙은 영웅이 부들부들 떨며 자리에서 일어나. 마이크를 잡은 손이 떨려. 영웅이 말해.

"늙음에는 세 가지 특징이 있습니다. 첫번째는 건망증입니다. 두번째와 세번째는…… 잊어버렸네요."

그의 유머에 다들 장내가 떠나갈 듯 웃어. 영웅은 1940년의 업적을 꺼내기 시작하지. 얘기하다보니 십오 분으로 예정되었던 축사는 어느새 이십오 분을 넘기고 있어. 뒷줄에 앉았던 사람들이 하나둘 슬그머니 자리를 떠. 삼십 분이 지나자 가운데 줄에 앉은 사람들이 몸을 배배 틀며 좌불안석이 되지.

늙은 영웅의 얼굴은 온통 검버섯투성이인데다, 몸에는 여러 장비들을 달고 있어. 젊었을 때 쓰던 권총과 총검, 도청기가 아니라 틀니와 돋보기, 보청기 따위지. 그뿐 아니야. 골반도 새로 만들어 넣은데다 지팡이도 빼놓을 순 없겠지.

노인은, 위층으로 올라가다 계단 중간쯤에서 올라가고 있었는지 내려가고 있었는지 잊어버리곤 해.

노인은, 말을 하지 않고 있으면 입에서 부글부글 커피메이커가 내뿜는 소리가 새어나와.

노인은, 음식을 먹고 있지 않을 때에도 입이 제멋대로 움직여서 뭔가 빨아먹는 모양새가 되곤 해.

노인은, 슬프지 않을 때도 눈물을 흘려. 눈곱이 눈물보다 많지.

노인은, 언제나 배가 고프지만 먹을 수가 없고, 늘 피곤하지만 잠을 이룰 수가 없어. 앉으면 일어나지 못하고 일어나면 어디로 가야 하는지를 잊어버리지. 기억하는 것은 이미 존재하지 않고, 존재하는 것은 이제 기억하지 못해.

노인은, 온몸이 아프지. '주름'이 아프지 않은 게 다행일 거야. 그렇지 않았다면……

안드레아, 엄마는 앞으로 늙어갈 나 자신과 어떻게 대면해야 할까?

엄마는 이미 늙어가고 있어, 사랑하는 안드레아. 컴퓨터 앞에서 글을 쓰다가 문득 차를 한 잔 마시고 싶어 걸어나오지. 반쯤 나오다보면 바닥에 펼쳐놓은 어제 신문이 눈에 띄어. 그러면 허리를 숙여 신문을 들어서는 쓰레기통에 집어넣지. 그러고는 다시 컴퓨터 앞으로 돌아가 하던 일을 계속하는 거야. 그러면서 문득 방금 뭔가 하려고 했다는 생각이 들지만…… 도통 생각이 안 나는 거야.

엄마는 '지혜롭게' '늙음'을 맞고 싶어.

'늙음'은 사실은 망가짐의 과정이지. 이 '망가짐'을 어떻게 지혜롭게 처리할 수 있을까? 안드레아, 네가 엄마에게 한 질문은 모든 종교가 삶과 죽음 앞에 던지는 근본적인 질문이야. 엄마는 이 궁극적인 질문에 감히 어떤 답도 하지 못해. 단지 나 자신의 개인적인 망가짐을 처리하는 기술적인 문제를 고민하기 시작했어. 가령, 정신을 잃었을 때 응급처치를 할 것인지 말 것인지, 숨쉬기가 곤란해질 때 관을 삽입할 것인지 말 것인지, 또 유골은 어떻게 처리할 것인지…… 이런 문제들을 처리할 때쯤엔 아마 네가 현장에 있겠지. 너에게 폐를 끼치겠구나, 사랑하는 안드레아.

질문2) 늘 플래시 세례를 받는 사람으로서, 사람들이 엄마를 어떻게 기억해주길 바라세요? 그러니까, 사후에요. 특히 엄마의 독자들과 엄마 국가의 사람들, 그리고 저에게요.

독자에게 어떻게 기억되든 그런 건 상관없어.

국민에게 어떻게 기억되든 역시 아무 상관 없어.

하지만 너와 필립에게 엄마는 어떻게 기억될까?

안드레아, 상상해봐. 눈으로 뒤덮인 높은 산을 힘겹게 오르던 너와 필립은 어느 오두막에 도착해. 오두막 안에서는 장작이 활활 타오르며 실내를 환하게 비추고, 너희의 가슴을 훈훈하게 데워주지. 이튿날 날이 밝으면 너희는 계속해서 산을 오르지. 용기와 힘으로 충만한 채. 장작불은 이미 꺼지고 없지만, 영원히 소멸되지 않는 마음속 열기와 빛은 너희 가슴에 살아 있으니까. 그리고, 그 힘으로 꽁꽁 얼어붙은 눈앞의 길과 맞닥뜨리지. 누가 간밤의 장작을 기억할까? 그 장작은 사람들이 자신을 어떻게 기억할지 신경이라도 쓸까?

하지만 엄마는 알아. 너희가 오래도록 엄마를 기억할 것을 말이야. 엄마가 엄마의 죽은 아버지를 기억하는 것처럼. 어느 날 인파로 북적이는 런던이나 홍콩의 대로를 걷다가, 또 까르르거리는 아이들의 웃음소리가 들려올 때, 또 박태기나무에 활짝 핀 분홍 꽃송이가 바람에 하늘거릴 때, 그럴 때 어쩌면 너희는 문득 엄마 생각에 잠시 걸음을 늦출지도 모르지. 금세 잰걸음으로 회의 장소로 달려가야 하겠지만 말야. 그때쯤이면 엄마는 허공으로 돌아간 지 이미 오래일 거야. 안타까운 건, 동화처럼 정말로 하늘의 별이 되어 너희의 앞날을 내려다볼 수 없다는 거야.

하지만 만약 정말로 사랑을 가진 모든 사람들이 하늘의 별이 되어 하염없이 아래를 내려다보고 있다면, 아마 끔찍할 거야. 마지막 소멸이 있기에 생명과 사랑이 그 무엇보다 귀한 것 아닐까? 넌 어떻게 생각하니?

이렇게 계속 쓰다간 네 그 '키치 Top 10'에 또 들지도 모르겠다.

질문3) 인생에서 가장 번뇌스럽고 가장 후회스러운 한 가지는요? 다시 원점으로 되돌렸으면 하는 일이나 결정이 있나요?

안드레아, 너는 엄마와 자주 장기를 뒀지. 아니? 엄마는 장기에서 가장 '신비스러운' 게임의 규칙은 바로 '졸'에 있다고 생각해. 중앙선을 넘은 졸은 되돌아갈 길이 없지. 인생에서는 어떤 결정이 또다른 결정을 촉발하고 어떤 우연이 또다른 우연을 가져온다. 우연이 그냥 우연으로 끝나는 법은 없어. 우리가 걸어가는 이 길은 반드시 그 다음 길로 이어지지. 결코 되돌아갈 수는 없어. 인생에서의 모든 결정이 결국 중앙을 넘은 '졸'이라는 걸 엄마는 깨달았어.

질문4) 최근 나를 호되게 패줬으면 싶었던 적이 있다면 언제, 무슨 일이었어요?

미안해. 네가 담배 피울 때마다 엄마는 그랬어.

질문5) 엄마에 대한 다른 사람들의 기대에 어떻게 부응하나요? 사람들은 늘 엄마의 말과 글에서 지혜롭고 의미 있는 엄마만의 깊은 사유를 발견하길 바라잖아요. 하지만 엄마도 '하늘이시여, 저도 모르겠어요. 정말 모르겠다고요' 뭐 그런 마음이 될 때도, 또 장난치며 막무가내로 굴고 싶을 때도 있을 거잖아요. 엄마만의 사상과 지혜를 바라는 사람들의 기대에 어떻게 대처하는지 알고 싶어요.

안드레아, 절반의 사람은 엄마를 칭찬하고 있지만 나머지 절반은 언제나 엄마를 비판하는 사람들이야. 엄마에겐 다행히 사랑을 받든 모욕을 당하든 어떻게 하면 일희일비하지 않을 수 있을지 배울 기회가 많았단다. 사람들의 '기대'에 대해서라면 너는 반드시 의심하는 법을 배워야만 해. 왜냐하면, 그것이야말로 가장 쉽게 너를 옭아매는 족쇄가 될 테니까. 모르는 일에 대해선 똑똑한 척하지 말고 말을 아껴야 해. 엄마가 왜 많은 강연과 좌담, 텔레비전 프로그램의 출연 제안을 거절했는지 이제야 알겠니? 엄마는 원래 그렇게 강연을 다닐 만큼 지식이 많지도 지혜롭지도 못하기 때문이지.

질문6) 세상에서 누구를 가장 존경하나요? 유명하지 않은 사람과 유명한 사람을 한 사람씩 말해주세요.

유명하지 않은 사람이라면, 엄마는 가난한 사람과 약자를 돕는 사람들이 존경스러워. 실험실에서 묵묵히 일하는 과학자들도 존경해. 권력에 저항해서 새로운 역사를 쓰고자 하는 사람들을 존경하고, 가난과 병마에 시달리면서도 아이를 직접 키워내려는 사람들을 존경해. 부화뇌동하고 추수주의하는 사람들 속에서도 독립적으로 사고하려 애쓰는 사람들을 존경해. 마지막 촛불 하나까지도 타인들과 나누고자 하는 사람을 존경해. 거짓을 부추기는 시대에 하루하루 성실히 살아내고자 하는 사람들을 존경해. 힘이 있으면서도 무릎을 꿇어 가난한 사람의 발가락에 입 맞출 수 있는 사람을, 엄마는 존경해……

유명한 사람? 이 질문에는 제대로 답할 수가 없구나. 사마천에서 스피노자까지, 소크라테스에서 간디까지, 조지 워싱턴에서 후쿠자와 유키치에 이르기까지, 존경할 만한 사람은 너무 많아. 아직 살아 있는 사람을 말하라면, 너도 알지? 엄마는 여전히 량차오웨이梁朝偉의 팬이야.

질문7) 타임머신을 타고 다른 시공간으로 갈 수 있다면 어디로 가고 싶은가요? 미래? 아니면 과거? 왜요?

좋아. 엄마는 '과거'로 가고 싶어. 공자시대의 중국을 보러 갈 거야. 그 시대는 유럽의 소크라테스와 같은 시대거든. 오롯이 별만이 총총한 하늘 아래서 인간이 어떻게 위대한 사상을 만들어냈는지 알고 싶어. 공자가 주유했던 나라들을 둘러보고 싶어. 골목골목을 샅샅이 훑어보고, 집집마다 부엌에서 흘러나오는 소리를 듣고, 곳곳에서 열리는 국왕과 책사의 회의를 보고 싶어. 소크라테스가 갇힌 감옥에서 그가 제자와 또 친구와 나누는 대화를 엿듣고 싶어. 광장에 모인 정치 참여자와 시민이 벌이는 변론을 관찰하고, 노천극장에서 열리는 공연을 관람하고, 죄수의 형벌을 집행하는 것도 보고 싶고. 과학도 등불도 없던 땅에서, 소박한 원형 그대로인 하늘과 땅 사이에 존재하는 인간이 어떻게 사랑하고 어떻게 생산하고 어떻게 변론하고 어떻게 사유하고 어떻게 자아를 넘어서고 어떻게 문명을 창조하는지, 엄마는 그 모든 것들이 알고 싶어.

하지만 엄마는 미래에도 가보고 싶어. 2030년이 되면 너는 마흔다섯 살, 필립은 마흔한 살이 될 테지. 엄마는 너희가 행복한지 어떤지 몰래 엿보고 싶어.

하지만 역시 안 보는 게 좋겠어. 엄마는 아마, 미래는…… 감히 못 볼 것 같아.

질문8) 엄마가 두려워하는 건 뭐죠?

가장 평범하고 가장 일반적인 두려움일 거야. 엄마는 사랑하는 것들이 사라지는 게 두려워. 너희가 어렸을 때, 학교가 파한 지 한참이 지나도록 너희가 돌아오지 않으면 엄마는 온갖 망상에 시달리곤 했어. 누군가에게 잡혀간 건 아닐까, 차에 치인 건 아닐까…… 너희가 좀더 자라서는 또 두려웠지. 너희가 우울증에 걸리지는 않을까, 마약을 하지는 않을까, 너희가 탄 비행기가 추락하지는 않을까……

엄마는 엄마가 할 수 있는 것들이 사라지는 게 두려워. 엄마는 지금 걸을 수 있고, 꽃을 볼 수 있고, 달을 감상할 수 있고, 술을 마실 수 있고, 글을 쓸 수 있고, 친구를 만날 수 있고, 느낄 수 있고, 추억할 수 있고, 버틸 수 있고, 옳고 그름을 가릴 수 있고, 함부로 하지 않을 수 있고, 사랑할 수 있어. 이 모든 능력은 그런데 순식간에 잃어버릴 수도 있는 것들이야.

확실히 엄마는 잃는 게 두려워.

생명의 망가짐도 실은 잃어가는 과정이겠지. 그래서 망가짐과 지혜롭게 직면하는 것이 곧 늙음과 죽음을 대하는 태도일 거야. 다시

네 첫번째 질문으로 돌아왔구나. 스물한 살들은 식탁에서 부모와 이런 이야기들을 나눌 수 있을까?

엄마가

2007. 07. 14.

스물한 살이 어떤지 아세요?

엄마,

솔직히, 엄마의 대답에 깜짝 놀랐어요. 편지는 온통 엄마의 육체가 어떻게 서서히 쪼그라드는지에 대해서, 그러니까 생명이 망가져가는 과정에 대해서만 말하고 있었어요. 나이를 먹어가면서 어떻게 더 지혜로워지고 경험이 풍부해지는지에 대해서도, '우아하게 늙어가는' 방법과 평온한 나날을 어떻게 기대하는지에 대해서도, 아무 말이 없었죠. 저는 엄마가 노년이 되면 흔들의자에 편안히 기대앉아 평생 일궈온 일들에 대해 자세히 기록할 거라고 말할 줄 알았어요. 엄마는 돈과 일에 대해 걱정할 필요도 없고, 또 가족들도 평안하잖아요. 엄마처럼 그렇게 편안한 처지의 사람이라면 여유롭고 한가로운 '노년'을 이야기할 줄 알았어요.

그래서 엄마, 고마워요. 엄마는 '우아하게 늙어가는' 것에 대한 제 모든 환상을 깨뜨리고 두려운 상상만 한 광주리 안겨줬어요.

20, 30년 후의 일은 사실 생각해본 적도 없어요. 2, 3년 후의 일만 생각해도 골치가 아픈걸요. 이따금 인생이라는 과정에 대해 생각해봐요. 처음에는 모든 세계가 엄마아빠를 중심으로 돌아가다가, 조금 지나면 어떤 장난감이 더 재밌는지를 따지게 되죠. 장난감이 시시해지면 그다음엔 계속해서 여자아이가 문제가 되죠. 언제쯤 더는 여자

아이가 중요하지 않게 될까요? 사실 그런 날이 영원히 안 왔으면 좋겠지만요.

제 말은요, 그러니까, 요즘 저와 제 친구들의 화제는 더이상 문학, 축구, 영화, 위대한 사상 같은 것들이 아니게 되었어요. 우리들의 화제가 언제부터 '사모펀드 투자가 좋은 직업인지 아닌지'가 됐을까요? 어느 회사의 대우가 가장 좋다더라, 누구누구는 어느 상장회사의 사장과 친분이 있다더라, 그런 것들이 이제 우리의 화제가 되어버렸어요. 아직도 여전히 모래성 앞에 쭈그리고 앉아 장난치는 어린아이인 것만 같은데 말이에요. 바뀐 거라곤 더이상 서로 누구네 엄마아빠가 제일 멋지더라, 누구네 집이 제일 크더라, 누구네 장난감이 제일 많더라, 를 가지고 싸우지 않는다는 것뿐인 것 같은데 말이에요.

얼마 전, 인터넷을 하다가 메신저에 예전 여자친구가 접속해 있는 걸 봤어요. 몇 년 동안 연락이 끊겼었거든요. 단단히 마음을 먹고 몇 마디 인사를 건넸죠. 속으로는 그녀가 대답하지 않기를 바라면서요. 그러면 난처한 상황도 생기지 않을 테니까요. 불행하게도 그녀가 아는 척을 했죠. 거의 바로 말이에요. 그러고는 많은 말들을 쏟아내더라고요. 잠시 이야기를 나누었는데, 그녀가 곧 결혼할 예정이라고 하더군요. 약혼자와 살 집을 찾고 있다고도 하고요. 저는 실례가 되지 않도록 조심스럽게 지금의 남자친구와 어떻게 사귀게 되었는지 물어봤어요. 그러고는 우리의 대화는 서둘러 끝이 났죠.

그녀에게 아직 미련이 남아 있는 건 아니에요. 하지만 감정이 아주 복잡하더라고요.

그런데 그게 끝이 아니었어요. 지난주에 고등학교 때 친구가 보낸 사진 한 장을 받았는데, 그 친구가 웨딩드레스를 입고 있는 결혼식 사진이더라고요.

조금 당황했는데, 그전에 예전 여자친구가 결혼한다는 소식을 들었을 때와 비슷한 마음이었어요. 설마 그런 거야? 벌써 시작된 거야? 담배연기 자욱한 작은 술집에 모여앉아 고담준론을 벌이던 시간들이, 괴테의 시를 놓고 얼굴을 붉히며 다투던 시간들이, 반쯤 취해 각자의 미래에 대해 거창하게 떠들어대던 시간들이 바로 엊그제 아니었어? 그런데 벌써 결혼을 하고 가정을 꾸린다고?

아니겠지? 그럴 리가 있겠어?

중간단계가 하나쯤 더 있어야 하는 거 아닐까? 진로와 결혼, 가정에 대해 이제 막 이야기하기 시작했는데 어떻게 벌써 그 안에 몸담은 친구들이 있을 수 있지? 그렇다면 진로와 결혼, 가정 그다음엔 일찌감치 시큰거리는 뼈마디, 가리지 못하는 대소변, 새로 해 넣은 골반뼈, 알츠하이머에 대해 이야기해야 할까?

엄마는 제가 처한 이 상황이 이해가 되세요? 엄마, 사실 앞으로 학업과 진로를 어떻게 해야 할지 정말 부담스럽고 고민스러워요. 그런데 엄마와 함께 집에 있을 때면 엄마는 절 열두 살 어린아이 취급을 해요.

엄마는 말하죠. "네 방이 너무 난장판이야!"

이렇게 물어요. "숙제는 다 했니?"

그리고 또 재촉하죠. "두시야. 그만 자야지?"

엄마는 제가 과장한다고 생각하겠죠. 그럴지도 몰라요. 하지만 엄마, 죄송하지만, 저 같은 스물한 살의 유럽인에게 엄마의 그런 모습은 열두 살 어린아이를 대하는 그 이상도 그 이하도 아니에요. 엄마는 유럽에서 스물한 살이 무엇을 뜻하는지 몰라요.

그래서 엄마, 저는 밖에서는 온갖 스트레스를 견뎌내야 하는 자주적이고 독립적인 성인이지만, 집안으로 들어서는 순간 '반항기로 똘똘 뭉친 소년'으로 돌변하는 기분이에요. 마음 한편으로는 주식투자에서 최적의 전술이 무엇인지 고민하면서, 집에서는 어제 왜 새벽 다섯시가 되어서야 들어왔는지를 해명해야 하죠. 저는 이렇게 어른과 아이의 역할을 왔다갔다하고 있어요. 엄마, 솔직하게 말할게요. 저는 사실 후자가 전자보다 훨씬 어려워요.

그래도 엄마와는 어느 정도 평화롭게 지내는 방법을 찾아낸 같아요. 가장 우스꽝스러운 곳은 역시 학교죠.

같이 공부하는 아시아 친구가 제 눈에 그렇게 유치해 보이는 게, 그들의 부모가 매사 간섭하고 오냐오냐 키워서 그런 것은 아니겠죠? 상상이 잘 안 되지만 제 눈에 보이는 것들이 그 결과가 아닐까요. 천 개쯤은 예를 들 수 있지만, 한두 개만 들어볼게요. 그것만 해도 충분할 거예요. 하루는 요한과 함께 학교 기숙사에 갔었어요. 문을 밀고 들어서자 요한과 같은 과의 홍콩 친구들이 보였어요. 남녀 한 쌍이 침대 가장자리에 앉아 놀고 있었죠. 어떻게 놀고 있었게요? 여자아이의 손에는 곰인형이, 남자아이의 손에는 강아지인형이 쥐여 있더라고요. 둘은 '귀엽기 짝이 없는' 목소리로 어리광을 부리며 하하 호호 웃어댔어요. 서로 인형을 서로 맞부딪치면서 그렇게 한참을 놀더라고요. 여덟 살 어린아이처럼요. 두 사람은 스물세 살이었어요.

불어시간에는 또 어땠고요. 선생님이 어떤 단어를 발음하자, 그 소리가 재미있게 들렸는지 아이들이 까르르 자지러지더군요. 초등학교 여학생들이나 낼 법한 소리로 말이에요. 몸짓은 또 어찌나 '귀여운지', 그들 사이에 앉아 있던 제가 마치 백 살쯤 된 노인처럼 느껴졌어요.

엄마, 이해하겠어요? 저는 이렇게 이상하기 짝이 없는 곳들을 들락거리면서 미래에 대해 불안해하고 회의하고 있어요. 이런 제게 '늙음'이 얼마나 두려운지 가르쳐줄 수 있겠냐고요?

안드레아가

2007. 07. 23.

독립선언

사랑하는 안드레아,

너는 어제 이렇게 말했어.

"엄마, 엄마가 저한테 말하는 말투와 방식은 여전히 열네 살 어린 아이에게 하는 듯해요. 제가 스물한 살의 성인이라는 사실을 엄마는 전혀 모르는 사람 같아요. 그래요, 엄마가 제게 충분히 자유를 주는 건 맞아요. 하지만 엄마, 알아요? 엄마는 그것을 '권한 부여'나 '시혜'라고 생각해요. 그게 원래 제가 가져야 할 권리라고는 생각하지 않죠. 맞아요, 그게 바로 엄마의 마음 상태예요. 그러니까, 엄마는 아직도 엄마의 아들이 엄마의 아들이기만 한 것이 아니라 엄마에게서 완전히 독립된 한 사람의 '타인'이라는 사실을 전혀 받아들이지 않고 있어요."

안드레아, 그 순간은 그야말로 고전영화 속 한 장면 같았어. 아들로 분한 사내가 엄마에게 단호하게 독립선언을 하지. 그러자 엄마로 분한 여자는 분해서 온몸을 부들부들 떨며 아들의 따귀를 때리지. 순간 아연실색한 아들은 화가 나서 문을 박차고 나가지. 아니면 스스로도 깜짝 놀란 엄마가 하염없이 눈물을 흘리거나. 너무나 근엄하고 거대했던 엄마라는 존재가 한순간에 무너져버리면서 가장 초라한 모습으로 우는 거지.

엄마 역시 그런 상황에 잘 대처하지 못한 건, 이를테면 이런 거야. 안드레아, 네가 모래사장에 서 있는데 갑자기 파도가 하늘 높이 치솟더니 너를 향해 덮쳐오는 거야. 그것을 빤히 보고 있으면서도 너는 어떻게도 할 수가 없어. 어디로 숨어들어 엎드려도 결국 파도가 너를 덮칠 테니까.

네가 잘 모르는 게 있어. 너의 독립선언은 단지 영국으로부터 미국이 독립을 선언하는 것과는 달라. 그건 어차피 같은 문화 안에서의 싸움이지만, 너의 독립선언은 니제르가 프랑스를 향해 독립을 선언하는 것이고, 쿠바가 스페인에 도전하는 것이고, 간디가 영국을 향해 'No'라고 말하는 것이야. 어째서 이렇게 죽도 밥도 아닌 어설프기 짝이 없는 비유들만 생각나는지 모르겠다.

너는 아시아의 많은 엄마들이 아이들에게 어떻게 하는지 정말로 몰라.

홍콩의 수학 과외선생님 기억하니? 그는 박사과정을 밟고 있었지. 그런데 과외를 할지 어떨지 결정하기 전에 베이징에 전화해서 부모에게 허락을 받아야 한다고 하더구나. 대학교 3학년이었던 샤오루이小瑞 기억하니? 그 아이는 타이베이에서 친구와 저녁을 먹고 헤어진 뒤에 엄마에게 전화를 해서 택시를 타고 가도 되냐고 묻더라. 그 아이 엄마는 택시는 위험할 수도 있으니 버스를 타라고 했지. 아펀阿芬은 기억하니? 대학교 2학년이었던 그 아이는 여름학기 혁신캠프 과목의 수강신청서를 들고는 골치가 아프다고 하더구나. 그 아이가 정말 듣고 싶은 과목이 있는데 엄마가 찬성할지 어떨지 모르겠다고.

이런 것들이 아시아 엄마들의 전형적인 모습이야. 엄마는 그렇지는 않지.

하지만 엄마도 스물한 살 딸아이가 제 엄마와 손을 잡고 다정하게 걸어가는 모습을 보거나 열여덟 살 아들이 친구를 만나는 엄마를 따라와 그 곁에 '얌전하게' 앉아 함께 웃고 이야기하는 모습을 볼 때면,

솔직히 안드레아, 엄마는 많이 부럽단다.

하지만 엄마는 감히 그렇게 해달라고 너희들에게 부탁하지는 못 해. 사실, 막 성인이 된 아이들이 제 엄마와 지나치게 친밀하거나 지나치게 '얌전하게' 구는 것을 보면, 엄마 역시 그들이 아직 인격적으로 완전히 독립하지 못한 것처럼 생각되거든. 엄마는 너희와 어렸을 때 나누었던 친밀감을 계속 유지하고 싶지만, 그 역시 불가능한 환상이라는 걸 잘 알아. 엄마는 전형적인 아시아의 엄마들과는 많이 달라. 게다가 너와 필립이 엄마에게 던진 '수업'을 충실히 받는 중이기도 하지.

필립은 열네 살에서 열여섯 살까지, 엄마와 홍콩에서 2년을 함께 보냈어. 그 아이는 엄마와 친구들이 나누는 토론에 큰 관심을 보였지. 중국에서 온 기자와 중국 문제를 이야기하거나 미국 기자와 국제 정세를 이야기할 때, 열다섯 살의 필립은 매우 집중해서 경청하고 질문하고 또 자기 생각을 말하더라고.

하루는 친구들이 막 떠난 뒤 필립이 물었어.

"엄마, 엄마의 중화권 친구들의 특징이 뭔지 알아요?"

엄마는 모르겠다고 했지.

필립이 말했어.

"그분들이 저한테 뭘 물어보시거나 할 때요, 눈은 엄마를 보고 있

고, 제가 앞에 있는데도 저를 삼인칭으로 부르시더라고요."

응?

엄마는 필립이 무슨 말을 하는지 바로 이해하지 못했어. 하지만 우리는 시험해보았지. 그다음에 다시 친구들이 왔을 때 우리는 그들의 일거수일투족을 관찰했지. 결론은 이랬어.

교수 A가 들어왔어. 엄마가 소개했지.

"이분은 중문과의 A교수님이셔. 얘는 제 아들 필립이에요."

두 사람은 악수를 나누었지. A교수가 엄마한테 물었어.

"아들이 정말 잘생겼네요. 아이가 중국어를 할 줄 알아요?"

엄마가 대답했지.

"할 줄 알아요. 나쁘지 않은 정도는 돼요."

A교수가 물었어.

"아이가 몇 살이죠?"

눈은 엄마를 쳐다보면서 말이야.

엄마가 대답했지.

"열다섯 살이에요."

다시 A교수가 말했어.

"필립은 몇 학년이죠?"

역시 눈은 엄마를 쳐다보고 있었어.

엄마가 대답했어.

"직접 물어보세요."

A교수는 그제야 필립 쪽을 보더구나. 하지만 몇 마디 안 나누고 이내 돌아앉았지.

"필립은 몇 개 국어를 해요?"

필립은 옆에서 키득거리는 눈빛으로 엄마를 쳐다봤어.

그러고 나서는 엄마도 예민하게 반응하게 되더라고. 네가 막 홍콩에 왔을 때 아팠던 거 기억나니? 엄마는 널 데리고 병원엘 갔지. 진료실로 함께 들어가서 너는 의사 앞에 앉고 엄마는 옆에 서 있었어. 의사는 널 한 번 보고는 고개를 들어 엄마에게 물었지.

"아이가 어디가 불편한가요?"

엄마는 얼른 말했지.

"애한테 직접 물어보세요."

그때 너는 스무 살이었어.

열여섯 살의 필립이 몇 차례 더 시험해보고는 다음과 같은 결론을 내놓더구나.

"엄마, 제 생각인데요. 유럽 사람들은 나이를 먼저 따져요. 예를 들면, 독일 학교에서는 만 열네 살만 되면 선생님은 존칭을 써서 학생을 부르죠. 한데 중국 사람들은 당사자의 나이가 아니라 그 손윗사람을 보는 것 같아요. 몇 살이 됐든 엄마나 아빠가 옆에 서 있으면 그 사람은 바로 '어린아이'가 되죠. 그 사람은 신분도 목소리도 없어지고 대화 대상도 못 되고요. 그러다보니 그 사람은 엄마나 아빠가 문제를 제기해주기를 두 눈 부릅뜨고 쳐다보게 돼요. '어른'이 나서서 자신을 대신해 발언해주기를 말에요."

필립이 이런 결론을 내놓았을 때 안드레아, 나름 유명한 사회평론가인 나라는 사람은 정말이지 얼떨떨했단다.

그후로는 친구 옆에 서 있는 아이가 아무리 키가 콩알만 해도 엄마는 허리를 굽혀 함께 대화하려고 노력해.

필립은 한 차례 더 엄마를 뒤흔들어놓았어. 컨딩墾丁*에서였지. 우리는 대식구였어. 외할머니, 외삼촌, 사촌형과 누나까지 모두 함께 차 몇 대로 나누어 컨딩의 해안에 갔지. 우리 일행은 시원한 바람이 살랑살랑 불어오는 해안의 노천카페에 앉아 바다를 바라보고 있었어. 한참 그렇게 있다가 네 외숙모가 대학교 4학년인 딸 미미에게 묻더구나.

"화장실 갈래?"

엄마도 화장실이 가고 싶어 몸을 일으킨 김에 필립에게 물었어.

"화장실 갈래?"

네 동생이 보고 있던 잡지에서 눈을 들어 엄마를 보며 말하더구나.

"엄마, 제가 화장실에 가고 싶은지 어떤지 제가 몰라서요? 엄마가 그걸 왜 물어요?"

아, 또 시작이었지. 엄마는 필립을 무시하고 일단 일어나버렸어. 하지만 자리로 돌아오자 필립은 또 엄마를 가만두지 않았어.

"엄마, 미미 누나는 스무 살이에요. 왜 누나의 엄마가 화장실에 갈 건지 안 갈 건지 누나한테 물어봐요?"

으응?

"첫째, 이런 질문은 세 살짜리 아이한테나 하는 거 아닌가요? 둘째, 화장실 가는 건 너무나 개인적인 일 아닌가요? 엄마는 친구들에게도 그렇게 묻나요? '화장실 갈래?' 그렇게요."

그래, 맞아. 만약 내가 시인 양저楊澤, 역사학자 주쉐친朱學勤, 특별

• 타이완 남부의 핑둥屛東 현에 있는 열대 식물 공원.

판 편집장 마지아후이馬家輝, 소설가 왕안이王安憶 등과 함께 해변가 카페에 와서 커피를 마시고 있었다면, 화장실에 가려고 일어서면서 그들에게 물을까? "양저, 주쉐친, 마지아후이, 왕안이 화장실 갈래?"

필립이 복잡미묘한 엄마의 표정을 읽고는 말했어.

"어때요?"

엄마는 썩 내키지 않았지만 대답했어.

"아니겠지."

승기를 잡은 필립은 아예 쐐기를 박더구나.

"좋아요. 그런데 엄마는 왜 저한테 화장실 안 갈 거냐고 물어요? 제가 바지에 오줌이라도 쌀까봐요?"

안드레아, 우리 사이의 갈등은 두 세대 사이의 것만은 아닌 것 같구나. 서로 다른 두 문화의 차이에서 오는 것이 더 많은 것 같아.

엄마가 늘 느끼는 건데, 너희 두 형제는 가치의 줄다리기에서 엄마와 대결을 벌이는 것 같아. 예를 들면, 네 중국어 과외선생님이 막 도착했는데 너는 자리에 계속 앉아서 수업을 기다려. 그러면 엄마는 널 한쪽으로 불러 타이르지.

"안드레아, 네 과외선생님이 너보다 나이가 아주 많진 않지만 그래도 예의는 지켜야지. 음료라도 한 잔 갖다드리고 선생님이 먼저 자리에 앉은 다음 앉으렴. 선생님이 가실 때도 엘리베이터 앞까지 바래다드리고."

너는 분명히 지나친 예절이라고 생각하겠지만, 그래도 그렇게 해.

옛날에 옆집에 사는 친한 친구 천완잉陳婉瑩 교수가 우리 집에 왔을 때였어. 그녀가 들어온 것을 본 너는 자리에 앉은 채 그녀에게 "하이"

하고 인사하고는 계속 신문을 봤지. 엄마가 말했어.

"그러면 안 되지, 안드레아. 아무리 친해도 교수님이신데. 일어나서 제대로 인사드려야지."

역시 너는 받아들였어.

우리 사이에는 나누어야 할 많은 가치들이 있어. 독일의 전통 예절이 중국보다 못하다고 할 수 없을 테고, 유럽의 모자관계가 아시아보다 가볍다고도 할 수 없을 거야. 그렇지 않니?

하지만 어제 일은 엄마가 받아들이기가 힘이 드는구나. 하룻밤이 지났는데도 여전히 가슴에 맺혀 있어.

너와 필립이 여름학기 인턴을 상하이로 간다고 했을 때 엄마는 뛸 듯이 기뻤어. 그래서 엄마의 연구여행도 상하이로 결정했지. 엄마는 엄마만의 즐거운 상상에 빠졌지. 모자 셋이서 한집에 살면서 한 달을 보낸다면 얼마나 행복할까 하고 말이야. 또 엄마가 너희에게 직접 중국을 알려줄 수 있다는 것도 정말로 신나는 일이었지.

너희의 즐거운 상상은 나와는 정반대라는 건 상상도 못한 일이었지. 그런데 네가 말했어.

"이제 겨우 저만의 독립적인 공간을 가지게 됐는데 왜 또 엄마랑 같이 지내야 하죠? 나중에 제가 일하러 가는 도시까지 따라올 생각은 아니죠?"

열여덟 살의 필립이 막 독일에서 날아와 상하이에 도착했지. 184센티미터의 훤칠한 키에 천진난만한 눈을 하고 필립은 진지하게 말했어.

"엄마, 엄마 손에 이끌려 중국을 이해하러 다니는 것만은 사양할게요. 엄마는 뭐든 다 알아서 척척 계획해놓지만, 현실이 어디 그런가요? 저 혼자 중국을 알아볼게요.”

불쌍하기 짝이 없는 목소리로 나는 말하고 있었지.

“설마, 주말에도 엄마랑 놀러 가지 않겠다는 건 아니지? 어디 갈래? 칭다오? 쑤저우? 항저우?”

너희는 눈 하나 깜빡하지 않고 입을 모아 말했어.

“엄마, 우리끼리 돌아다니며 스스로 이것저것 알아보는 걸 이해해줄 수 없나요?”

안드레아, 너희의 ‘유럽 식 가치관’에 맞닥뜨린 엄마는 잔뜩 의기소침해져 있어. 하지만 생각해보면 너희 둘 역시 엄마의 ‘아시아적 가치관’에 조금 지쳤는지도 모른다는 생각이 들더구나.

어제저녁 엄마는 혼자 산책을 나갔었어. 오동나무가 양 길가에 쭉 늘어선 싱궈로興國路에서 화이하이중로淮海中路까지 쭉 걸었지. 달빛이 금빛으로 빛나고 있었어. 오동나무의 넓은 잎사귀도 아름다웠고. 한 시간이나 그렇게 걸은 다음 엄마는 택시를 불러 너희 둘이 사는 리위안麗園로 갔어. 직접 빤 옷이며 양말들이 소파에 뒤죽박죽 흩어져 있었어. 엄마는 ‘안 돼. 집 청소를 도와주면 안 돼.’라고 생각했지.

어둠이 내려앉은 쥐 죽은 듯이 고요한 밤에 필립이 큰길가까지 나와 택시를 타는 나를 배웅했어. 엄마가 필립을 꽉 껴안자 필립은 못 견뎌 했어. 그런 다음 성큼성큼 맞은편으로 걸어가 버렸지.

엄마가

2007. 08. 24.

대화하는 두 세대의 모자에게,

두 세대 사이의 문화의 차이와 개인주의를 추구하는 것은 오늘날 타이완의 보편적인 현상입니다. 하지만 두 분처럼 대화를 나누고, 서로의 관점과 입장을 터놓을 수 있는 이런 행복은 모든 가정에서 누리는 것은 아니랍니다.

오히려 룽잉타이 선생님 말씀처럼, 살짝 '긁었다가' 서로의 관계에 균열만 더하는 가정이 더 많지요. 편지 왕래를 통해 소통하면서 신뢰를 쌓아가는 두 분이 너무나 부럽고 또 칭찬하고 싶습니다! 저는 그저 두 분의 글을 읽고 그 안에 푹 빠져 간접적인 위로를 얻고 있습니다.

타이베이에서 유쯔柚子가

존경하는 룽 선생님,

저는 아시아의 엄마지만 아이들에 대한 교육방식은 서양식이자 개방적이라고 스스로 생각하고 있습니다. 한 아이 한 아이 모두 한 사람의 '주체'로 존경하려고 애씁니다. 하지만 제 피에 흐르는 중국의 전통을 모두 덜어낼 수는 없는지 아이들이 제 말에 순종하고, 제게 의존하기를 바라죠. 큰아들이 유치원의 유아반에 입학했을 때예요. 울면서 교실로 들어가는 다른 아이들과 달리 제 아들은 오히려 제 손을 툭 놓더니 혼자서 교실로 들어가겠다고 말하더군요. 아이는 저한테 바이 바이, 손을 흔들고는 뒤도 돌아보지 않고 교실로 들어갔어요. 아들의 뒷모습을 바라보며 저는 결국 울고 말았죠. 저 자신이 아들에게 엄청나게 필요한 존재라고 생각했었는데, 실은 그렇지 않더라고요. 그 순간 아들은 저를 전혀 필요로 하지 않았어요.

초등학교에 입학하기 위해 학교를 지원할 때였어요. 학교 건물이 낡아 마음에 걸렸지만 속으로만 생각하고 있었어요. 그런데 아들도 같은 생각을 하고 있었더 라고요. 제가 먼저 말을 꺼냈죠.

"그럼 다른 학교로 옮기자."

아들의 답은 전혀 예상치 못한 것이었어요.

"괜찮아요. 이미 지원했는데요, 뭐."

우리 집 아들이 자라면 안드레아처럼 되겠죠? 문화가 달라 두 세대가 갈등을 일 으키진 않겠지만 서로 생각이 달라 의견이 나뉘겠죠.

동생인 딸아이가 며칠 전 유치원에 들어갔어요. 딸아이 역시 혼자 들어가겠다고 고집하더군요. 또 시작됐나? 그런 생각이 들더라고요.

당신의 독자가

룽잉타이 선생님, 안녕하세요.

저는 홍콩에 사는 선생님의 열렬한 독자입니다. 선생님의 글 〈독립선언〉을 읽고 깊은 감명을 받았어요.

제 부모님은 저와 형을 데리고 캐나다로 이민을 갔었어요. 부모님은 우리를 너 무나 사랑하셨지만 속마음을 잘 드러내지 않는 전통적이고 보수적인 중국의 부 모님이에요. 특유의 중압감과 책임감, 죄책감에 우리는 질식할 것만 같았어요.

맞아요. 친구를 사귀는 것도, 과목을 선택하는 것도, 모두 부모님의 허락을 받아 야 했죠. 소지품들을 정리하는 방법 같은 그런 자질구레한 것까지도 부모님은 참 견하려 들었고, 무엇이든 당신들이 원하는 대로 해야 했어요. 그런 부모님 밑에서 우리는 자신감을 잃었습니다. 뭘 해도 어차피 틀릴 테니 나중에는 아예 무엇을 선 택하기조차 꺼려지더군요. 독립 역시 두려웠어요. 우리는 결국 우리 자신이 진짜 원하는 것이 무엇인지, 진짜 좋아하는 것이 무엇인지조차도 모르게 되어버렸죠.

가장 고통스러운 것은, 우리가 부모님을 사랑하지 않는 것도 아니고, 또 부모님이 저희를 얼마나 사랑하는지도 잘 알고 있지만, 그 사랑에는 자유가 없었고, 존중이 없고, 잘못을 허용할 공간이 없었다는 거였어요.

저는 결국 집을 떠났죠. 혼자 홍콩으로 돌아왔어요. 혼자 살면서 발전도 실패도 좌절도 경험했죠.

선생님의 아들처럼 저 역시 길을 찾으려면 저 자신과 부모님 사이를, 어떻게 해서라도 떼어놔야 한다는 것을 알게 됐어요. 부모는 냉정하게 자식을 독립된 '타인'으로 여기고, 자식의 장단점을 똑바로 보고, 두 세대 사이에 수십 년간 쌓인 응어리를 풀어나가야 해요. 그럴 때만 자신을 찾을 수 있고 또 저만의 진짜 감정들도 되찾을 수 있죠.

감사합니다. 선생님의 글을 부모님께 보여드릴 생각입니다. 자식은 서른둘이나 먹었고 부모님은 일흔둘의 노인들이 됐지만, 자식은 부모에게 언제나 영원한 어린아이겠죠.

YT가

룽잉타이 선생님, 안드레아,

두 분 안녕하세요.

저는 열여덟 살에 혼자 배낭을 메고 영국에 가서 삼 개월을 살았고, 대학교 3학년 때는 스페인에서 교환학생으로 1년을 지냈어요. 3학년을 무사히 마치고 타이완으로 돌아오기 직전, 제게 엄청난 영향을 미친 전 남자친구를 만났죠. 그는 독일 사람이었어요. 그래서 저는 독일로 옮겨 또 사 개월을 보내고야 타이완으로 돌아왔습니다. 3년 동안은 부모님과 함께 살았어요. 전통적이고 보수적인 집안인지라 간혹 저를 '외국인' 취급을 하더라고요.

저와 이야기할 때 엄마는 늘 '연배'로 저를 훈계하려 하세요. 무슨 일이든 무조건 엄마가 옳죠. 엄마는 늘 이렇게 말씀하세요.

"난 네 엄마야! 엄마한테 어떻게 그렇게 말할 수 있니?"

엄마의 막내 남동생이 엄마보다 열한 살 적고, 저보다는 열다섯 살이 많아요. 그래서 저와 막내 외삼촌은 친구처럼 지내면서 고민거리도 털어놓곤 했죠. 온 가족이 함께 식사하던 날이었어요. 우리는 주스를 마시고 있었는데 와인도 맛보고 싶더라고요. 그래서 종업원에게 와인 잔 두 개를 가져다달라고 여러 차례 부탁했죠. 그런데 손님이 너무 많아서인지 계속 제대로 신경을 못 쓰더라고요. 제가 한번 더 종업원에게 잔을 갖다달라고 하자 삼촌이 못 참고 마시던 주스 잔에 와인을 따르려고 하더라고요. 저는 얼른 삼촌에게 말했죠.

"조금 더 기다려요. 그렇게 마시면 맛이 뒤섞여버린다고요!"

그래도 삼촌은 그냥 따르려고 하더라고요. 급한 마음에 저는 삼촌에게 쏘아붙이고 말았죠.

"왜 이렇게 고집불통이에요! 그러면 맛이 엉망이 된다고요. 그걸 어떻게 마셔요!"

엄마가 곧장 저를 꾸짖으시더군요.

"네 삼촌이야. 외삼촌한테 그런 식으로 말하면 안 되지."

아이는 결국 자라기 마련이에요. 과학이 너무나 발달한 오늘날, 문자나 전화로 —엄마는 저한테서 문자메시지를 보내는 법을 배웠어요. 저한테 하고 싶은 모든 말을 문자로 보낼 수 있는 능력이 생겼죠. 당연히 저도 엄마의 문자에 최선을 다해 답을 해요—언제든지 연락할 수 있지만, 숨쉴 수 있는 공간을 조금이라도 더 열어준다면 아이들은 오히려 더 독립적이고 건강하게 자랄 거예요. 하지만 반대로 아이를 보호하려고만 하면 오히려 버릇없는 작은 폭군으로 부메랑이 되어 돌아올지도 모르죠.

안드레아 엄마에게,

저는 스물일곱의 여성으로, 초등학교 선생입니다.

제 어머니로부터의 독립 투쟁은, 말하자면……

고양이를 기르는 것에서 시작됐어요.

그다음은 교토에 홀로 배낭여행 가는 것이었고요.

대학원 시험으로 끝을 냈죠.

고양이 기르기_스물셋

부모님은 난터우南投에 있었고 저는 세입자 셋과 함께 타이베이 집에서 살았죠.

1년간의 교생실습이 8월에 시작되었고, 9월에 이미 저는 앞으로 제가 해야 할 일에 대한 신념을 잃었어요.

그러던 차에 고양이를 기르기 시작했지요. 고양이는 언제나 제 곁을 지켜주었죠.

어머니는 몹시 싫어했어요. 고양이도 싫어했지만 세입자들이 불평할까봐 더 그랬지요.

하지만 저는, 그들이 싫다면 다른 세입자를 들이면 된다고 생각했어요. 고양이를 좋아하는 세입자를 들이면 되잖아요.

왜 제가 세입자들에게 맞추고 살아야 하죠?

그건 대체 어디에서 온 이치죠?

게다가, 그 당시 세입자들은 모두 제가 면접을 보고 들인 사람들이었어요.

저는 대학교 3학년 때부터 전세를 내서 다시 사람들에게 세를 주며 생활해왔어요.

방 여덟 개를 제가 직접 관리했어요. 방을 찾는 샐러리맨들이라면 수없이 직접 면접을 봤다고요.

교토 배낭여행_스물다섯

제가 맡고 있던 초등학교 고학년 아이들이 졸업을 했어요.

2년 동안 가르치다보니 몸과 마음이 지칠 대로 지쳤죠.

게다가, 2년 동안 집만 나서면 남자들 틈바구니에 있다보니 시간이 흐를수록 만신창이가 되어가는 기분이었어요. 초등학교 졸업 이후 늘 학교 기숙사에 살았던 저는 늘 예의를 차려왔던 저 자신을 더는 참을 수가 없게 되었어요.

그러다가 배낭을 꾸리면 이내 어디론가 떠날 수 있을 것 같았던 예전이 생각났죠. 그래서 결국 마음을 먹었어요. 인터넷으로 민박을 예약하고 비행기 표를 사고…… 교토 여행 책자도 두세 권 샀죠. 모든 게 정해졌어요. 일단 저지르고 본 거죠. (하하하)

출국하기 한 달 전에 엄마에게 이 사실을 알렸어요. 당연히 엄마는 펄펄 뛰었죠. 하지만 저 역시 의지를 꺾지 않았어요.

저는 아주 냉정하게 말했죠.

저랑 같이 가시게요? 안 되죠. 엄마 비행기 표는 사지 않았거든요.

결국 국제로밍을 신청하는 것으로 타협을 했어요.

일주일을 교토에서 보내고 돌아왔어요. 너무너무 즐거웠지요.

만약 그때 혼자 배낭여행을 가지 않았더라면 2, 3년이 지나도……

저는 감히 실행에 옮기지 못했을 거예요. 용기는 정말 중요한 것 같아요.

나중에 미국으로 이민을 간 한 아주머니가 제 행동을 듣고는 몹시 칭찬하셨어요.

대학원_스물일곱

대학을 졸업한 저는 일단 취직을 했죠.

어렸을 때 음악반부터 시작해 음악학과까지 졸업한 저로서는 음악대학원에는 가고 싶지 않았어요. (지긋지긋할 정도로 익숙한 영역이죠.)

아이들을 가르치다보니 아예 전공을 바꿔야겠다는 생각이 들었어요.

전공을 바꾸는 것은 독립투쟁의 종결이기도 했어요.

3년간의 공부와, 시험과, 불합격……

3년째 되던 해에 가족들과의 관계도 다 끊고 일단 공부만 하겠다고 결심한 뒤, 올해 마침내 대학원에 합격했어요.

집에 전화도 거의 하지 않고 난터우에도 가지 않고 그야말로 죽기 살기로 공부만 했죠.

대학원 시험은, 학원의 친구와 선생님 말고는 그 누구도 저를 도와줄 수가 없고,
또 오직 저 자신만이 할 수 있는 일이니까요.

5년 동안의 제 독립투쟁을 간단하게나마 말씀드렸어요.

감사합니다.

아이원愛文이

룽잉타이 님께,

저에겐 아들이 셋이 있어요. 가장 큰 애가 열여덟이고 그 밑으론 열네 살짜리 쌍둥이죠.

아이들이 어렸을 때 하루에 두 시간밖에 못 잘 정도로 저는 바빴어요. 그때 남편한테 물어본 적이 있죠.

"어떤 기계가 있는데 그 안에 아이를 집어넣으면 아이는 자면서 자라. 아이의 지능과 체력, 성격은 영향을 안 받고. 당신이 기계를 열지 않는 이상 아이는 그 안에 계속 있게 되지. 그러면 당신은 매일 얼마 동안이나 아이를 꺼내줄 거야?"

남편은 열심히 고민하더니 대답했어요.

"삼십 분."

제 남편은 가사는 여자가 해야 한다고 생각하는 사람이에요. 당시 남편은 하루에 열 시간씩 자면서 나머지 시간은 자기 업무와 자기 계발에 썼죠. 남편은 확실히 자유로운 기계에 자신을 집어넣었다가는 매일 겨우 삼십 분쯤 나와서 가정을 살피더군요. (그렇다고 남편이 아이에게 관심이 없었던 건 아니에요.)

아이들이 서서히 자라 저와 이런저런 이야기를 나눌 수 있게 되자 저는 아이들에게 말했어요.

"엄마아빠는 늙으면 너희와 같이 안 살 거야. 너희는 너희의 삶을 살면 돼. 우리 보러 자주 올 필요도 없어."

남편은 저를 한쪽으로 데리고 가서는 정색을 하더군요.

"당신, 나까지 끌어들이지는 마. 난 나중에 아이들하고 같이 살 거니까."

저는 남편을 쳐다보며 진지하게 말했죠.

"내가 당신을 말릴 거야."

룽잉타이 당신은 분명 두 아들을 귀찮게 하지는 않을 거예요. 우리 세대 중에서 제 남편 말고 감히 그렇게 생각하는 사람은 또 없을걸요. 저는 당신의 두 아들이 행운아라고 생각해요. 아무리 기운이 빠져도 또다시 성찰하고 반성하는 당신 같은 엄마가 있잖아요.

저는 당신의 사상이 더 넓어지고 더 깊어지고 더 높아지길 바랍니다.

아이들이 어렸을 때를 생각하면 왜 대부분 우리는 아이들이 좀더 자주었으면, 좀더 알아서 놀아주었으면, 좀더 친구네 집에서 놀다 왔으면, 수업시간이 좀더 길었으면 했을까요?

그건 아마, 그때 우리도 인생의 한창때를 맞이하고 있었기 때문일 거예요. 우리는 성인이었고, 우리들 각자의 생각과 방식으로 세상을 이해하고 있었죠. 세상으로 뛰어들고 싶었고 저 하늘 높이 날고 싶었죠. 우리의 능력이 어느 만큼인지 실험해보고 싶기도 했고요. 세계가 우리를 초대하고 있었고, 우리 역시 당장이라도 뛰어들 태세로 단단히 벼르고들 있었죠.

그런데 바로 그때 우리들 중 몇몇은 세계를 등지고 자신을 한껏 낮춘 채 아이들을 부둥켜안았죠. 질리도록 칭얼대며 온갖 것들을 요구하는 아이들을 온종일 먹이고 씻기고 먹이고 씻기는 삶을 반복하면서요. 그런데 아이러니하게도 그때만 해도 하루라도 빨리 벗어나고 싶었던 그 삶이 지금은 추억이 됐거나 후회로 남았다는 거예요.

저는 남편과 끝까지 싸워본 적이 없어요. 아이들의 똥오줌을 받아주지 않았다고 남편을 탓해본 적도 없죠. 그건 어차피 남편에게 아쉬움으로 남을 테죠. 하지만 남편이 아이들의 다음 행보에 조금이라도 걸림돌이 된다면 저는 가만있지 않을 거예요.

부모에게는 아이를 평생 안고 가야 할 의무가 있습니다. 아이가 어릴 때는 씻기고 먹이면서 모든 것을 함께해줘야 하고, 아이가 좀더 자라면 또다른 어려움과 필요를 채워줘야 하죠. 단계마다 절대적인 역할들이 필요하죠.

아이들을 곁에 둘 시간을 정할 권리는 우리에게 없어요. 멋대로 착각해서는 안 되죠. 자기 일을 하느라, 스스로를 더 빛내느라 가끔 아이들이 조금은 멀리 떨어져 있기를 원하거나 실제로 그렇게 떼어놓는 경우도 있죠. 고군분투하느라 지친 우리는 아이들에게 기쁘게 해달라고 요구하기도 해요. 부모의 역할은 아이들이 잘 자랄 수 있도록 돕는 것이에요. 아이들이 부모의 인생 계획을 배려할 필요는 없는 건데 말이에요.

아이를 낳고 기르는 과정에서 후회 없는 부모가 어디 있겠어요? 유년 시절이든 청소년 시절이든 어느 한 단계를 놓쳤다면, 다음 단계가 남아 있음에 감사하며 그 단계에서 필요한 모든 것에 최선을 다하면 되죠.

당신 아이의 독립선언을 축하합니다. 당신은 도전과 자극이 넘실대는 완전히 새로운 곳으로 아이를 데려오는 데 성공했어요. 그 아이도 우리가 그랬던 것처럼 성인으로서, 세계의 초대 앞에 얼른 뛰어들고 싶어 몸이 근질근질하겠죠.

아직 가정이 얼마나 무거운 짐인지 모를 때, 아직 복잡하고 무거운 사회적 책임이 주어지지 않았을 때, 아직 어떤 질병이 덮쳐오지 않았을 때, 심지어 연애에도 얽매이지 않았을 때, 우리는 그 아이가 아무 걱정근심 없이 호방하고 과감하게 전장으로 뛰어들 수 있게 해줄 수 있어야 해요. 엄마는 그저 본분을 지키며 응원 단원으로서 지켜보고 격려하고 지지하면 되지 않을까요? 중간 휴식시간에 절제된 환호를 보낼 수는 있지만, 절대로 뛰어들어 간섭하거나 지휘해서는 안 되겠죠. 심지어 부모를 보지 않는다고 투덜대서도 안 될 거예요.

독일이나 다른 많은 문화권에서 열다섯 혹은 더 어린 나이에 성인식을 치르는 것은, 아이들이 진짜 다 커서가 아니라, 아직 사리에 어두운 아이들이 축하받을 만한 진짜 한창때가 조만간 온다는 것을 일깨워주고 그것을 준비하게 하기 위한 것이 아닐까 싶어요.

룽잉타이, 보았나요? 당신의 대단한 두 아이에게─저를 믿으세요. 두 아이는 절대 평범하지 않아요―축하받아 마땅한 성인기가 도래했어요. 이 시기 역시 그들이 지나온 유아기와 학창 시절, 사춘기와 마찬가지로 황금처럼 소중할 거예요. 지금까지처럼 당신이 옆에서 도와주세요. 그 아이들이 그 시기를 완성해갈 수 있도록 말이에요.

간섭하지 않겠다고 약속해주세요.

당신보다 더 좋은 글을 쓰는 사람은 없다고 믿어요.

샤오위小魚가

위대한 밥 딜런과 그의 엄마

엄마,

낙심하지 마세요. 저녁에 함께 나가 식사해요. 어때요?

그리고, 아래의 장면은 미국의 유명한 음악 프로듀서가 자신과 밥 딜런, 딜런의 엄마와 함께 저녁 먹는 모습을 그린 것이에요.

딜런과 그의 엄마가 같이 앉았다. 나는 소스라치게 놀랐다. 시인이 얌전한 어린아이로 변하는 게 아닌가.

"안 먹니, 내 새끼?"

"부탁이에요, 엄마. 그만 좀 난처하게 해요."

"아까 보니 점심도 안 먹던데. 말라서 뼈밖에 없잖니."

"먹고 있어요, 엄마. 먹고 있다고요."

"우리한테 이렇게 저녁을 사주는데 감사하다고 했어?"

"고마워요."

"입안에 뭘 넣고 말하면 안 되지. 네가 무슨 말을 하는지 도통 못 알아듣잖니."

"알아들었어요."

딜런이 가시 돋친 듯 대꾸했다.

"착하지, 내 새끼."

엄마, 좀 나아지셨어요?

안드레아가

2007. 08. 25.